U0164085

中國古典詩文（一）鑑賞篇

陳友冰 著

寫在前面

金代詩論家元好問曾經感嘆：「韓詩杜筆愁來讀，倩似麻姑癢處搔。」的確，研讀中國古典優秀詩文，猶如飲美酒，能使人微醺，從而通體舒暢、寵辱偕忘，產生一種難以言傳的美妙感受。余爲束髮小生時，師長們圍爐夜話，曾不止一次聽他們發過這類感慨。於是，我就像個初獵者，惶惶地跟在前輩後面，偷偷地接近這塊大林莽，學著窺測虎豹狻猊們出没之迹、來往之蹤。然後荷槍實彈、扣動板機，隨著砰然轟響，一發引羽。六十年代中期，當我的第一篇鑑賞文字——《李白「蜀道難」短札》出現在《光明日報》「文學遺產」專欄時，其熱烈興奮，實難以言傳。三十年後，我依然能覺出當時砰然的心跳。

大學畢業後我在高校執教，有兩件事觸發了我對中國古典文學研究新的思考：一是看到年輕學子爲文時常固守一法，反覆一辭，以至輾轉相襲而不知借鑑古代優秀之作，乃守昆山而無佩玉，臨淵潭而不知獲珠；二是看到八十年代中期的一些評論文字，缺乏紮實的文化功底，只知一味地尋撦新名詞，搜羅新標籤，貼在中國古代作家、作品之上，似乎這樣就有了新突破，就有了時代感。當然，我這並不是反對在中國古代文學研究中引入新的方法論，相反倒認爲這是改革傳統研究方式之必須，但這必須符合古代作家、作品的本來面目，必須建立在對其人和作品深入了解和把握的基礎上。爲此，從八十年代後期起，我從三個方面對中國古典詩文進行一些基礎性的分析和研究工作，擬出三種專書：

一是《鑑賞篇》。這些年詩文鑑賞的集子乃至辭典出了不少，這對古詩文的普及和大衆化當然有所推動，但也嫌過多太濫。爲有別於此，對鑑賞書籍中照例應有的注釋、作者介紹乃至詩文背景一概略去，而專論其章法結構、構思技巧，並著重討論作者爲了突出其題旨和實現其創作意圖，在材料的選擇和表達上採用了哪些手法，有哪些有異於別人和它篇的特長。

二是《比較篇》。即在鑑賞的基礎上比較，把一些題材相同但表現手法不同，或手法相同但題材、意趣相異的作品放在一起加以比較。比較的範圍以中國古代作品中同一題材、同一體裁者爲主，因爲這更能看出兩者在處理上的不同手法或高下，旁及一些現代、外國的作家作品，以及雕塑、音樂、繪畫等其它藝術門類。這對擴大學生的視野，加深他們對教材的理解，提高寫作水準，以及幫助教師處理教材，改變傳統的教學模式，我想會有一定幫助的。爲了引起師生乃至整個社會對古典文學比較研究和教學的重視，《比較篇》前有一專論，分述開展中國古典文學比較研究和教學的意義，比較的對象、方法等問題。

三是《實考篇》。即對古詩文中涉及的地點和作者行狀進行實地的考查。如對王安石《遊褒禪山記》中的褒禪山，蘇軾《石鍾山記》中的石鍾山，李白《望天門山》和《贈汪倫》中的天門山和桃花潭，《孔雀東南飛》的發生地潛山小吏港以及敕勒川、鸛雀樓、宣州謝朓樓、望江雷池、和州陋室等，考察中再結合當地方志、有關典籍及傳說、口碑進行辨析，力求弄清真相，糾正歷代以訛傳訛之誤。如王安石的《遊褒禪山記》實際上涉及到三座山：褒山、華陽山和馬山，遊記中所說的褒禪山寺在褒山，前洞在華陽山，後洞卻在馬山。再如李白《贈汪倫》中的《忽聞岸上踏歌聲》中的「踏歌」；《望天門山》中的「碧水東流」是「至此回」還是「直北回」，《登鸛雀樓》的樓址在不在永濟縣城，在不在縣城的城門上，通過實考，都有了個明確的答案，當然也加深了對詩意、文意的理解。

這三方面的研究十幾年來時斷時續。這期間，社會、家庭乃至個人的志向、情趣都發生了很大變化，唯有此初衷仍矢志未改。這次應台灣中央研究院文哲所之邀，來台作四個月的學術訪問，順便把這三本書稿也帶來台灣。萬卷樓書局的董事長陳滿銘先生，社長許錟輝先生，總經理梁錦興先生，顧問張高評先生聞知此事，決定立即出版；《國文天地》的總編輯劉油教授爲此則付出具體的辛勞，這都是在本書出版之際應該深深致謝的。

陳友冰

一九九九年十二月

于台北中央研究院學人宿舍

目　　錄

目　錄

戰爭文學的不祧之祖
——《左傳·秦晉殽之戰》賞析

冬，晉文公卒。庚辰，將殯于曲沃；出絳，柩有聲如牛。卜偃使大夫拜，曰：「君命大事，將有西師過軼我；擊之，必大捷焉。」

杞子自鄭使告于秦曰：「鄭人使我掌其北門之管，若潛師以來，國可得也。」穆公訪諸蹇叔，蹇叔曰：「勞師以襲遠，非所聞也。師勞力竭，遠主備之，無乃不可乎？師之所爲，鄭必知之；勤而無所，必有悖心。且行千里，其誰不知！」公辭焉。召孟明、西乞、白乙，使出師于東門之外。

蹇叔哭之，曰：「孟子，吾見師之出，而不見其入也！」公使謂之曰：「爾何知？中壽，爾墓之木拱矣！」

蹇叔之子與師。哭而送之，曰：「晉人禦師必于殽，殽有二陵焉：其南陵，夏後皋之墓也；其北陵，文王之所避風雨也。必死是間，餘收爾骨焉！」

秦師遂東。

三十三年，春秦師過周北門。左右免胄而下，超乘者三百乘。王孫滿尚幼，觀之，言于王曰：「秦師輕而無禮，必敗。輕則寡謀，無禮則脫；入險而脫，又不能謀，能無敗乎？」

及滑。鄭商人弦高，將市于周，遇之。以乘韋先，牛十二犒師，曰：「寡君聞吾子將步師出于敝邑，敢犒從者。不腆敝邑，爲從者之淹，居則具一日之積，行則備一夕之衞。」且使遽告于鄭。

鄭穆公使視客館，則束載、厲兵、秣馬矣。使皇武子辭焉，曰：「吾子淹久于敝邑，唯是脯資餼牽竭矣，爲吾子之將行也。鄭之有原圃。猶秦之有具囿也。吾子取其麋鹿，以閑敝邑，若何？」杞子奔齊；逢孫、楊孫奔宋。

孟明曰：「鄭有備矣，不可冀也。攻之不克，圍之不繼，吾其還也！」滅滑而還。

晉原軫曰：「秦違蹇叔，而以貪勤民，天奉我也。奉不可失，敵不可縱。縱敵患生，違天不祥。必伐秦師！」欒枝曰：「未報秦施，而伐其師，其爲死君乎？」先軫曰：「秦不哀吾喪，而伐吾同姓；秦則無禮，何施之爲？吾聞之：一日縱敵，數世之患也。謀及子孫，可謂死君乎！」遂發命，遽興姜戎。子墨衰絰，梁弘禦戎，萊駒爲右。

夏，四月，辛巳，敗秦師于殽。獲百里孟明視、西乞術、白乙丙以歸。遂墨以葬文公。晉于是始墨。

文嬴請三帥，曰：「彼實構吾二君，寡君若得而食之不厭，君何辱討焉！使歸就戮于秦，以逞寡君之志，若何？」公許之。

先軫朝，問秦囚。公曰：「夫人請之，吾舍之矣！」先軫怒曰：「武夫力而拘諸原，婦人暫而免諸國。墮軍實而長寇讎，亡無日矣！」不顧而唾。

公使陽處父追之，及諸河，則在舟中矣。釋左驂，以公命贈孟明。孟明稽首曰：「君之惠，不以累臣釁鼓，使歸就戮于秦，寡君之以爲戮，死且不朽！若從君惠而免之，三年將拜君賜！」

秦伯素服郊次，鄉師而哭曰：「孤違蹇叔，以辱二三子，孤之罪也。」不替孟明，曰：「孤之過也，大夫何罪？且吾不以一眚掩大德！」 ——《左傳·秦晉殽之戰》

《秦晉殽之戰》寫的是春秋時代著名的五大戰役之一殽山伏擊戰。全文僅八百二十五字，卻涉及到交戰的鄭、秦、晉三方，秦穆公、蹇叔、先軫等二十三個人物，包括蹇叔哭師、弦高犒師、皇武子逐客等十一個主要事件。事件如此紛繁曲折，人物身份如此千差萬別，外交關係又是如此錯綜複雜，作者卻把「綱領提挈得極嚴謹而分明，情節敘述得極委曲而簡潔」❶，表現了作者在選擇和組織材料上的傑出才幹。後來《史記》中的「鉅鹿之戰」、「垓下之戰」，甚至《三國演義》的中「趙雲截江奪阿斗」等在選材或情節安排上都受其影響，成爲戰爭文學的不祧之祖。《秦晉殽之戰》的選擇和組織材料的主要方法有以下三點：

一、圍繞主題選擇蹇叔哭師、王孫滿觀軍，先軫論戰三塊材料，著意從敵方、我方、旁觀者三方面評論這次戰爭的性質，判斷這次戰爭的結局。

《左傳》是以善寫戰事著稱的，它寫戰爭往往並不只著眼於戰

❶梁啓超《要籍題解及其讀法·左傳》。

爭本身，而重在從政治角度去評論戰爭的性質，分析戰爭的規律，爲治國治軍提供有益的經驗教訓。《殽之戰》就是如此。它寫戰爭本身的只有二十四個字：「夏，四月，辛巳，敗秦師于殽，獲百里孟明視、西乞術、白乙丙以歸。」只是簡略交待一下作戰的時間、地點和結局，至於戰爭的三方鄭、秦、晉在軍事上的部署以及作戰的經過概不涉及，而是把重點放在評論戰爭性質、分析戰爭規律、預示戰爭結局這個中心問題上。透過蹇叔哭師、王孫滿觀軍、先軫論戰這三個典型材料來表現。

一是蹇叔哭師。

蹇叔是這個故事中最關鍵的人物。秦晉雙方都提到他。晉人說「秦違蹇叔」，晉所以獲勝；秦穆公也說「孤違蹇叔」，秦所以失敗。儘管在以後段落中蹇叔不再出場，但始終都被蹇叔的影子籠罩著。通過蹇叔言行的描述，不但塑造出一個老謀深算，有正義感、有遠見、直言敢諫的老臣形象，而且在表現主題上起了以下三個作用：第一，強調這種勞師襲遠的軍事行動是根本違背戰爭規律的，它必然帶來三個弊端：「師勞力竭，遠主備之」；「且行千里，其誰不知」；「勤而無所，必有悖心」。這樣不但達不到襲鄭的目的，相反卻會師勞兵疲，上下離心，遭到慘敗。第二，通過哭師使這次出征蒙上一層灰暗的色彩。部隊剛開拔，正在旌旗飄搖、興高采烈之際，蹇叔卻來哭送「吾見師之出，而不見其入也」，給狂妄驕縱的秦軍當頭一瓢冷水，也給這次出征定下一個失敗的基調。第三，提前交待了交戰地點和必然結果——秦軍必敗於殽。這不只反映了蹇叔的卓識遠見，而且也再次體現了作者的創作意圖：戰爭的勝負主要決定於戰爭的性質和用兵的科學，因而往往在戰爭開始以前雙方的勝負就已可料定。

二是王孫滿觀軍。

蹇叔是穆公的主要謀臣，他的抱負是要幫助穆公建立霸業，所以他不可能從戰爭的性質和秦軍的素質上去批判這次軍事行動。因此作者另闢蹊徑，著意選擇了王孫滿觀軍和先軫論戰這兩塊材料來突出其主旨。王孫滿是春秋時代擅長辭令的政治家，《左傳》宣公三年有挫楚莊公問鼎的記載。此時王孫滿尚幼，但他從秦軍的驕縱輕敵和紀律渙散等行爲中，得出了「輕則寡謀，無禮則脫；入險而脫，又不能謀，能無敗乎」這個正確結論。連一個年幼的孩子都看出了事情的結局，秦軍素質極差和這次軍事行動的愚蠢不是明擺著的嗎？另外，王孫滿觀軍與前面的蹇叔哭師在表現主題上也是互相呼應的。蹇叔是個老臣，王孫滿是個孩子；蹇叔是秦國的當事人，王孫滿則是看熱鬧的第三者，但兩人的結論卻完全一致，可見這次軍事行動是非敗不可的了。

三是先軫論戰。

先軫論戰則進一步從戰爭性質上指出秦軍必敗。論戰的內容可分四個層次：「秦不哀吾喪，而伐吾同姓」，是指出秦軍伐鄭是不義行爲；「秦違蹇叔，而以貪勤民」是分析產生這種不義行爲的根源所在；「秦則無禮，何施之爲」，是表明晉方對這場戰爭的態度；「一日縱敵，數世之患也。謀及子孫，可爲死君乎！」是指出這場伏擊戰的必要性和深遠影響。總之，先軫論戰這番話說得義正辭嚴、慷慨激昂，立論的依據和辯論的中心都是圍繞「無禮、不義」這四個字，這也是作者極力要闡明的觀點。從選材上看，先軫論戰是從秦的對方，蹇叔哭師是從秦的內部，王孫滿觀軍是以旁觀者身份，這樣從三個不同的角度，對這場戰爭的性質、用兵方略進行了分析和評論。這種選材手法，有力地突出了主題。

二、圍繞主題，選擇弦高犒師和皇武子逐客這兩個外交場面作爲反襯，說明弱小國家的人民和君臣是怎樣團結一致、機智勇敢地同入侵者進行抗爭的，從而反襯出秦國君臣的上下離心、秦軍的驕縱愚蠢和秦國失敗的必然性。

鄭是個在大國夾縫中求生存的弱小國家，魯僖公三十年（西元前六三〇年），秦晉聯合圍鄭，幾乎把鄭滅掉。由於燭之武的努力，讓秦單獨撤兵才使鄭從險境中掙脫出來。哪知好景不長，兩年後秦國又一次大兵壓境，鄭又處於危亡之中。但《左傳》的作者認爲，戰爭的勝負不光是力的較量，而且是智的較量，更重要的還是正義與邪惡的較量。在這場較量中，獲勝的往往是後者。爲了證明這一點，他選擇了弦高犒師和皇武子逐客這兩個情節。

弦高是個商人，他與這次戰爭並無關係，而且不知道秦軍的預謀。但是强烈的愛國心卻促使他主動地介入這個事件，他想出犒師這個先發制人的辦法：表面上是歡迎，實際上是正告；外表上很謙恭，骨子裡卻很强硬。他的語言是很精妙的外交辭令，彬彬有禮但柔中寓剛，謙恭有度但語語雙關。我們從百姓自發的愛國行動中已可預感到鄭國是不會被滅亡的。

皇武子逐客的表現方式正好同弦高犒師相反：弦高是心裡沒底卻裝作有底，皇武子是心裡有底反裝作沒底。通過弦高的密報、對客館的偵察，皇武子對杞子等人的意圖已掌握得一清二楚，但他到客館去辭謝時卻裝作一無所知，不動聲色，只是一味慰問對方，陳述供給艱難，提出解決給養的辦法。這又是絕妙的外交辭令，用挽留的語言下了個使對方非走不可的逐客令。皇武子爲什麼要採用這種外交方式呢？可能有以下兩個原因：一是與僖公三十年的戰事有關。當時秦晉圍鄭，秦主動撤軍，派杞子、逢孫、楊孫以軍事代表的身份駐紮鄭國，現在沒有掌握確鑿證據，是沒有理由逮捕杞子或把他們驅逐出境的。二是鄭國國力弱小，如採取强硬手段，公然截殺秦使、消滅駐軍，就會遭到秦國更爲凶狠的報復，所以用這種外交手腕，讓對方明白自己有備，自動溜走，暗中把一場戰禍化解爲無形。

在結構上，弦高犒師、皇武子逐客與秦穆公、杞子等人的言行成了鮮明的對比：鄭國君臣相得，配合默契，秦國有一蹇叔，穆公卻不能用，居然咒其早死；鄭國人民自覺維護國家利益，主動「犒師」，迅速報信，而秦國將士在師勞兵疲之後「必有悖心」；鄭國的弦高、皇武子是那樣聰敏、機智富有外交才幹，而秦國的杞子、孟明等卻是那樣的愚蠢和狂妄。對比之下，更可以看出秦軍失敗的必然性，作者關於戰爭的論斷也更令人信服。

三、圍繞主題，選擇卜偃預言、釋放三帥和穆公檢討作爲事前徵兆和事後餘波，使作者關於戰爭的論斷貫穿全篇，顯得首尾照應，結構嚴謹。

作者有意把卜偃預言放在《秦晉殽之戰》之首，很見其選擇和組織材料上的匠心。文公出殯，柩有聲如牛，據説這「近似于鼓妖」❷。於是卜偃借機宣布：「君命大事，將有西師過軼我，擊

❷《漢書・五行志》引劉向說。

之，必大捷焉。」如撥去這段預言上的神祕主義迷霧，事情的真相可能像杜預猜測的那樣：「卜偃聞秦密謀，故因柩聲以正人心」❸。也就是說，秦偷襲鄭的謀劃應在前，卜偃通過某種渠道掌握了這一機密，借柩聲發出警告。但作者在行文上卻把卜偃預言放在前面，這樣處理有三種效果：一、藉天命來示警，指出秦襲鄭是違抗天命的，而晉在殽進行伏擊則是順應天命的。所謂「天命」，按同時代哲學家荀子的解釋，實際上就是指客觀規律。所謂「天行有常，不爲堯存，不爲桀亡；應之以治則吉，應之以亂則凶」❹。所以在文章一開始就居高臨下指出秦乘人之危襲鄭是違反道義、違背客觀規律的，使讀者在文章一開頭就了解這場戰爭的性質。二、開門見山，一開始就把故事的結局交了底，給讀者留下了極爲深刻的印象。而且卜偃提及的「將有西師過軼我」與後面的「秦師遂東」，卜偃的「必大捷焉」與後面的「敗秦師于殽」在結構上也互相照應。三、卜偃藉天命來宣布「擊之，必大捷焉」，使這個旨意具有無上的權威，它成爲晉國備戰的主要理論根據。後來先軫能與欒枝在論戰中獲勝，晉國能改變傳統喪葬習俗，與開始時卜偃藉天命示警是有很大關係的。

文嬴請釋三帥與穆公檢討屬事件餘波，表面上看似與品評戰爭性質、分析戰爭規律這個主題關係不大，實則不然。文嬴是穆公之女，她心向秦國，自屬情理之中，而且這也與前面的「晉公子重耳出亡」接上了榫，使《左傳》全書前後照應。但襄公接受文

---

❸杜預《春秋左傳集解》。

❹荀子《天論》。

嬴建議放走三帥就屬於愚蠢了。先軫發怒一段，寫得很生動形象，盛怒之下，居然不顧君臣尊卑，直呼襄公母親爲「婦人」，而且「不顧而唾」，用這種大不敬的行爲直接表現對襄公縱敵的鄙視和反感。這一方面表現了先軫的率直和至誠，但也反映出先軫的粗魯和越軌，必遭君主的忌恨。這就爲以後章節中寫晉的戰敗和先軫被害埋下了契機。由此可見，《左傳》的作者是很注意文章的前後照應，很善於埋下伏筆的。

孟明等人辭行的話和穆公的檢討更是爲了彰顯主題。孟明的話軟中透硬，表明戰敗被俘並沒有使他喪失鬥志，相反更激起他們復仇的決心。穆公的檢討則表現了最高執政者不文過飾非、勇於自責的政治品質。正是這種品質使他在失敗後清醒過來，奮發圖強，終成春秋霸主。據《左傳》所載，三年後秦伯仍用孟明伐晉，「濟河焚舟，取王官及郊，晉人不出，遂至茅津濟，封殽尸而還」，就是這種復仇決心和清醒態度所帶來的必然結果。通過文嬴請釋三師和穆公檢討這兩個餘波雄辯地證明了這樣一個道理：一個國君、一個將領、一個軍隊，只要進行的戰爭是正義的，又能認真遵循戰爭的規律，那麼就一定會取得戰爭的勝利，相反就必然遭到失敗。這就使作品的主題超出了殽之戰這個具體事件，從而開掘得更爲深刻。

揣摩心理　因勢利導
——孟子《齊桓晉文之事》的語言藝術

齊宣王問曰：「齊桓、晉文之事，可得聞乎？」孟子對曰：「仲尼之徒，無道桓、文之事者，是以後世無傳焉，臣未之聞也。無以，則王乎？」曰：「德何如，則可以王矣？」曰：「保民而王，莫之能禦也。」曰：「若寡人者，可以保民乎哉？」曰：「可。」曰：「何由知吾可也？」曰：「臣聞之胡齕曰：王坐于堂上，有牽牛而過堂下者。王見之，曰：『牛何之？』對曰：『將以釁鐘。』王曰：『舍之，吾不忍其觳觫，若無罪而就死地。』對曰：『然則廢釁鐘與？』曰：『何可廢也，以羊易之。』不識有諸？」曰：「有之。」曰：「是心足以王矣。百姓皆以王爲愛也，臣固知王之不忍也。」王曰：「然。誠有百姓者。齊國雖褊小，吾何愛一牛？即不忍其觳觫，若無罪而就死地，故以羊易之也。」曰：「王無異于百姓之以王爲愛也。以小易大，彼惡知之？王若隱其無罪而就死地，則牛羊何擇焉？」王笑曰：「是誠何心哉？我非愛其財，而易之以羊也，宜乎百姓之謂我愛也。」曰：「無傷也。是乃仁術也，見牛未見羊也。君子之于禽獸也，見其生，不忍見其死；聞其聲，不忍食其肉。是以君子遠庖廚也。」

王説曰：「《詩》云：『他人有心，予忖度之。』夫子之謂也。夫我乃行之，反而求之，不得吾心。夫子言之，于我心有戚戚焉。此心之所以合于王者，何也？」曰：「有復于王者曰：『吾力足以舉百鈞，而不足以舉一羽；明足以察秋毫之末，而不見輿薪。』則王許之乎？」曰：「否。」「今恩足以及禽獸，而功不至于百姓者，獨何與？然則一羽之不舉，爲不用力焉；輿薪之不見，爲不用明焉；百姓之不見保，爲不用恩焉。故王之不王，不爲也，非不能也。」曰：「不爲者與不能者之形，何以異？」曰：「挾泰山以超北海，語人曰：『我不能。』是誠不能也。爲長者折枝，語人曰：『我不能。』是不爲也，非不能也。故王之不王，非挾泰山以超北海之類也；王之不王，是折枝之類也。老吾老，以及人之老；幼吾幼，以及人之幼；天下可運于掌。《詩》云，『刑于寡妻，至于兄弟，以御于家邦。』言舉斯心，加諸彼而已。故推恩足以保四海，不推恩無以保妻子。古之人所以大過人者，無他焉，善推其所爲而已矣。今恩足以及禽獸，而功不至于百姓者，獨何與？權，然後知輕重；度，然後知長短。物皆然，心爲甚。王請度之！抑王興甲兵，危士臣，構怨于諸侯，然後快于心與？」王曰：「否。吾何快于是？將以求吾所大欲也。」曰：「王之所大欲，可得聞與？」王笑而不言。曰：「爲肥甘不足于口與？輕煖不足于體與？抑爲采色不足視于目與？聲音不足聽于耳與？便嬖不足使令于前與？王之諸臣皆足以供之，而王豈爲是哉？」曰：「否，吾不爲是也。」曰：「然則王之所大欲可知已：欲辟土地，朝秦楚，莅中國，而撫四夷也。以若所爲，求若所欲，猶緣木而求魚也。」王曰：

「若是其甚與？」曰：「殆有甚焉。緣木求魚，雖不得魚，無後災；以若所爲，求若所欲，盡心力而爲之，後必有災。」曰：「可得聞與？」曰：「鄒人與楚人戰，則王以爲孰勝？」曰：「楚人勝。」曰：「然則小固不可以敵大，寡固不可以敵衆，弱固不可以敵彊。海內之地，方千里者九，齊集有其一；以一服八，何以異于鄒敵楚哉？蓋亦反其本矣。今王發政施仁，使天下仕者皆欲立于王之朝，耕者皆欲耕于王之野，商賈皆欲藏于王之市，行旅皆欲出于王之塗，天下之欲疾其君者，皆欲赴愬于王。其若是，孰能禦之？」

王曰：「吾惛，不能進于是矣。願夫子輔吾志，明以教我。我雖不敏，請嘗試之。」曰：「無恆產而有恆心者，惟士爲能。若民，則無恆產，因無恆心。苟無恆心，放辟邪侈，無不爲已。及陷于罪，然後從而刑之，是罔民也。焉有仁人在位，罔民而可爲也！是故明君制民之產，必使仰足以事父母，俯足以畜妻子，樂歲終身飽，凶年免于死亡，然後驅而之善，故民之從之也輕。今也，制民之產，仰不足以事父母，俯不足以畜妻子，樂歲終身苦，凶年不免于死亡。此惟救死而恐不贍，奚暇治禮義哉？王欲行之，則盍反其本矣。五畝之宅，樹之以桑，五十者可以衣帛矣。雞豚狗彘之畜，無失其時，七十者可以食肉矣。百畝之田，勿奪其時，八口之家，可以無飢矣。謹庠序之教，申之以孝悌之義，頒白者不負戴于道路矣。老者衣帛食肉，黎民不飢不寒，然而不王者，未之有也。」　——孟子《梁惠王上·齊桓晉文之事》

先秦時代的孟子不僅是位儒學大師，也是一位語言大師。他的語言氣勢充沛而又委婉動聽，善於在謙和遜讓中蓄勢，在生動譬喻中設圈套。進步的思想主張加上這種無與倫比的語言藝術，就使他像古希臘的西塞羅一樣，在辯論中無往而不勝，而且是一種使人心悅誠服的勝。這篇《齊桓晉文之事》就是他出色的語言藝術一個範例。

齊宣王，姓田，名辟疆，戰國時代田氏齊國的第四代君主。當時齊國正處在國富兵强之際，他又喜文學遊說之士，凡到齊國來的遊説之士都賜給住宅，並以上大夫待之，一時天下士人都聚集到齊都稷下。孟子來到齊國，也很受宣王敬重，多次與之交談。在這次談話中，他集中闡發自己政治主張中的核心問題「王道」與「仁政」，而且通過出色的語言藝術，來達到自己的政治目的。

全文圍繞著説服宣王施行王道和闡述施行王道的具體設想而分爲四段。第一段從開始到「此心之所以合于王者何也？」主要是闡明施行王道的關鍵在於保民，保民的前提是要有「不忍之心」，在語言上是欲擒故縱，誘其入彀。

孟子主張王道，齊宣王卻相信霸道，一心想步齊桓公、晉文公後塵成爲霸主，所以一見面就問齊桓、晉文之事。齊桓公、晉文公都是春秋五霸之一，他們依靠征伐殺戮、挾天子令諸侯而成爲霸主，而孟子是堅決反對征伐殺戮、殘民以逞的。在他看來，「爭城以戰，殺人盈城；爭地以戰，殺人盈野」，這些「善戰者」應「服上刑」（《離婁》下）。但在這次談話中如果直述己見，一開始就有可能陷入僵局，達不到説服對方的目的。爲了使談話能進行下去，孟子巧妙地藉口「仲尼之徒無道齊桓、晉文之事」，這既可以迴避直抒己見，又沒有放棄自己立場去違心附和。然後，以商榷的口吻提出「無以，則王乎？」。想成就王業，成爲霸主，這是宣王平日朝思暮想之事，也是他與孟子談話的目的所在。孟子正是抓住對方心理，一開始就引對方入彀。宣王心中，認爲只有像齊桓、晉文那樣殺伐征討才能成就王業，除此之外，他不知道還有別的什麼途徑，所以他自然要問：「德何如則王矣？」這一問正中孟子下懷，他順理成章地提出了自己的觀點：「保民而王」。但宣王之德能否保民呢？尤其是他一心以齊桓、晉文爲懿範，又怎能在施政主張中考慮保民呢？孟子心裡也很清楚，宣王目前的做法並不是在保民，但如直指這一點，談話就不可能深入下去，剛提出的「保民而王」的主張也就不可能闡發，所以他又用欲擒故縱之術繞了個彎子，舉出宣王以羊易牛這件事，證明宣王有「不忍之心」，而且有這種「不忍之心」就「足以王矣」。這樣一來，就使宣王明白要成就王業，除征伐殺戮之外還有一條更好的途徑，就是「保民而王」，而自己身上竟然還具備「保民而王」的基本條件，這就打消了他對自己能否保民的疑慮，初步確立了他施行王道的信道。於是，話題不知不覺地已從齊桓、晉文之事移向了「保民而王」，宣王也由一心嚮往霸道開始考慮王道。更爲巧妙的是，孟子還把自己擺在宣王知己的位置上，彷彿只有他才真正了解宣王，「百姓皆以王爲愛也，臣固知王之不忍也」。這當然使宣王大爲高興，以爲遇到了知己，於是推心置腹地同孟子攀談起來，對這個放鬆了戒備的對手，孟子當然就很容易地把他俘虜過來了。孟子曾教誨他的學生說：「羿之教人射，必志於彀。」（《告子》上）孟子對齊宣王說教，也是瞅準了他的心理，用欲擒故縱的方法讓其放鬆戒備，然後一箭中彀的。

第二段從：「曰：『有復于王者曰』」至「然後快于心與？」主要是指出要想保民而王就要推恩於百姓。至於宣王前沒有「推恩」，是其「不爲」，而非「不能」。

通過前面一段對話，齊宣王已初步認識到靠著自己的「不忍之心」也可以「王天下」，不一定要用齊桓、晉王武力征伐之法。但對爲何有了「不忍之心」就可以「王天下」，他並沒有真正了解，所以必然會提出這樣的疑問：「之所以合于王者，何也？」對宣王的追問，孟子當然要回答，同時還要進一步講清：有了「不忍之心」，這只是「王天下」的前提，要想真正「王天下」，還必須把「不忍之心」付諸於實施，即推恩於民。而宣王是在這一點上與「王道」還有很大的距離：他既沒有推恩於民，也不願推恩於民。但在具體的答覆方式上，孟子並沒有直截指出這點，也沒有採取第一段使用的欲擒故縱之法，而是巧爲設喻，以迂迴之法達其目的。他打了個比方：如果有人說他能舉起千斤重物，卻舉不起一根羽毛；看到秋毫之末，卻連一車柴禾也看不見，這樣的話能相信嗎？任何具有生活常識的人對這一問題的回答都只能是否定的。宣王也只好說「否」，這否定的回答就中了孟子的圈套，接著孟子口氣一轉，直截指出宣王「恩足以及禽獸，而功不至於百姓」，就像能舉百鈞而不能舉一羽，能察秋毫而不能見輿薪一樣，不是做不到，而是不願做。因前面的例子太通俗易懂了，既然能否定了前者也就無法肯定後者。此時齊宣王的窘迫之態我們是可以想像的。但爲了掩飾其窘態，宣王則以守爲攻，反問孟子：「不能」和「不爲」的區別在哪裡？孟子又以挾泰山超北海和爲長者折枝爲喻來進一步説明「王之不王」是主觀上的「不爲」，而不是客觀上的「不能」。那麼，「保民」是否像爲長者折枝那樣容易呢？因爲「王道」在一心想實行霸道的宣王眼中還是個抽象模糊的概念，要使他相信實行王道並不難，從而願意做，就必須把王道概念具體化，於是孟子提出「推恩」作爲「保民」的形象圖解。所謂推恩就是由己及人的「老吾老以及人之老，幼吾幼以及人之幼」。這很簡單、也很容易做到，而只要做到這點，「天下就可運于掌」。孟子爲了强調推恩的重要性，又從正反、古今多方面加以强調：推恩足以保四海，不推恩無以保妻子，而古代一些大過人者也不過是善推其所爲罷了。「推恩」的施行如此之易，施行不施行後果又如此不同，孟子要宣王慎重權衡一下應該怎麼辦。其實，這不過是孟子步步進逼迫宣王表態，答案已不言自明。因爲他已瞅準了宣王既愛妻子又想王天下的心理狀態，宣王這時已別無選擇，就像磨道上的驢，只好往前走了。有人説，孟子具有戰國時代縱橫家的雄辯氣概，從以上一番辯論來看，確是如此。

第三層，從「王曰：『否，吾何快於是』」至「『……其若是，孰能禦之』？」主要是從反面批駁霸道，指出興甲兵，肆征伐，一心圖霸必然惹禍。在此之前，孟子主要是用勸誘、讚譽，正面宣揚王道，指出「保民」不難，宣王有不忍之心，已具備「仁者」的基本條件。對不知仁政爲何物、一心圖霸的宣王來説，這樣的正面宣揚和鼓勵是完全必要的。但要想使他真正接受孟子的主張，一心一意施行仁政，還必須去掉他的僥倖心理，消除他通過武力來稱霸的幻想，這就需要從反面來批駁霸道。批駁之前有段對話，寫得很精彩：宣王對自己的「大欲」是故作曖昧，笑而不答；孟子也故作不知，猜來猜去，一連舉出肥甘、輕煖、采色、聲音、便嬖等五個方面，讓宣王一一否定。這種明知故問、旁敲側擊，爲即將進行的大辯論先闢出一塊闊地，爲指斥宣王一心迷醉霸道製造一種輕鬆融洽的氣氛，同時，也爲在辯論中直搗要害割盡枝杈，切斷宣王退路，不給他留下任何支吾其辭、閃避躲藏的餘地。就在宣王得意地連連否定後，孟子單刀直入、直指要害：「然則王之所大欲可知已：欲辟土地，朝秦楚，莅中國，而撫四夷。」而且乾脆直接告訴宣王用這種方法來達到王天下的目的，簡直像緣木求魚，是根本不可能的。這時退路早被切斷，躲閃也無餘地，只好硬著頭皮承認，這確是他的「大欲」。雖承認了「大欲」但心還是不甘，因爲他對霸道的危害並無認識，所以承認之中又表示懷疑：「若是其甚與？」這時孟子不再用遜讓的語氣了，而是用步步進逼的凌厲攻勢摧毀宣王對霸道的最後一點幻想，從而迫使宣王全盤放棄以往想法，接受孟子的仁政主張。孟子先針鋒相對回擊：企圖以戰求霸，這比緣木求魚更甚，因爲「緣木求魚雖不得魚，無後災」，而以戰求霸「後必有災」。爲什麼會有災，有什麼災？孟子又施展他巧爲設喻的拿手好戲，以鄒與楚戰爲例，指出宣王以戰求霸這是在「以一服八」，其後果就像鄒人敵楚一樣，必然失敗。這樣就徹底打消了宣王以戰求霸的幻想，堵死了霸道這條路，但堵死這條路就必須另開一條路，因爲宣王是要王天下的，這是他與孟子談話、肯接受孟子主張的根本出發點，所以孟子又給他指出通往王天下的光明大道，那就是復性返本，「發施仁政」。如能做到這點，天下的「仕者」、「耕者」、

「商賈」、「行旅」就會爭相來齊，這樣齊國就能無敵於天下。「其若是孰能禦之？」這句反問充滿信心、充滿勇氣，它既使宣王心悅誠服，又使宣王躍躍欲試。宣王終於認識到過去的想法是不對的，要孟子給予指點，怎樣才能實行仁政？這時水到渠成，孟子可以暢談自己關於施行仁政的具體設想了。

以上三段主要是說服宣王接受仁政主張。宣王從問齊桓、晉文之事到承認「吾惛」，向孟子求教仁政，這是一個一百八十度的大轉彎；孟子從恭謙地迴避談齊桓、晉文到直接指斥以戰求霸必有後災，也是一個一百八十度的大轉彎。當然，雙方的思想核心和立場都沒有變，宣王仍想王天下，孟子仍是在宣傳仁政，造成這種轉變，主要是孟子的辯論藝術和語言魅力。他瞅準對方的心理，因勢利導，或欲擒故縱，引其入彀；或巧爲設喻，百般解說；或直接指陳，斷其退路，終於使對方明白，要達到王天下的目的，仁政是唯一的途徑。

第四段從「曰：『無恆產而有恆心者』」至結尾，主要是闡述施行仁政的具體措施。這時宣王已舉手投降、心悅誠服，無須再辯論了，因此只是孟子一人侃侃而談，其語言也如長江大河一瀉而下，有種風起濤湧、不可阻擋之勢。

孟子施行仁政的具體措施是「治產」和「教民」。孟子認爲民若如沒有「恆產」就不會有「恆心」；沒有「恆心」就會「放闢邪侈，無不爲己」。等到民衆犯了罪再用刑罰處分他，那就是坑害民衆，爲仁君所不爲。這段在論證方法上是反推法，也就是從反面層層推進，步步緊逼，使宣王明白「治民之產」的重要性，在此基礎上再提出「治產」的標準：「仰足以事父母，俯足以畜妻子，樂歲終身飽，凶年免於死亡。」其具體做法和步驟是「五畝之宅，樹之以桑」，這樣五十歲的人就可以衣帛了；抓緊時機養家禽家畜，七十歲的人就可以吃上肉食了；再給「百畝之田，勿奪其時」，這樣八口之家就可以無飢了。這是孟子所描繪的一幅小康生活圖景，也是孟子所嚮往的所謂文王之化、周公之治（見《盡心》上）。

讓人民無凍餒之苦，只是孟子仁政計劃的一部分，還必須施以之化，這是更重要的一部分。因爲在孟子看來「禮比食重」（《告子》下）。在生活安定的基礎上再「謹庠序教教，申之以孝悌之義」，使「頒白者不負戴于道路」。如果真正做到了這一點，「然而不王者，未之有也」。這樣就與開頭的「保民而王，莫之能禦」相呼應，使全文結構完整，具有一種不可辯駁的說服力。

以上就是孟子向齊宣王所解說的以「王道」爲基礎的仁政的基本構想，也是孟子「民本」思想的具體社會圖解。在孟子看來，君主只要有「不忍之心」並推恩及民，就能施仁政；只要施仁政，人民就會歸附，就不會犯上作亂，就可以「王天下」。這種「保民」主張與他的「民爲貴，社稷次之，君爲輕」的儒家思想是一致的。這種思想，在那個「庖有肥肉，廄有肥馬，民有飢色，野有餓莩」（《梁惠王》上）的戰國時代是有進步意義的。但孟子認爲有「不忍之心」就可以「保民而王」，就可以填平上下之間的巨大差距，這在當時只能是一種幻想，要「肉食者」放棄瘋狂的佔有慾去「推恩於人」，這是根本不可能的。但孟子能抓住對方想「王天下」的心理，因勢利導，使對方由抵制、懷疑到放棄己見，虛心請教，心悅誠服地接受自己主張，這是一種了不起的語言藝術。唐宋八大家之一的蘇洵曾反覆攻讀《孟子》七、八年，悟出其語言魅力是孟子散文中的最大優勢，「不爲巉刻斬絕之詞，而其鋒不可犯」（《上歐陽内翰書》），這篇《齊桓晉文之事》即是例證。

歷史的懲戒　治國的警策
——談賈誼的《過秦論》

秦孝公據殽函之固，擁雍州之地，君臣固守，以窺周室，有席卷天下，包舉宇內，囊括四海之意，并吞八荒之心。當是時也，商君佐之，內立法度，務耕織，修守戰之具；外連衡而鬥諸侯。於是秦人拱手而取西河之外。

孝公既沒，惠文、武、昭襄蒙故業，因遺策，南取漢中，西舉巴、蜀，東割膏腴之地，北收要害之郡。諸侯恐懼，會盟而謀弱秦，不愛珍器重寶肥饒之地，以致天下之士，合從締交，相與爲一。當此之時，齊有孟嘗，趙有平原，楚有春申，魏有信陵。此四君者，皆明智而忠信，寬厚而愛人，尊賢而重士。約從離橫，兼韓、魏、燕、趙、齊、楚、宋、衛、中山之衆。於是六國之士，有寧越、徐尚、蘇秦、杜赫之屬爲之謀；齊明、周最、陳軫、召滑、樓緩、翟景、蘇厲、樂毅之徒通其意：吳起、孫臏、帶佗、兒良、王廖、田忌、廉頗、趙奢之倫制其兵。嘗以十倍之地，百萬之衆。叩關而攻秦。秦人開關延敵，九國之師，逡巡遁逃而不敢進。秦無亡矢遺鏃之費，而天下諸侯已困矣。於是從散約解，爭割地而賂秦。秦有餘力而制其敝，追亡逐北，伏尸百萬，流血漂櫓；因利乘便，宰割天下，分裂河山。彊國請服，弱國入朝。施及孝文王、莊襄王，享國日淺，國家無事。

及至始皇，奮六世之餘烈，振長策而御宇內，吞二周而亡諸侯，履至尊而制六合，執捶拊以鞭笞天下，威振四海。南取百越之地，以爲桂林象郡；百越之君，俛首係頸，委命下吏。乃使蒙恬北築長城而守藩籬，卻匈奴七百餘里；胡人不敢南下而牧馬，士不敢彎弓而報怨。於是廢先王之道，燔百家之言，以愚黔首；隳名城，殺豪俊；收天下之兵，聚之咸陽，銷鋒鍉，鑄以爲金人十二，以弱天下之民。然後踐華爲城，因河爲池，據億丈之城，臨不測之谿以爲固。良將勁弩，守要害之處，信臣精卒，陳利兵而誰何？天下已定，始皇之心，自以爲關中之固，金城千里，子孫帝王萬世之業也。

始皇既沒，餘威震於殊俗。然而陳涉甕牖繩樞之子，甿隸之人，而遷徙之徒也；才能不及中人，非有仲尼、墨翟之賢，陶朱、猗頓之富；躡足行伍之間，倔起阡陌之中，率罷散之卒，將數百之衆，轉而攻秦。斬木爲兵，揭竿爲旗，天下雲集而響應，贏糧而景從。山東豪俊，遂並起而亡秦族矣。

且夫天下非小弱也，雍州之地，殽函之固，自若也。陳涉之位，非尊於齊、楚、燕、趙、韓、魏、宋、衞、中山之君也；鉏櫌棘矜，非銛于鈎戟長鎩也；謫戍之衆，非抗於九國之師也；深謀遠慮，行軍用兵之道，非及曩時之士也。然而成敗異變，功業相反也。試使山東之國，與陳涉度長絜大，比權量力，則不可同年而語矣。然秦以區區之地，致萬乘之權，招八州而朝同列，百有餘年矣；然後以六合爲家，殽函爲宮；一夫作難而七廟隳，身死人手，爲天下笑者，何也？

仁義不施，而攻守之勢異也。　　——賈誼《過秦論》（上）

西元前二二一年，偏於西隅的嬴政在連續吞併了六國後，登上了秦始皇的寶座。但僅僅過了十二年後，又被率領一羣疲敝之卒、僅有最簡陋武器的陳勝涉義軍所推翻。當年的六國，無論在軍事上還是財力上都比嬴秦强大得多，而陳涉的農民軍無論在數量上還是裝備上同嬴秦又無法相比，但「歷史是喜歡嘲弄人的」，嬴秦恰恰是戰勝了「强大」而敗給了「弱小」，對這一奇特的歷史現象，西漢初期的一些政治家從借鑒秦亡教訓、鞏固西漢統治這種政治責任感出發，曾作過認真的研究和深刻的思索。像陸賈的《新語》，賈山的《至言》等都是在力圖解釋和回答這一歷史命題，賈誼的《過秦論》則是其中最有名、也最爲人稱道的一篇。《過秦論》是探討秦亡過失的總論，它分爲上中下三篇，上篇言始皇，中篇言二世，下篇言子嬰。但上、中、下三篇的主旨卻是一致的，即勝利往往會走向它的反面。秦的統治者在勝利之後、大權在握時犯了一系列愚蠢的錯誤：不施仁義，自以爲是；不信功臣，不親士民；不讓人講話等等。上篇專論始皇不施仁義以導致秦亡之過。

文章前一部分，作者以政治家高瞻遠矚的目光來總敍秦國由弱到强，以至吞併天下這一歷史過程。秦孝公任用商鞅實行變法，這是秦國强大的開始；惠文、武、昭襄蒙故業、因遺策，這是秦併六國的基礎；秦始皇奮六世之餘烈，終於履至尊而制六合，這是秦國既定國策所導致的必然結果。儘管作者没有對這國策加以詳論，但我們從秦由弱變强，最後吞併天下這個順利發展的過程中可以看出：「內立法度，務耕織，修守戰之具；外連衡而鬥諸侯」這個國策是正確的，歷代秦君執行得也是很謹慎和認真的。爲了更明確地證實這一點，作者使用了排比的手法，來渲染鋪排六國的聲威：他們有賢明的領導，還有出色的謀士和將軍，但恰恰是這樣的十倍之地、百萬之師，在秦國面前卻「逡巡遁逃而不敢進，秦無亡矢遺鏃之費，而天下諸侯已困矣」，秦國很輕易地就制服強大的對手，並藉此擴充了自己的領土和實力。作者越是渲染六國的聲勢，就越能反襯出秦國的强大，也就越能證明既定國策的正確，清代學者金聖嘆指出：「說六國時，此只是反襯秦。」(《才子古文·歷朝部分》)這話是對的。

但本文的宗旨是要討論秦過。渲染秦的强大，强調既定國策的正確，這都是在爲寫勝利後的愚蠢做法作鋪墊，爲後面的論斷「仁義不施，攻守之勢異也」蓄勢。所以當作者在大肆鋪排秦始皇的赫赫功勳時，我們已隱約感到，秦始皇在勝利之後，將要走向他的反面了。因爲像「振長策而御宇內，吞二周而亡諸侯，履至尊而制六合，執捶拊以鞭笞天下」這種統治國家的手段和方式，已不是强大，而是專橫，已不是教民、養民，而是奴民、役民了。

如果說第一段的結尾還是著力於渲染聲勢，還僅僅是作些暗示的話，那麼第二段就是直接敍述秦始皇殘酷統治人民的種種倒行逆施了。秦始皇一生的暴政很多，建阿房、修寢陵、驕奢淫逸、橫征暴斂不一而足，但作者沒有一一鋪敍，而是圍繞本文主題「仁義不施」，著重指出三個方面的劣跡，一是「廢先生之道，燔百家之言」，這是在行愚民政策；二是「隳名城、殺豪俊」，這是在屠戮無辜、毀滅人才；三是「收天下之兵，聚之咸陽，銷鋒鍉，鑄以爲金人十二，以弱天下之民」，這更是公開地站到民衆的對立面。作者選擇這三個方面，最能反映秦始皇對民衆的態度，也是導致秦亡的最直接原因。因爲苛捐雜稅、奢侈淫逸，這是歷代統治者的普遍特徵，只有「焚書坑儒」和「收天下之兵」是秦始皇的獨創，也是他「仁義不施」最突出的例證。在列舉秦始皇的種種倒行逆施後，作者又來一番誇張和渲染：「然後踐華爲城，因河爲池，據億丈之城，臨不測之谿以爲固。良將勁弩，守要害之處；信臣精卒，陳利兵而誰何？天下已定，始皇之心，自以爲關中之固，金城千里，子孫帝王萬世之業也。」這段排比鋪陳把秦的强大渲染到無以復加的地步，也把秦始皇意滿志得的驕固之態刻劃得淋漓盡致。然後再讓他一下子從頂峯上跌落下來，由極盛變成極衰，由幻想中的萬世之業變成事實上的二世而亡。這個轉變的關鍵便是陳涉起義。作者專門用了一段來敘述陳涉起義導致秦亡的經過。應當指出，對這位農民義軍領袖的高度評價，表現了賈誼這位封建政治家敏銳和的目光和深邃的洞察力，他透過這一歷史事件發現了蘊藏在民衆之中的巨大力量。司馬遷後來爲陳涉立傳，並列入《世家》；唐太宗所云「載舟之水亦能覆舟」，都可能從這裡得到啓發。作者在此採用比襯手法：前面渲染始皇的强大和聲威，是明褒而實貶；後面寫陳涉的低賤與平庸，則是明貶而實褒。因爲「疲弊之卒」居然戰勝了「信臣精卒」，「斬木爲兵」居然戰勝了「良將勁弩」，「數百之衆」居然攻克了「金城千里」，這更能襯托陳涉的才幹和始皇的愚蠢，也更能證明「仁義不施，攻守之勢異也」這個論點。近人高步瀛在分析這種比襯手法的好處時説：秦始皇「其勢力益雄，防衛益固，真可謂若萬世不亡者，而陳涉以一無勢力之人一出，而遂亡秦。此段更就前文所述，兩兩比較，幾同卵石之異，而卵竟碎石，是真奇怪不可測度」（《文章源流》）。這種比襯手法確能使人產生「以卵擊石」，居然卵存石碎這種意想不到的藝術效果。

最後一段，是作者在以上史實的基礎上展開議論，表明自己的政治見解。作者又一次採用對比的方法來進行。一是陳涉與六國相比，作者認爲從陳涉的爲人素質、軍隊裝備、數量、質量以及行軍用兵之道都不及六國，但結局卻偏偏是「成敗異變，功業相反」，這是什麼緣故？作者有意不馬上回答，讓讀者把這一懸念存於胸中。二是秦國立國前後自身的對比，立國前是區區之地，現在是六合爲家，殽函爲宮，而且客觀上的有利條件也未變：「天下非小弱也，雍州之地，殽函之固，自若也。」爲什麼在弱小時能「因利乘便，宰割天下」，現在卻會因一夫作難而導致「七廟隳，身死人手，爲天下笑」呢？這是存於讀者胸中的又一個懸念。直到這時，作者才一語點破：「仁義不施，而攻守之勢異也。」由於有了前幾段大量的例證鋪敍，又加上這兩個使讀者深深思考的懸念，所以這個結論一經道出，便如生鐵鑄就，不可更易，它是本文的大量鋪敍和論證後必然得出的結論，也是讀者在反覆思考後所得出的唯一可能。金聖嘆說：「《過秦論》者，論秦之過也。秦過只是末句『仁義不施』之語，便斷盡此通篇文字。」（《才子古文・歷朝部分》）白居易說他的《新樂府》是：「篇首標其目，卒章顯其志。」如果用此來比喻《過秦論》的論述過程，是很確切的。

通過以上分析，我們可以看出賈誼的《過秦論》主要是探討秦亡的原因，作者認爲秦在統一天下後志驕意得、不施仁義，儘管這時力量很强大，根基牢固，但很快就會走向反面。那麼，作者在漢初爲什麼要强調「仁義」，要探索秦亡的原因呢？清人章學誠認爲：「賈長沙《過秦論》，有何等深刻之意，而文有賦心，氣如河海，誦讀一過，而過秦諷漢之意，溢於言外。」（《文史通義》）章學誠的這種看法是有一定根據的。首先從漢初的形勢來看，賈誼認爲當時天下未治，重蹈嬴秦覆轍的危機是存在的，他把當時的情勢比作是「抱火厝之積薪之下，而寢其上。火未及燃，因謂之安，方今之勢，何以異此」（《論積貯疏》）。他寫這篇文章目的正是爲了使西漢統治者記住秦亡的教訓，免蹈亡秦之覆轍：「秦世之所以亟絕也，其轍迹可見也，然而不避，是後車又將覆也。」（《陳政事疏》）其次，從漢初的統治者在取得政權後的行事來看，也確實存在著忽視儒生、蔑棄「仁義」的傾向。漢高祖劉邦就曾蔑棄《詩》、《書》，自吹是「馬上」得天下的。當時陸賈就反駁他：「馬上取之，寧可以馬上守之乎？」當劉邦欲排斥儒生時，孫叔通又規勸他：「儒家不可與進取，卻可與守成。」正是在秦末大起義的衝擊和賈誼等政治家的引導下，漢初統治者才「改秦之敗，大收篇籍，廣開獻書之路」，出現一個「文學彬彬稍進，《詩》、《書》往往間出矣」（《漢書・藝文志》）的思想上比較開放的政治局面。應當說，賈誼的《過秦論》對這種局面的形成，是有一定功績的。

《過秦論》對後代的影響也是深遠的。晉朝的左思曾以弱冠之年寫出近似《過秦論》并以之自詡（《詠史》），劉宋的范曄說自己的《後漢書》中有的傳論「往往不減《過秦論》篇」（《獄中寫諸甥侄書》）。至於三國時曹冏《六代論》，晉陸機的《辨亡論》，宋代蘇洵、蘇轍、元代李楨的《六國論》更是以《過秦論》爲濫觴，無論在立意和論證方法上都明顯地受其影響。

精妙的結構之美
——讀《史記・魏公子列傳》

魏公子無忌者，魏昭王少子，而魏安釐王異母弟也。昭王薨，安釐王即位，封公子爲信陵君。是時范睢亡魏相秦，以怨魏齊故，秦兵圍大梁，破魏華陽下軍，走芒卯。魏王及公子患之。

公子爲人仁而下士，士無賢不肖，皆謙而禮交之，不敢以其富貴驕士。士以此方數千里爭往歸之，致食客三千人。當是時，諸侯以公子賢，多客，不敢加兵謀魏十餘年。

公子與魏王博，而北境傳舉烽，言「趙寇至，且入界。」魏王釋博，欲召大臣謀。公子止王曰：「趙王田獵耳，非爲寇也。」復博如故。王恐，心不在博。居頃，復從北方來傳言曰：「趙王獵耳，非爲寇也！」魏王大驚，曰：「公子何以知之？」公子曰：「臣之客有能深得趙王陰事者，趙王所爲，客輒以報臣，臣以此知之。」是後，魏王畏公子之賢能，不敢任公子以國政。

魏有隱士曰侯嬴，年七十，家貧，爲大梁夷門監者。公子聞之，往請，欲厚遺之，不肯受，曰：「臣修身絜行數十年，終不以監門困故而受公子財。」公子於是乃置酒大會賓客。坐定，公子從車騎，虛左，自迎夷門侯生。侯生攝敝衣冠，直上載公子上坐，不讓，欲以觀公子。公子執轡愈恭。侯生又謂公子曰：「臣有客在市屠中，願枉車騎過之。」公子引車入市。侯生下見其客朱亥，俾倪故久立，與其客語，微察公子。公子顏色愈和。當是時，魏將相宗室賓客滿堂，待公子舉酒。市人皆觀公子執轡。從騎皆竊罵侯生。侯生視公子色終不變，乃謝客就車。至家，公子引侯生坐上坐，偏贊賓客，賓客皆驚。酒酣，公子起，爲壽侯生前。侯生因謂公子曰：「今日嬴之爲公子亦足矣！嬴乃夷門抱關者也，而公子親枉車騎，自迎嬴於衆人廣坐之中，不宜有所過，今公子故過之。然嬴欲就公子之名，故久立公子車騎市中，過客，以觀公子，公子愈恭。市人皆以嬴爲小人，而以公子爲長者，能下士也。」於是罷酒。

侯生遂爲上客。侯生謂公子曰：「臣所過屠者朱亥，此子賢者，世莫能知，故隱屠閒耳。」公子往數請之，朱亥故不復謝，公子怪之。

魏安釐王二十年，秦昭王已破趙長平軍，又進兵圍邯鄲。公子姊爲趙惠文王弟平原君夫人，數遺魏王及公子書，請救於魏。魏王使將軍晉鄙將十萬衆救趙。秦王使使者告魏王曰：「吾攻趙，旦暮且下，而諸侯敢救者，已拔趙，必移兵先擊之。」魏王恐，使人止晉鄙，留軍壁鄴，名爲救趙，實持兩端以觀望。平原君使者冠蓋相屬於魏，讓魏公子曰：「勝所以自附爲婚姻者，以公子之高義，爲能急人之困。今邯鄲旦暮降秦，而魏救不至，安在公子能急人之困也！且公子縱輕勝，棄之降秦，獨不憐公子姊邪！」公子患之。數請魏王，及賓客辯士說王萬端。魏王畏秦，終不聽公子。公子自度終不能得之於王，計不獨生而令趙亡。乃請賓客，約車騎百餘乘，欲以客往赴秦軍，與趙俱死。

行過夷門，見侯生，具告所以欲死秦軍狀。辭決而行。侯生曰：「公子勉之矣！老臣不能從。」公子行數里，心不快，曰：「吾所以待侯生者備矣，天下莫不聞。今吾且死，而侯生曾無一言半辭送我，我豈有所失哉？」復引車還，問侯生。侯生笑曰：「臣固知公子之還也！」曰：「公子喜士，名聞天下。今有難，無他端，而欲赴秦軍，譬若以肉投餒虎，何功之有哉！尚安事客？然公子遇臣厚，公子往，而臣不送，以是知公子恨之復返也。」公子再拜，因問。侯生乃屏人閒語曰：「嬴聞晉鄙之兵符，常在王臥內，而如姬最幸，出入王臥內，力能竊之。嬴聞如姬父爲人所殺，如姬資之三年。自王以下，欲求報其父仇，莫能得。如姬爲公子泣，公子使客斬其仇頭，敬進如姬。如姬之欲爲公子死，無所辭，顧未有路耳。公子誠一開口請如姬，如姬必許諾，則得虎符，奪晉鄙軍，北救趙而西卻秦，此五霸之伐也。」公子從其計，請如姬。如姬果盜晉鄙兵符與公子。

公子行，侯生曰：「將在外，主令有所不受，以便國家。公子即合符，而晉鄙不授公子兵，而復請之，事必危矣。臣客屠者朱亥可與俱。此人力士。晉鄙聽，大善；不聽，可使擊之。」於是公子泣。侯生曰：「公子畏死邪？何泣也？」公子曰：「晉鄙嚄唶宿將，往，恐不聽，必當殺之，是以泣耳。豈畏死哉！」於是公子請朱亥。朱亥笑曰：「臣迺市井鼓刀屠者，而公子親數存之。所以不報謝者，以爲小禮無所用。今公子有急，此乃臣效命之秋也。」遂與公子俱。公子過謝侯生。侯生曰：「臣宜從，老不能；請數公子行日，以至晉鄙軍之日，北鄉自剄以送公子。」公子遂行。

至鄴，矯魏王令代晉鄙。晉鄙合符，疑之，舉手視公子曰：「今吾擁十萬之衆，屯於境上，國之重任。今單車來代之，何如哉？」欲無聽。朱亥袖四十斤鐵椎，椎殺晉鄙，公子遂將晉鄙軍。勒兵，下令軍中曰：「父子俱在軍中，父歸；兄弟俱在軍中，兄歸；獨子無兄弟，歸養。」得選兵八萬人，進兵擊秦軍。秦軍解去，遂救邯鄲，存趙。

趙王及平原君自迎公子於界，平原君負韊矢，爲公子先引。趙王再拜曰：「自古賢人未有及公子者也。」當此之時，平原君不敢自比於人。

公子與侯生決，至軍，侯生果北鄉自剄。

魏王怒公子之盜其兵符，矯殺晉鄙，公子亦自知也。已卻秦存趙，使將將其軍歸魏，而公子獨與客留趙。

趙孝成王德公子之矯奪晉鄙兵而存趙，乃與平原君計，以五城封公子。公子聞之，意驕矜而有自功之色。客有說公子曰：「物有不可忘，或有不可不忘。夫人有德於公子，公子不可忘也；公子有德於人，願公子忘之也。且矯魏王令，奪晉鄙兵以救趙，於趙則有功矣，於魏則未爲忠臣也。公子乃自驕而功之，竊爲公子不取也。」於是公子立自責，似若無所容者。趙王埽除自迎，執主人之禮，引公子就西階，公子側行，辭讓，從東階上。自言辠過：以負於魏，無功於趙。

趙王侍酒至暮，口不忍獻五城，以公子退讓也。公子竟留趙。趙王以鄗爲公子湯沐邑。魏亦復以信陵奉公子，公子留趙。

公子聞趙有處士毛公藏於博徒，薛公藏於賣漿家。公子欲見兩人，兩人自匿，不肯見公子。公子聞所在，乃閒步往，從此兩人遊，甚歡。平原君聞之，謂其夫人曰：「始吾聞夫人弟公子天下無雙，今吾聞之，乃妄從博徒賣漿者遊，公子妄人耳！」夫人以告公子。公子乃謝夫人去，曰：「始吾聞平原君賢，故負魏王而救趙，以稱平原君。平原君之遊，徒豪舉耳，不求士也。無忌自在大梁時，常聞此兩人賢，至趙，恐不得見。以無忌從之遊，尚恐其不我欲也，今平原君乃以爲羞，其不足從遊。」乃裝爲去。夫人具以語平原君，平原君乃免冠謝，固留公子。平原君門下聞之，半去平原君歸公子。天下士復往歸公子。公子傾平原君客。

公子留趙十年不歸。秦聞公子在趙，日夜出兵，東伐魏。魏王患之，使使往請公子。公子恐其怒之，乃誡門下：「有敢爲魏王使通者，死。」賓客皆背魏之趙，莫敢勸公子歸。毛公、薛公兩人往見公子曰：「公子所以重於趙，名聞諸侯者，徒以有魏也。今秦攻魏，魏急而公子不恤，使秦破大梁而夷先王之宗廟，公子當何面目立天下乎？」語未及卒，公子立變色，告車趣駕歸救魏。

魏王見公子，相與泣，而以上將軍印授公子，公子遂將。魏安釐王三十年，公子使使遍告諸侯。諸侯聞公子將，各遣將將兵救魏。公子率五國之兵，破秦軍於河外，走蒙驁。遂乘勝逐秦軍至函谷關，抑秦兵，秦兵不敢出。當是時，公子威振天下，諸侯之客進兵法，公子皆名之，故世俗稱《魏公子兵法》。

秦王患之，乃行金萬斤於魏，求晉鄙客，令毀公子於魏王曰：「公子亡在外十年矣，今爲魏將，諸侯將皆屬，諸侯徒聞魏公子，不聞魏王。公子亦欲因此時定南面而王，諸侯畏公子之威，方欲共立之。」秦數使反閒，僞賀公子得立爲魏王未也。魏王日聞其毀，不能不信。後果使人代公子將。公子自知再以毀廢，乃謝病不朝，與賓客爲長夜飲，飲醇酒，多近婦女。日夜爲樂飲者四歲，竟病酒而卒。其歲，魏安釐王亦薨。秦聞公子死，使蒙驁攻魏，拔二十城，初置東郡。其後秦稍蠶食魏，十八歲而虜魏王，屠大梁。

高祖始微少時，數聞公子賢。及即天子位，每過大梁，常祠公子。高祖十二年，從擊黥布還，爲公子置守冢五家，世世歲以四時奉祠公子。

太史公曰：吾過大梁之墟，求問其所謂夷門。夷門者，城之東門也。天下諸公子亦有喜士者矣，然信陵君之接巖穴隱者，不恥下交，有以也，名冠諸侯，不虛耳。高祖每過之，而令民奉祠不絕也。　　　——司馬遷《史記・魏公子列傳》

《史記》中的《魏公子列傳》是一篇出色的歷史傳記，也是一篇優美的文學散文。它不但語言生動準確，形象逼真感人，而且在章法上也具有獨特的結構美。

一、主線突出，不枝不蔓。

《史記》中的人物傳記有兩種基本結構，一是網式結構，即把傳中幾個主要人物同時托出，幾條線索同時進行，讓他們之間的矛盾糾葛並列橫陳，如《魏其武安侯列傳》就是如此。另一種結構方式是以一根線爲主，圍繞這根線來選擇材料、安排人物，《魏公子列傳》即屬這種類型。全文以信陵君一生中最主要的事件——救趙爲主線，圍繞這條主線來選擇材料，安排人物，通過這條主線的展開和人物活動來表現信陵君的爲國忘身、禮賢下士和虛心納諫等高貴品德。爲了達到這個創作目的，司馬遷在材料的處理上採取以下兩個手法：

第一，圍繞「救趙」這個中心事件來選擇材料、安排人物。

信陵君這個歷史人物一生交遊甚廣，可敘之事也甚多。但這篇列傳並沒有細述信陵君的一生，也沒有羅列信陵君一生的所作所爲，而是緊扣住救趙這個中心事件來選擇材料、安排人物。全文圍繞救趙分爲三大部分：救趙前、救趙經過和救趙之後。救趙前突出信陵君的禮賢下士、謙遜待人；救趙過程突出信陵君的爲國忘身和門客的拼死效力；救趙後則突出信陵君的虛心納諫、善於待士和由於救趙而導致的悲慘結局。全文可以說是以救趙起又以救趙終。

例如文章的第一部分寫公子與魏王博，寫公子禮重侯嬴、朱亥，似無關宏旨，實際上與救趙關係極大。因爲在與魏王博中，信陵君居然對鄰國魏王的一舉一動瞭如指掌，這使得趙王又驚又忌，從而畏公子賢能，不敢任公子以國政。也正是因爲魏王對公子的猜忌和畏懼，才使得秦軍圍趙時，魏王不採納公子及門客的建議。這個不採納，固然是由於畏秦，但恐怕與對公子的忌懼也有很大關係。也正因爲不任公子以國政，所以在救趙中，公子又不能按照自己的意志，使救趙通過合法的渠道來實現，最後只好採取盜竊虎符、椎殺晉鄙這個迫不得已的做法。由此看來，與魏王博這一情節，與救趙的中心事件是密切關連的。

至於寫公子禮重侯嬴，數請朱亥，這與救趙的關係更爲密切。因爲公子救趙所以能夠成功，主要是門客發揮了巨大的作用，而公子最大的優點也就是能禮賢下士、充分發揮門客們的才智。侯嬴和朱亥，是救趙的關鍵人物，竊符救趙的妙計就是侯嬴定的，最後還以死相報，表現了爲人謀事忠誠至死的高尚情操。至於朱亥，更是在十萬軍中襲殺主帥、奪取兵權的關鍵人物。因此第一部分寫的雖然不是救趙，卻是爲寫救趙這個中心事件做了很好的鋪墊。

第二，圍繞突出信陵君的高貴品格來安排情節、取捨人物。

在信陵君的諸種品格中，最使司馬遷敬佩的，也是作者極力要突出的是他爲國忘身、謙遜待士和虛心納諫。作者之所以細緻地描述救趙這個中心事件，也就是爲了通過這個事件來突出信陵君的這種品格。在文章中，凡與此種品格有關的作者就詳寫，否則就略寫或不寫。例如晉鄙這位嚄唶宿將，在救趙事件中應該說是位很重要的人物，但由於同突出公子的上述品格關係不大，所以他的經歷、形象作者都沒有細述和描摩。在作品中僅僅是作爲公子爲國忘身行爲的一個對立面，像影子一樣存在著。再如如姬，是竊符救趙的關鍵人物之一。竊符的過程應該說是很富有戲劇性的，後人還據此編出劇本《盜虎符》。但在本文中，爲了突出公子形象和高貴品格，如姬的身世、言行都沒有細述，生動的盜虎符過程也只用「如姬果盜晉鄙兵符與公子」九個字交待了過去。

相反，只要能突出公子的高貴品格的，作者就詳寫、細寫。例如在救趙之後，司馬遷又安排了幾個事件作爲餘波和尾聲來進一步渲染公子的上述品格。

一是虛心納諫、力戒驕矜。公子救趙後，自以爲有功於趙而露出自得之色。這時門客進諫，指出這種驕矜的錯處及其後果。對門客的規諫，信陵君虛心接受，立刻自責表示改正，並見之於行動，以至趙王打算「以五城封公子」，礙於公子的退讓謙遜，以至飲酒至暮也不好意思開口。這段的作用主要是再次渲染公子的虛心納諫、誠懇謙遜。

二是尋訪毛公、薛公，再次突出信陵君的禮賢下士。毛公、薛公是有德行的高士，但又都以卑賤的身份藏匿於民間。信陵君爲了尋訪人才，能放下架子「閒步往，從此兩人遊」。爲了突出信陵君的禮賢下士，作者有意把他與平原君作個對比。平原君認爲一個貴公子整天同博徒、賣漿者泡在一起是很荒唐的事，而信陵君則認爲能與這些以卑賤面目出現的高士往來，是很榮幸的。對比之下不難看出，平原君養士只是沽名釣譽，而信陵君則是意在求賢。孰優孰劣，自是不言而喻。平原君也是戰國時代以好客養士著稱的四公子之一，在當時的貴族中也是位佼佼者，而他的思想境界與信陵君相比差距竟如此之大，這更可襯托出信陵君品德之高尚。

三是秦兵伐魏、公子返國事件。再次渲染公子虛心納諫，爲國忘身的高貴品德。

公子救趙後，擔心魏王追究竊虎符、殺晉鄙一事而加害於己，一直客留趙國不敢返魏。在秦兵伐魏的緊急形勢下，他起先從個人得失出發嚴戒門下不准提返魏之事，但是一旦毛公、薛公曉之以大義，用宗廟社稷的安危陳說利害時，公子立刻變色，把個人安危放在一邊，立即告車趣駕歸救魏。

以上三個事件，一步一步地渲染了信陵君的高尚品德，使要表達的主旨更爲强烈、鮮明。

二、前後照應，善設懸念。

《信陵君列傳》是篇歷史傳記，它真實記錄了信陵君的一生，「不虛美，不隱惡」，可謂是「實錄」（班固《漢書·司馬遷傳贊》）。但在組織這些真實材料時，它又講求篇章的完整，做到前後照應「條貫有倫」（劉知幾《史通》）。

第一，整篇文章的前後是照應的。開頭强調公子仁而下士，賓客盈門，諸侯也因公子賢能、多客，不敢加兵謀魏十餘年。結尾則呼應開頭，從兩個角度再次渲染公子的賢能、愛士。

一是從正面。强調只要公子掛帥，諸侯就紛紛響應追隨，而秦兵就狼狽逃竄，龜縮於函谷關內，這樣就照應了開頭，又一次渲染了公子的聲威。

另一是反面，寫公子一旦受讒被廢身死，秦軍便馬上發動進攻，拔魏二十城，以至虜魏王、屠大梁。這更是反襯出公子一身繫著國家的安危。

第二，每一個事件的前後也是照應的。例如敍述與魏王博這事件，不但如前所述爲後來被迫竊符救趙留下了伏筆，也成爲救趙以後魏王中秦離間計的一個潛在原因。而且我們從「魏王畏公子之賢能，不敢任公子以國政」這句話中，也可以看出這件事也給信陵君的一生投下了陰影。

再如，文章中寫信陵君從毛公、薛公市井遊，而且相見甚歡，這不光是渲染他的禮賢下士，而且也照應了下面一段：當秦兵伐魏，國家處於危急存亡關頭，正是這兩位高士向信陵君曉以大義、陳說利害，使信陵君從個人安危的小圈子中跳了出來，急如星火返國救魏。正由於上段交待他們之間是交遊甚歡、親密無間，而且信陵君還以能結交他們爲榮，所以他倆才能在信陵君下令「有敢爲魏王通使者，死！」的盛怒之下仍可毫無顧忌地直陳利害，使信陵君幡然醒悟，馳歸救魏。

還應指出的是：作者在結構上還善於製造懸念，往往在故事情節正往下進展時卻戛然而止，故意撇開一筆去另說他事，然後在至關緊要處又讓中斷的往事浮現出來，成爲解決問題的關鍵。這種戛然而止、斷而復續的手法，使全文顯得峯迴路轉、層巒疊嶂，章法上具有一種曲折掩映之美。這也是一種前後照應，而且是更爲高超的前後照應。

例如寫公子拜訪朱亥這一段。朱亥的身份是屠夫，身爲貴胄的信陵君能屈駕數次相訪，這在當時是不可思議之事。公子數往請之，朱亥卻故意不復謝，這就更不可思議了，所以公子怪之。不但公子怪之，連讀者也感到奇怪：這是爲什麼呢？是朱亥故意抬高自己的身價？還是他從内心厭惡同貴介往還？但作者在製造這個懸念後便戛然而止，筆鋒一轉，又去敍述秦軍圍趙，魏的觀望，直到公子採納侯嬴建議竊取虎符，去邀請朱亥隨行準備擊殺晉鄙時，朱亥才告訴他以往不回拜的原因：是不願拘於小禮、流於形式，而準備在大事上以死相報。這樣不但前後照應，而且也表現了公子的門客「大行不顧細謹，大禮不辭小讓」的闊大胸襟，當然也襯托出公子的善於識別真才、恭謙禮讓的高貴品格。

三、疏密相間，具體全面。

在描述救趙這個中心事件時，作者從敵我、友鄰、君臣、門客、後宮、親朋、主僕等各個角度、各個方面來加以表現，顯得全面而周到。本文中有名有姓又有形象性格特徵的人物有十幾個，可以說是代表了這一事件的方方面面。我們通過這些人物錯綜複雜的關係和一系列的言行，對救趙這一事件的性質、意義、起因、經過、後果有了全面的了解，對這一事件中展示出的信陵君性格特徵也有了充分的認識。

但《史記》與《春秋》的章法不同，司馬遷並不滿足於這種輪廓的勾勒和一般性地介紹，也不滿足於只讓讀者從事件中得出一個全面完整印象，他還有種感情的投入和期許，即通過具體事件的敍述，生動的描摩細節來深深打動讀者、感染讀者、搖撼讀者的心靈。

例如迎侯生這一段，作者不但從公子、侯生、賓客、市人、從騎各個角度對這一事件加以介紹，讓讀者對此得出全面完整印象，而且還細細描寫迎侯的經過，以真情來感人：侯生是個貧寒的守門人，公子是個聲名顯赫的皇族貴胄，作爲公子能放下架子親自拜訪侯生這已屬罕見，專門爲侯生置酒大會賓客，並親自駕車去迎接他，這更是聞所未聞。更爲奇怪的是侯生並不因此就感激涕零，對公子百依百順，相反還用三種方式對公子繼續考驗：一是公子駕車迎侯時，他故意著破衣冠毫不謙讓地坐在左邊的尊位上，看看公子是否恭謙；二是路途中故意與朱亥久久閒談，看看公子是否不耐煩；三是在高朋滿座的盛宴上逕至上座，看看公子是否覺得丟臉。我們從「欲以觀公子」、「故久立」、「微察公子」等細節描繪中可看出侯生不是故意抬高身價、炫耀賣弄，而是在有意考察，用心良苦；而我們從公子的「執轡愈恭」、「顏色愈和」、「色終不變」、「引侯生上座」、「酒酣，公子起，爲侯生壽」等細節描繪中，可以看到公子是經受住了這場考驗，是真心養士、誠懇謙遜的。特別是作者把公子的這種態度與市人、從騎、賓客的不同態度作一比較，這就更反射出公子品格的高尚。通過這些具體生動的細節描繪，侯生的頭腦冷靜、良苦用心，公子的不從流俗、真誠待士等性格特徵都充分地表現出來。這爲在救趙中寫侯生在緊迫之中能冷靜地訂計，門客們在危急之下能出死效力都埋下了伏筆。日人齋藤正謙在評價《史記》敍事上的特徵時說：「讀一部《史記》，如直見當時人，親睹其事，親聞其語，使人乍喜乍愕、乍懼乍泣，不能自止，是子長敍事入神處。」（見《史記會注考證》引《拙堂文話》）這種感人動泣之筆，恐怕與細節的生動、具體關係極大。

總之，作者採用這種有疏有密、疏密相間的結構法，既完整全面地介紹了全貌，又生動具體地描繪了局部，因而既使讀者對信陵君轟轟烈烈而又坎坷不平的一生有了全面的了解，又深深地爲他的高貴品格所感動，爲他的悲慘結局而嘆息。這種文章上的結構美，確實是值得我們師法的。

駢體文學中的精妙小品
——讀《與朱元思書》

風煙俱淨，天山共色。從流飄蕩，任意東西。自富陽至桐廬一百許里，奇山異水，天下獨絕。水皆縹碧，千丈見底，游魚細石，直視無礙。急湍甚箭，猛浪若奔。夾岸高山，皆生寒樹。負勢競上，互相軒邈，爭高直指，千百成峯。泉水激石，泠泠作響；好鳥相鳴，嚶嚶成韻。蟬則千轉不窮，猿則百叫無絕。鳶飛戾天者，望峯息心，經綸世務者，窺谷忘反。橫柯上蔽，在晝猶昏；疏條交映，有時見日。

——吳均《與朱元思書》

六朝時代，駢體文得到了極大的發展，這種文體，講求辭藻富麗，典故詳實，音節鏗鏘，對仗工穩，句調整齊，把我國文學在獨特文字條件下的形式美發展到了無以復加的地步。但由於這個時代的大部分駢文作家，他們生活面狹窄，思想貧乏而又趣味不高，只是一味地在形式、技巧上下功夫，致使許多作品徒具華麗的外表，單純追求形式美的結果反墮入形式主義的泥坑。但其中也有些作家，他們既能發揮駢文之長又能避其所短，做到形式精美又內容充實，詞藻富麗又不顯得堆砌，句式工整又不顯得呆板，章法上雖有鋪陳而又不顯得浮華。梁朝吳均的《與朱元思書》

就是這種情辭並美的精悍之作。

《與朱元思書》描繪了從富陽到桐廬一帶山水的秀美景色，從中反映出作者平靜和諧的心境，流露出作者流連光景的生活情趣和迴避現實的處世態度。全文像一幅蕭疏淡遠的水墨畫，峻潔又富有情思，沖淡了駢文常有的富艷精工、藻繪流麗的濃麗；使人像客行山陰道上，山花野鳥親切自然，使人忘卻了駢文在形式上那種嚴格的限制。清人許槤在評鮑照的《登大雷岸與妹書》時說：「煙雲變滅，盡態極妍，即使李思訓數月之功，亦恐畫所難倒。句句錘煉無渣滓，真是精絕。」（《六朝文絜》）吳均的《與朱元思書》給人的感覺也同樣如此。

《與朱元思書》在結構上可分爲三層：

第一層，從「風煙俱淨」至「天下獨絕」，是寫自己遊覽的地點及對桐廬一帶山水總體印象。此文是封書信，卻沒有一般書信的寒暄，更避免了駢文慣用的盤桓鋪陳手法，劈頭就用勁峭雋潔的文筆，概括出桐廬山水總體特色：「風煙俱淨，天山共色。」這八個字用「風、煙、天、山」四種景物，組成一幅天朗山青、秋高氣爽的清秋風物圖。其中「共色」二字，不光寫出了天和山的顏色，而且還包含著形體感：青青的山靄漸漸地溶入藍藍的天空，二者合爲一體。如果說這八個字是從大處著眼，勾勒出廣闊的空間背景的話，那麼接著的「從流飄蕩，任意東西」八字則是從小處落墨，把作家與小舟點染在這闊大的背景之中，更顯得畫面疏朗，富有情致。「從流」和「任意」也不光是寫形，而且也傳神，活畫出作者恬靜的心境和無適無不適的曠達情懷，從而爲第三層中的議論埋下伏筆。在句式上，這兩句十六個字，兩兩相對，不但在句式上有一種對稱之美，而且每句之中平仄相間，兩句之間也平仄相對，聲律上更有種抑揚錯綜之美。南齊沈約在論及駢文聲韻時說：「若前有浮聲，則後須切響，一簡之內音韻盡殊，兩句之中輕重悉異，達此妙旨方可言文。」（見《宋書・謝靈運傳論》）《與朱元思書》中的聲律之美正是體現了六朝駢文這一特色。

作者的高明之處不僅表現在他擅長對偶駢句，更表現在他並不沈溺於其中，能在駢偶之中間或雜以單行散句，以免板滯單調，文中的「自富陽至桐廬一百里許」一句即是如此，它用簡樸通俗的語言敍述了風景佳麗之處的地點和範圍。這一散句雜在駢體之中，更顯得句式富有變化。劉勰在論及文章句法時說：「夫裁文匠筆，篇有大小；離章含句，調有緩急。隨變適會、莫見定準。」（《文心雕龍・章句》）看來，吳均這種隨變適會、駢散相間的句法是深得文章句法三昧的。接下來的八個字「奇山異水，天下獨絕」是桐廬一帶山水給作者總體印象，也是作者對此間山水總體評價。「奇」和「異」，已足以表明這一帶山水的不同凡響，再加「獨絕」二字，就更強調此處山水爲天下之冠。白居易在杭州時也曾說過：「東南山水，越爲首。」（《遊丹山禪院記》）可見作者這一結論不是没有根據的。

以上爲第一層，是總寫桐廬一帶山水給作者總體印象，在結構上起總領作用。下面的第二段（從「水皆縹碧」至「猿則百叫無絕」）則是從山、水、音響三個角度來印證「奇山異水，天下獨絕」這一結論。

首先寫水，強調這是「異水」。作者從兩個側面來進行：一寫水之顏色：「水皆縹碧，千丈見底。」縹碧，不只是道出水的清澈，而且也寫出了水的深度，因爲縹是蒼青色，水如不深，是不會青得發暗的。下面一句「千丈見底」則是分承法：「千丈」承「縹」，「見底」承「碧」。作者用詞的精當由此可見一端。如果說「水皆縹碧，千丈見底」這兩句還是作者在主觀訴說的話，那麼下面的「游魚細石，直視無礙」兩句則爲水的縹碧加一佐證。魚在水中，非水清則不可見，何況是正在游動、倏忽而過的魚；石在水中，要見亦屬不易，更何況是「細石」。所以「游」「細」二字，表面上看似很平淡，但略加品味，即可看出作者在用詞上的份量，可以說是「看似尋常最奇譎，成如容易實艱辛」（王安石《題張王樂府》）。

作者寫「異水」的第二個側面是寫水之急：「急湍甚箭，猛浪若奔。」箭，本是名詞，作者把它動詞化，形容水流之急，顯得既形象又簡潔；奔，本來是有生命的動作，作者用來形容無生命的浪，也顯得更有生氣。以上是從兩個側面來寫水，把靜態的色和動態的形都描摹得異常形象。

接下來是寫「奇山」。方法上也是通過山的位置、山的形體特徵以及羣峯這三個側面來寫山之奇。「夾岸」是描述高山聳峙於富春江兩岸，這樣既交待了上文所云的急湍甚箭之因，也寫出了山峯壁立之狀。至於「皆生寒樹」，則是無山不綠、有水皆清的江南山水典型特色。作者之所以要把樹寫成「寒樹」，這一方面點出了秋天的季節特徵，樹葉凋零、一片蕭索的景象；另外也暗寓了山的高峻，給人一種高寒的感覺。如果說「夾岸高山，皆生寒樹」這兩句還是用樹來反襯山之奇的話，那麼「負勢競上，互相軒邈」則是直接描繪山的形狀。負勢，是仗恃著各自獨特的地勢；競上，是爭著向高處挺上去，而且它們之間還互相軒邈：山峯一座比一座高，一層比一層遠。這裡不但寫出了山峯各依自己的地勢而形成的千奇百態之狀，而且還賦予它以人的心理特徵：個個爭著往上，一個想比一個高遠。在寫出了山峯各自的特徵後，作者又來個總寫：「爭高直指，千百成峯。」用「千百」二字把富春江兩岸所有的山峯統統攬於筆下，「成峯」二字又勾勒出峯峯相接、層巒相連之景。這兩句中雖有山勢的描寫，但主要是突出其高、直的形體特徵，其中「爭」與「指」兩個動詞也是擬人手法，且和前面的「競上」、「互相」等詞相呼應。

作者在描摹了奇山異水之後，又進一步敍述山水之中奇特的音響：水中有「泉水激石，泠泠作響」；山中有「蟬則千囀不窮，猿則百叫無絕」，山水之間則有「好鳥相鳴，嚶嚶成韻」。在這幾種聲響中，有無生命的泉水，也有有生命的蟬、鳥和猿；有昆蟲，有飛禽，也有走獸；有的反映出季節的典型特徵，如蟬鳴；有的又為山林之間所獨有，如泉水和猿啼。因此可以說這些聲音既代表了山水之中所有的音響，又反映出了山水名區的典型特徵。另外，作者在描摹這些音響時，也能把它們之間細微的不同之處加以區分，文筆顯得準確、峻美而又簡潔。如形容水流聲是「泠泠」，鳥鳴聲是「嚶嚶」，用的都是象聲詞；寫蟬鳴、猿啼則是「千囀不窮」、「百叫無絕」，著重描繪其音調多變和連綿不斷的音響特徵。

以上爲第二層，從奇山、異水、音響三個角度來印證桐廬一帶山水是「天下獨絕」。作爲特色，這層中有兩點值得一提的：

第一，句式上整齊、勻稱，音節諧調鏗鏘，富有駢體文學的形式美。特別是這層在大段四言對偶句式後，又綴以兩句六言，使句式更有一種舒緩相間、錯綜變化之美。

第二，本層在描寫山水時，一反駢文常用的誇飾堆砌之法，而是沿用了我國古典散文傳統的白描手法，顯得清新而自然。當我們讀到「游魚細石，直視無礙」時，就很容易使人想起後來的柳宗元古文「潭中魚可百許頭，皆若空游無所依」（《小石潭記》）；當讀到羣峯「負勢競上，互相軒邈」時，也很容易使人聯想起「其衝然角列而上者，若熊羆之登于山」（《鈷鉧西小丘記》）。這些地方的描景狀物，都不再是駢文常用的「詭勢瓌聲」、「字必魚貫」等手法（《文心雕龍・物色》），而是抓住了事物的典型特徵，用精當而流暢的語言直接加以描摹。這不能不說是對駢體文學的改造和創新，因此《梁書》上說吳均之文「文體清拔有古氣」（見《梁書・吳均傳》）是不無道理的。

第三層，「從鳶飛戾天者」至結尾，主要是抒發作者在遊歷之後的人生感慨。如果說第一、二兩層是描景的話，那麼此層則是抒情。「鳶飛戾天者，望峯息心」，表面上是寫山峯的高峻，連鳶這樣健飛的大鳥也難以飛越，但實際上，這是作者比喻手法的運用，用鳶來比喻那些在政治上追求高位的人，在這樣奇山異水面前，他們的「機務之心」也會頓息；同樣的，那些沈溺於世俗的「經綸世務者」，在這樣的山光水色中也會頓感神清氣爽，留連忘返。在這裡，「峯」與「谷」也並不專指山峯和峽谷，而是泛指桐廬一帶的山光水色。這兩句表現了作者對鑽營干謁的官場生活的否定和對追名逐利的世俗事務的厭棄，反映出當時一部分士大夫文人流連光景的生活情趣和迴避世俗的清高隱逸之思。作者在這裡所表現的思想，是有他的社會根源和思想根源的。從社會根源來看：當時士林崇尚清談，鄙棄世務，所謂「詩必柱下之旨歸，賦乃漆園之義疏」（《文心雕龍・時序》）。作者在這裡流露出的清高隱逸之情正是這種社會時尚的表現。從本人的生活經歷來看，由於他出身寒賤家庭，在異常講究門閥的南朝時代，仕途上很不得意，因此他不滿現實，詩文中常抒其懷才不遇之慨，並由此而轉向厭棄和逃避現實，所謂「懷念無人別，抱玉遂成非。安得久留滯，商山饒白薇」（《吳朝清集・爲發湘州贈親故別》）。本文中對戾天者和經綸世務者的感慨正導源於此。但從表現手法上來看，這層的「情」與上兩層的「景」配合得還是很緊密的：情由景而發，景爲情而設。作者用大自然的美景與社會世俗作一對比，肯定前者而否定後者，這也更加反襯出桐廬山水的驚人之美和具有一種移情易志的巨大魅力。

這層的最後四句「橫柯上蔽，在晝猶昏。疏條交映，有時見日」，可以說是個補筆，補寫羣峯中林深葉茂以及由此而形成的陰翳蔽日之狀，它起了下面兩個作用：

第一，使全文以寫景起而又以寫景終，顯得從容不迫，並且與開頭四句遙遙相對，使整篇文章在結構上更加工整對稱。

第二，在一番描寫敍述之後又贅上這四句描景，表面上看是個贅筆，但實際上更顯得作者已被桐廬一帶山水深深吸引，使他喜不自勝，欲罷不能。所以在一番描繪之後又補上幾句描繪，就更顯得老朋友之間不拘形迹，絮絮叨叨如敍家常，從而進一步增强了感染力。

總之，這篇遊記既發揮了駢體文的長處，又能注進充實的內容，並在形式上加以改造和創新，避免了這種文體的固有之短，因而成爲駢體文中不可多得的精妙小品。

建安抒情小賦的傑作
——《登樓賦》

登兹樓以四望兮，聊暇日以銷憂。覽斯宇之所處兮，實顯敞而寡仇。挾清漳之通浦兮，倚曲沮之長洲。背墳衍之廣陸兮，臨皋隰之沃流。北彌陶牧，西接昭丘。華實蔽野，黍稷盈疇：雖信美而非吾土兮，曾何足以少留！

遭紛濁而遷逝兮，漫逾紀以迄今。情眷眷而懷歸兮，孰憂思之可任！憑軒檻以遙望兮，向北風而開襟。平原遠而極目兮，蔽荊山之高岑。路逶迤而修迥兮，川既漾而濟深。悲舊鄉之壅隔兮，涕橫墜而弗禁。昔尼父之在陳兮，有歸歟之嘆音。鍾儀幽而楚奏兮，莊舄顯而越吟：人情同于懷土兮，豈窮達而異心！

惟日月之逾邁兮，俟河清其未極。冀王道之一平兮，假高衢而騁力。懼匏瓜之徒懸兮，畏井渫之莫食。步栖遲以徙倚兮，白日忽其將匿。風蕭瑟而并興兮，天慘慘而無色。獸狂顧以求羣兮，鳥相鳴而舉翼。原野闃其無人兮，征夫行而未息。心凄愴以感發兮，意忉怛而憯惻。循階除而下降兮，氣交憤于胸臆。夜參半而不寐兮，悵盤桓以反側。

——王粲《登樓賦》

建安抒情小賦的傑作
《登樓賦》

東漢後期，辭賦在內容和形式上出現了一個重大的變革，那種「勸百諷一」、宣揚聲威的西漢大賦逐漸消歇，代之而起的是「辯麗可喜」、「虞悅耳目」的抒情、詠物小賦。一部分正直的文人開始運用賦這種形式來抒發自己的政治感慨，揭露社會黑暗。賦的這種內容上的變化也帶來了形式上的相應改變：它不再鋪張揚厲，而是朝短小精悍的方向發展；不再是主客問答、抑客揚主的方式，而是趨向於作者直接描述；不再是一味鋪敍，而是敍事、抒情、詠物、説理各種手法交錯運用。到了建安時代，由於軍閥割據，戰亂頻仍，社會更加動盪，文人的感慨也更多，所謂「世積離亂、風衰俗怨，故志深而筆長，梗慨而多氣也」（劉勰《文心雕龍・時序》），普遍運用辭賦來作爲自己抒情的工具。於是，這種篇幅短小，以抒情爲主的小賦，從涓涓細流變成了滔滔江河，終於取代了鋪張揚厲的西漢大賦，成爲賦體文學的主要樣式。王粲的《登樓賦》則是建安抒情小賦的傑出代表，也是建安小賦藝術上成熟的標誌。

一、

《登樓賦》是建安年間青年詩人王粲的一篇名作。西元一九二年，挾持獻帝在西京的董卓被殺，其餘黨李傕、郭氾作亂於長安，政局動盪，士庶流離。年僅十七歲的王粲也被迫避難荊州依附劉表。劉表看他身體瘦弱，相貌不揚，不肯重用他，讓他在荊州閒居了十五年之久。這時期王粲目睹兵亂給人民帶來的種種災難，慨嘆自己無法施展建功立業的抱負，爲排遣心中的憂悶，他登上當陽城樓，寫下了這首有名的《登樓賦》。

《登樓賦》之所以成爲建安抒情小賦的傑出代表，首先是因爲它在內容上表現了新的精神。它不再像西漢大賦那樣去粉飾太平、誇耀聲威或婉曲地去「勸百諷一」，而是直接表現作者的主觀感受，抒發他久居客地的鄉關之思、離亂之感，傾吐他懷才不遇的感慨和要求建功立業的心情。

《登樓賦》在結構上可以分爲三大段。第一段寫詩人登樓所見，第二段寫登樓所思，第三段寫登樓所感。在第一段中，詩人開頭就交待登樓的原因是「登茲樓以四望兮，聊暇日以銷憂」，爲了銷憂而來登樓。但憂從何來呢？詩人沒有交待。憂是否由此而消去呢？詩人也沒有接著寫下去，而是轉而去寫登樓所見：高大宏偉的當陽樓，是舉世少見；它周圍的一片肥美沃土，更是信美少疇。這裡地勢平坦，河漢縱橫「挾清漳之通浦兮，倚曲沮之長洲。背墳衍之廣陸兮，臨皋隰之沃流」；這裡土地遼闊，物產豐富「北彌陶牧，西接昭丘，華實蔽野，黍稷盈疇」。眼前的景色如此美麗富饒，而詩人就身處其間。按說應該是逸興湍飛、樂以忘憂了，但事實上卻相反，對這「信美」的當陽，作者卻認爲絲毫不值得留戀：「曾何足以少留。」爲什麼呢？因爲此地「非吾土」啊！到這裡，詩人才回答開始時提出的問題：憂從何來。這樣的寫法不但使開端警策，引人懸想，而且在結構上迴環照應，顯得很縝密。正如劉勰所云：「仲宣靡密，發端必遒。」（《文心雕龍・詮賦》）

賦的第二段，是緊接上段集中抒發了詩人的鄉關之思、離亂之感。對當陽，詩人既如此的冷漠，又爲什麼要離開家鄉來到這兒呢？第二段一開始，詩人就回答了這個問題：「遭紛濁而遷逝兮，漫逾紀以迄今。」是因爲西京擾亂，他才不得已離鄉來荊州依附劉表的。在他的另一篇名作《七哀詩》中，對離開故鄉時的情景和心情描繪得很細微：「西京亂無象，豺虎方構患。復棄中國去，委身適荊蠻。」親戚朋友對他的離去戀戀不捨：「親戚對我悲，朋友相追攀。」自己對故鄉也是依依難分：「南登灞陵岸，回首望長安。悟彼下泉人，喟然傷心肝。」到了荊州後，由於「貌寢體弱」不被劉表重視，這種思鄉之情更是有增無已：「荊蠻非吾鄉，何爲久淫滯？方舟泝大江，日暮愁我心。」（《七哀詩》其二）寫《登樓賦》時，詩人離開故鄉已超過了十二年了（參用繆鉞《王粲行年考》說），對故鄉更是魂牽夢縈。賦的第二段，詩人從不同方面，從不同角度來抒發自己難以遏止的眷眷懷歸之情。首先，他極目遠望，想看一看家鄉的土地；繼而他敞開衣襟，想承受從故鄉吹來的北風。但平原是那樣寬廣，山峯又那樣高峻，道路逶迤曲折，河流既廣且深，這些都成爲他回望故鄉的障礙，每當他想到家鄉阻絕、有家難歸時，就止不住涕淚交流。詩人在觸景生情後，又由今及古產生聯想：想到孔子困於陳蔡而發「歸歟」之嘆：想到鍾儀被囚於晉仍不忘楚樂；想到莊舄病楚仍發越聲。作者由此而得出結論：懷鄉之情，人人皆有，它無古今的界線，亦無窮通的區分。這就使自己的懷鄉之情在更廣闊的背景上展開，使自己的愁緒帶有更廣泛的社會特徵，因而顯得局面闊大，氣勢很足。姚范說：「仲宣局面闊大。」（《昭昧詹言》）正是道出了這方面的特色。

如果詩人的感慨只限於上述的鄉思，那麼這篇賦只是在內容上超出了西漢大賦，還不足以成爲建安抒情小賦的傑出代表。因爲這種個人的愁緒，在建安時代的《鸚鵡賦》，以及後來的《恨賦》、

《別賦》等名篇中表現得也很充分。《登樓賦》的傑出之處在於他寫出了個人的愁緒後，又進一步抒發感慨，慨嘆由於社會動亂、國家多難，造成了人民流離，自己的才能也得不到施展。他盼望「王道一平」，希望自己能「假高衢而騁力」。這樣一來，就把個人的遭遇與人民的苦難、國家的前途融合到一起，典型地表現了「志深筆長，梗慨多氣」的建安精神。

首先，他希望儘快結束這種動亂局面，盼望國家安定，政治清明：「惟日月之逾邁兮，俟河清其未極。冀王道之一平兮，假高衢而騁力。」接著，表白自己要趁時而動、建功立業的熱望：「懼匏瓜之徒懸兮，畏井渫之莫食。」爲了襯托自己的心緒，他用景物爲喻，對當時政治昏暗、人民流離的社會現狀進行了形象的描摩：當陽樓前夕陽西下、天色慘淡、北風蕭索，茫茫的原野上，只有鳥在悲鳴、獸在狂奔和行役之人在踽踽獨行。這樣就把建安時代由於軍閥混戰所造成的那種蕭索動亂情景真實而形象地表現了出來。況且，詩人對此情景是動於中而傷於心的，所謂「心凄愴以感發兮，意忉怛而憯惻」，甚至下樓後仍愁思鬱結以至輾轉反側，中夜難眠。這樣，詩人就把自己的愁緒與國家的存亡，人民的安危緊緊聯繫到了一起，顯得更爲憂憤深廣，也更有時代的特徵，從而使它成爲一篇不朽的名作。

二、

《登樓賦》作爲建安時代抒情小賦成熟的標誌，在藝術上也有不少特色：

第一，形式上不再是西漢大賦那種板重凝滯的主客問答抑客揚主方式，而是按照時間順序、登覽過程，以景襯情、以情映景，集中地抒發作者個人的主觀感受，顯得條理分明、情景交融、敍事完整。

這篇小賦在時間上是從白天經晚暮以至夜半。詩人是白日登臨，日暮返歸。但由於登臨時所見的景物和由此而引起的愁緒又使詩人夜半難眠。詩人用「夜參半而不寐兮，悵盤桓以反側」作爲全文的收尾，就更顯得文已盡而意無窮，給人留下無限想像的餘地。

在敍事上則圍繞登樓的經過逐層展開，顯得條理明暢，敍事完整。詩人一開始就扣住登樓，寫暇日登臨以此銷憂，然後鋪敍樓的位置和樓四周的環境，在寫景的基礎上再大段抒發自己登樓遠望、去國懷鄉的眷眷之情。然後，再一次描繪登樓所見的凄愴之景，並在寫景的基礎上進一步抒發自己對萬方多難的政治局面的憂慮和要求建功立業的熱望，最後寫自己下樓返歸後仍不能平靜的激憤心情。這樣一景一情、一情一景，情景交融、首尾照應，使全篇顯得感情充沛、結構完整、抒情氣氛濃郁。

與建安時代其它小賦相比，登樓賦在敍事上的手法也是高超的。例如蔡邕的《述行賦》也是寫自己在動亂中被迫往洛陽時沿途所見，通過所見所聞來抒發自己的政治感慨，在情景交融這一點上並不比《登樓賦》差，但《述行賦》中，作者在短短的一篇小賦中寫了二十多個地點，回顧了三十多個歷史人物，而這些歷史人物之間又沒有多少關聯，雖然作者是以旅行路線把它們串在一起，但比起《登樓賦》來，總嫌龐雜了一些，情節也顯得不夠集中。

第二，它塑造了一個滿懷身世之憂而又積極進取的主人公形象。

漢代大賦，著重於內容的誇飾和詞藻的堆砌，并不注重人物形象的塑造。無論是枚乘《七發》中的客，還是司馬相如《上林賦》中的子虛、烏有，都只是作爲作品中大段議論和誇飾的一個中間連綴，像影子一樣存在著。建安抒情小賦注重了人物形象的塑造和內心感情的抒發，但它們達到的藝術高度也各不相同。彌衡的《鸚鵡賦》借物詠志，集中抒發了有志之士在離亂時期的委屈和苦悶，人物形象和內心世界刻劃得都比較真實、生動，但在賦的結尾處又來一個「恃隆恩于既往，庶彌久而不渝」，表示要對統治者的淫威抱委曲求全的態度。這樣，人物精神面貌前後就顯得不夠統一、完整。曹植的《洛神賦》給我們塑造了一個栩栩如生的神女形象，從中表現了作者對美好理想的追求，確實非常感人。但無可諱言，作爲抒情主人公——作品中我的形象，還是較蒼白無力的。王粲的《登樓賦》卻既改變了西漢大賦那種人物形同虛設的狀況，也避免了同時代小賦在塑造人物形象上的種種弊端，給我們塑造出一個內心世界相當豐富、複雜的抒情主人公形象。

首先，這位抒情主人公的內心世界是相當豐富的：他思念故鄉，渴望安定，同情人民疾苦，希冀建功立業。我們從「向北風而開襟」這個典型的動作中，就可以看出他如癡如狂的懷鄉之情，我們從詩人選取的「原野闃其無人兮，征夫行而未息」這個典型鏡頭中，也可以窺探出這位主人公的內心世界。另外，這位抒情主人公的內心世界也是相當複雜的：社會動亂、遠離家鄉，使他產生了無盡的憂愁。爲了銷憂他來登樓，但登樓後的所見、所思、所感，反而使上述的情感更加强烈，他由登覽而悵望、深思、徘徊，終於帶著激烈的矛盾情緒下樓，以至歸去不能成眠，這就完全違背了他登樓的初衷。正因爲人物的內心世界刻劃得如此豐富複雜，一個顛沛流離、憂國愛民、壯志難伸的抒情主人公形象才活脫脫地站在我們面前，這正是這篇小賦手法的高明之處。

第三，《登樓賦》不像西漢大賦那樣一味講究藻飾和鋪排，而是發揚了建安小賦在抒情手法上的種種長處，調動多種藝術手法來表現真情實感。

西漢大賦，爲了掩飾內容上的空虛貧乏，喜歡堆砌詞藻，講究鋪排，又好用生詞僻字。例如司馬相如的《子虛賦》，用了六十七個詞來鋪排山嶺，單是一個「高峻」就用了二十一個詞來形容。而王粲的《登樓賦》卻不是這樣，它講求真情實感，無論是寫景、抒情，還是運用典實來比喻，都適可而止，並不鋪設過多的詞藻。例如寫詩人憑欄遠眺時，只是選取有代表性的高山、平原、道路、河川各點一句，從中抒發遠眺受阻、難見故鄉，因而涕淚橫墜的真摯感情。在寫登樓所見的淒愴景象時，也只是突出鳥鳴獸奔、征夫未息，從中透露出詩人憂國憂民的信息。這樣的寫法，比起西漢大賦的鋪張揚厲、重疊堆砌，顯得簡潔而精粹。

在調動多種藝術手法來表現真情實感上，《登樓賦》發揮了建安小賦衆家之長。建安小賦，在抒發作者真情實感時手法是很高超的：禰衡的《鸚鵡賦》托物而詠志；蔡邕的《述行賦》借古諷今；曹植的《洛神賦》又以充分的比喻和想像取勝。《登樓賦》發揮了衆家小賦之長，調動了烘托、反襯、對比、聯想等多種藝術手法，使主觀感情的抒發顯得更加突兀生動。例如第一段寫登樓所見時，極力渲染當陽一帶土地肥美、物產豐富，其作用就是用異鄉風物之美來反襯自己思鄉之殷切。當詩人抒發自己鄉愁時，又運用聯想，與孔子、鍾儀、莊舄等的思鄉之情聯想起來，這樣就使鄉愁跨越了時空的界限，使場面更加闊大，感情也更爲奔放。另外，在第三段中，詩人著力渲染傍晚凄涼景色，來烘托自己的愁緒，也使思鄉憂國之情顯得更爲凄惻動人。

心中狂濤　筆底波瀾
——談李白《行路難》的抒情特色

金樽清酒斗十千，玉盤珍饈值萬錢。停杯投箸不能食，拔劍四顧心茫然。欲渡黃河冰塞川，將登太行雪滿山。閑來垂釣碧溪上，忽復乘舟夢日邊。行路難，行路難！多歧路，今安在？長風破浪會有時，直掛雲帆濟蒼海。

——李白《行路難》

「行路難」本樂府古曲，「雜曲歌」。李白借古題以寫時事，抒發自己對人生、對世途的感慨。原作一共三首，這裡選的是第一首。

在此詩中，李白爲我們塑造了一個感情極其豐富而又極其複雜的主人翁形象：他有理想、有個性、壯志滿懷又牢騷滿腹，在他身上，悲愁與振奮、追求與失望；夢中的熱烈與現實的冷酷，世途的坎坷與內心的坦蕩，這些似乎非常矛盾的事物和情感竟然如此和諧完美地統一在一起，使這首詩具有濃郁的抒情色彩和千古不滅的美學價值。

一、起落無迹，變化無端的結構。

《行路難》中，詩人的感情像黃河之水一樣奔騰跳躍、變化不定，强烈的信心與灰心的嘆喟往往交織在一起，轉瞬之間竟判若兩人。爲了與這種變幻莫測的感情相適應，全詩在結構上一個最大的特點就是起落無迹、變化無端。全詩十二行，分成六個層次，緊緊圍繞著理想與現實、主觀與客觀的劇烈矛盾衝突，反覆地、多層次地加以表現。起篇突兀而來，收尾出人意料，中間感情上大幅度跳躍，這都體現了變化無端這一結構上的特點。

此詩主題意在表現人生道路的艱難，但開頭卻大寫宴席的豪奢。「金樽」、「玉盤」以顯其器皿的貴重；「清酒」、「佳肴」以示其酒饌的精美，當然，主人的豪放與好客自在言外了。面對如此美酒和佳肴，曾說過「人生得意須盡歡，莫使金樽空對月」的李白，此時此刻大概要「會須一飲三百杯」❶了吧？但結果卻是「停杯投箸不能食，拔劍四顧心茫然」。詩題是《行路難》，開頭卻寫宴席如此豪奢，這出人意料；而宴席如此豪奢，卻出現個「停杯投箸不能飲」的局面，更出人意料。我們通過詩人停杯、投箸、拔劍、四顧這四個連續的動作，一個內心苦悶、憂形於色的抒情主人翁形象已初步浮現在我們眼前。

那麼，造成了主人翁食不下咽的內在原因是什麼呢？詩人的茫然四顧又是在探尋追求什麼呢？下面兩句是詩人的回答：「欲渡黃河冰塞川，將登太行雪滿山」，把人生旅途的艱難、政治道路的坎坷表現得很形象，從而反映了詩人對奸佞當道，有志難伸的茫然若失、憤憤不平之情。

既然是無路請纓，那就歸隱吧！「安能摧眉折腰事權貴，使我不得開心顏」倒也是詩人一貫的主張，詩人如按這個思路寫下

---

❶李白《將進酒》，見王琦集注《李太白集》。

去似乎也順理成章。但此詩結構上的變化莫測卻表現在他既順著這個思路又不順著這個思路，甚至還來個截然相反：道出途窮歸隱，閑居垂釣這種封建社會正直士大夫的必然歸宿後，又突發出一句「忽復乘舟夢日邊」。這裡借用乘舟夢日和呂尚渭水垂釣兩個典故，表示自己希望和當年的伊尹和呂尚一樣，被明主拔識於窮途中，去實現自己「奮其智能，願爲輔弼，使寰宇大定，海內清一」❷。的政治理想。這與前面幾句的傷感情調簡直判若兩人，而且情感轉變沒有任何過渡，顯得突兀劇驟，突現了變化無端這一章法特色。但是天寶年間的唐玄宗已是個楚懷王式的人物了❸所以儘管自己有著伊尹、呂尚那樣的才智，要實現這個理想只能在夢中。一個「夢」字，使詩人從熱烈的嚮往又回到冷酷的現實之中，當詩人以急促的節拍高喊「行路難！行路難！多岐路，今安在？」時，詩人對現實的感慨和控訴，對理想的探尋和追求已達到了感情上的最高點。但使人料想不到的是，在高聲的吶喊之後又突然出現一個寬慰舒緩的調子，在無限傷感之際又煥發出強烈的信心：「乘風破浪會有時，直掛雲帆濟蒼海。」這就像長江的激流在三峽迴旋激蕩後突然撞開巫峽，飛下巴州，出現一個豁然開朗的天地。詩人把希望寄於未來，相信總有一天理想的翅膀會衝破現實的陰霾，詩人將在執著的追求之後實現自己夢寐以求的政治理想。至此，一個有理想、有追求、內心感情極其豐富又極其複雜的抒情主人翁形象已栩栩如生地站立在我們眼前，充分

❷李白《代壽山答孟少府移文書》見王琦集注《李太白集》。

❸李白《古風》第五十一詩云：「殷后亂天紀，趙懷亦已昏」。

體現了結構上變化無端這一特色，而這正是表現主人翁内心的複雜性和情感上的跳躍性所必不可少的。

二、豐富多彩，瞬息萬變的鏡頭。

爲了强化此詩的抒情特色，詩中充滿了豐富多彩、瞬息萬變的鏡頭。首先，詩中的景物在不停地變換：金樽玉盤、清酒佳肴的豪奢宴會；寒光閃閃、出鞘的寶劍；冰封的黄河、雪埋的太行；清清的碧溪、鮮艷的朝陽；高掛的雲帆、浩瀚的大海。一幅幅色彩鮮明、物象精美的圖畫在不停地閃過，瞬息萬變，令人目不暇接。另外，主人翁的身份也在不停地變換：一會是豪華宴會上的賓客；一會是拔劍嘆息的狷介之士；一會是風塵跋涉的行人；一會是臨溪垂釣的隱士；一會是行將受命的賢臣；一會又變成乘風破浪的健兒。這種景物與人物的迅速不停變換，對强化這首詩的抒情色彩有以下幾個作用：

第一，景物的不停變換，使這首詩的場面顯得更壯闊、氣象更瑰麗，因而使抒情色彩更濃郁、氣氛更浪漫。金樽玉盤、清酒佳肴，這是一個宴席的場面；停杯投箸，拔劍四顧是一個單獨的動作。在畫面上可以説一是近景，一是個人的特寫鏡頭。但突然鏡頭拉遠了，幅度也拓廣了，出現了黄河、太行，而且黄河奔騰的波濤止息了，巍巍的太行也被冰雪覆蓋，欲渡不能、欲登無徑，行路之難在這幅大自然的圖畫中得到了最形象的解説：詩人巨大的藝術才力和激越奔騰的詩情，使他不可能遏止在現實的畫面中，於是鏡頭又從現實回到了往古，清清的璠溪邊呂尚在垂釣待時，伊尹乘舟接近了太陽，詩人的理想和追求越過了現實的阻隔，在這幅往古圖中得到了實現。最後，詩人爲我們展示出一幅高掛雲帆、直馳滄海的壯闊瑰麗畫圖，這是一幅政治遠景圖，詩人的滿腔壯志，闊大胸襟和對人生的信念，通過這幅圖畫最完美地表現了出來。當然畫面也從往古跳過了現實，直接對準了未來。

第二，人物身份的不停變換，可以使詩人的想像力更充分的發揮，詩人的自我表現色彩更强烈，也更濃郁。在《行路難》中，詩人把多種人物身份集於一身，使他們成爲詩人情感的外化，自身形象的投影。當他抒發自己有志難伸的苦悶時，就把自己比成對案不能食，拔劍四顧的狷介之士；當他感慨世途之艱時，又想像自己是在冰封的黄河渡口，雪埋的太行山中；當他的自信戰勝了苦悶之時，他又變成了終爲所用的呂尚和伊尹；在對遠景的樂觀代替了眼前的消沈時，他又成了乘長風破萬里浪的赳赳健兒，形象一個接一個的變化，從現實到夢境，從上古到未來，從咫尺之間到天涯海角。詩人的想像力及强烈的自我表現色彩，也通過古往今來不同身份的多種人物得到了充分的發揮。

第三，詩人對人物或場景的變換，處理得都很迅速、跨度很大，這種跨越時空的跳躍節奏，使這首詩在情感上更加奔騰，也更加飄逸。全詩六層十二句，可以説没有哪兩層人物相同、場景相同。甚至每層的兩句也是兩個不同的人物，不同的畫面，而且往往上層在現實，下層就突跳到往古，接著又速轉到未來，變化的節奏相當之快。這種多變化、快節奏的手法，造成了一種「飄然而來，忽然而去」如「天馬行空，不可羈勒之勢」[4]。

最後要提及的是，這首詩中的人物和場景瞬息萬變，這只意

---

[4]趙翼《甌北詩話》。

味著鏡頭的豐富多彩而不是雜亂無章，這當中是有內在規律可尋的。全詩的六個層次可分爲兩個方面：第一層金樽清酒的鋪陳，第三層黃河太行的設想；第五層行路艱難的感嘆，都側重於客觀現實；第二層停杯拔劍的苦悶，第四層呂尚伊尹的比喻，第六層雲帆滄海的憧憬，都側重於主觀理想。這兩條線索的交替、穿插、對比、衝突又始終圍繞著一根主線——詩人思想發展的線索來進行，從而成功地塑造出一個有理想、有抱負、不肯屈從、不甘沈淪的抒情主人翁形象。劉熙載説：「太白詩雖若升天乘雲，無所不之，然不離本位。」❺正是指出了李白詩歌雖頭緒紛繁卻主線分明這一抒情特色。

三、壯浪恣肆，不拘一格的語言。

這首詩的抒情氣氛如此濃郁，與它的語言特色是分不開的。首先，它的語言壯浪恣肆，直抒胸臆。有人稱李白詩歌的語言是「清水出芙蓉，天然去雕飾」❻。這意味著他在詩歌中是直接地毫不隱晦地抒發自己內在感情，而且表現得又很有華彩。如詩人在慨嘆政治坎坷、理想多阻時，就連聲大呼：「行路難！行路難！多歧路，今安在？」以此來直接抒發內心的無限感慨。這四句不但在情感上表現得很直露，很坦率，而且音節短促，節奏急迫，很好地抒發了詩人理想多阻時壓抑不住的憤懣之情。

那麼，是不是詩人在抒發感情時都用這種直抒胸臆之法呢？也不是這樣。就在這四句之前，詩人發抒行路之難感慨時，用的

---

❺劉熙載《藝概・詩概》。

❻胡仔《苕溪漁隱叢話》引李白詩句。

就是形象而貼切的比喻：「欲渡黃河冰塞川，將登太行雪滿山」這兩句不但緊扣題目，並賦予樂府古調以新的內涵和色彩，而且在情感上更加壯浪恣肆，因爲它使人想起「黃河之水天上來，奔流到海不復回」❼的雄渾氣勢，也使人想起「羊腸坂詰曲，車輪爲之摧」❽的太行風姿，再加上冰封、雪滿、欲渡、將登，這就勾畫出一幅冰天雪地，水險山高的「行路難」圖，增加了作品壯浪恣肆的抒情氣氛。

其次，它在語言上還能化用典故，不拘一格。詩人在語言的改造上表現出傑出的才能，無論是歷史典故還是古人詩句，經過他的點化，不但更準確更形象，而且畫面往往更瑰麗，抒情色彩更濃郁。如開頭四句，前兩句是截取曹植《名都篇》「歸來宴平樂，美酒斗十千」，後兩句是化用鮑照的《擬行路難》「對案不能食，拔劍擊柱長嘆息」，但李白的詩句比起這些古人詩句來，一是更準確更形象了，由曹詩中的美酒變成了盛在金樽中的清酒，並且有了佐酒的佳肴，而且還盛在玉盤之中；二是抒情的氣氛更濃郁更感人，鮑照詩中只是說「對案不能食」，李白詩中加入了不能食時的兩個具體動作——停杯、投箸。雖同是拔劍，鮑照詩中是擊柱長嘆息，而李白詩中卻是四顧心茫然，畫面要開闊一些，氣氛也更濃郁一些，另外像呂尚垂釣，伊尹夢日，宗慤的「願乘長風破萬里浪」，在《行路難》中都構成了一幅幅色彩鮮明、氣勢磅礴的畫面，也更增了這首詩的抒情色彩。

---

❼《將進酒》，見王琦集註《李太白集》。

❽曹操《苦寒行》，見《曹操集》。

《聞官軍收河南河北》的抒情特色

劍外忽傳收薊北，初聞涕淚滿衣裳。卻看妻子愁何在，漫卷詩書喜欲狂。白日放歌須縱酒，青春作伴好還鄉。即從巴峽穿巫峽，便下襄陽向洛陽。——杜甫《聞官軍收河南河北》

杜甫的詩歌是以敍事見長的，他善於鋪敍，善於含蓄委婉地表情達意，所謂「曲盡一時之意，通暢而有條理」（范仲溫《潛溪詩眼》），杜甫的詩歌也是以愁苦著稱的，萬方多難的局勢、多艱的民生常常使得詩人愁眉緊鎖、長歌當哭，所謂「杜詩强半言愁」（黃生《杜詩説》）。但是，長於敍事、多作愁聲只是杜甫詩歌創作的一個重要方面，卻不是唯一的方面。詩人巨大的藝術內涵就像是變幻莫測的岳陽洞庭一樣，既有陰風怒號、濁浪排空的一面，又有上下天光、一碧萬頃的一面；前者是沈鬱頓挫，以敍事見長，後者卻是流暢明快，以抒情著稱，前者使人同愁、同悲，後者卻使人同喜、同樂。《聞官軍收河南河北》就是後者一個典型的代表。

唐代宗廣德元年（西元七六三年）正月，叛軍首領史朝義兵敗自縊，他的部將李懷仙斬其首來獻並以幽州降，延續七年零三個月的安史之亂暫告一段落。當收復薊北這個消息突然傳來時，這位飽經喪亂，憂國憂民的詩人先是極度震驚，接著是驚極而喜，喜極而悲，於是涕淚滿面、手舞足蹈，衝口唱出了這首有名的七律。這首詩除第一句外，其餘七句皆是抒情。全詩一氣呵成，一瀉而下，造成一種感情上不可遏止的飛動氣勢。爲了更好地收到抒情效果，詩人採取了以下一些手法：

第一，全詩以「喜」字作爲主線，在結構上組成三次感情上的大爆發，造成一種波波相連、不可遏止之勢。

第一次感情爆發是「初聞」兩句。薊北收復的消息給詩人帶來極大震驚。薊北，是安史叛軍的老巢，攻克薊北，意味著曠日持久的安史之亂即將結束，當然值得欣喜；詩人又是在「劍外」聽到這個消息的，由於戰亂，使詩人顛沛流離、遠離家鄉，現在戰亂結束，自己的流離生活也將隨著結束，眼看歸期指日可待，這當然是喜上加喜；更何況這喜訊是「忽傳」，精神上沒有準備，這就更加重了喜的份量，加深了喜的程度。爲了表現這極度的喜悅，詩人採用了反襯法——以悲襯喜，用「涕淚滿衣裳」來反襯自己的驚喜之極，這是詩人的喜悅之淚，也是欣慰之淚，這淚洗去了昔日的愁苦，也衝開了詩人感情的閘門，引來了下文放歌縱酒，漫卷詩書的種種感情衝動之舉。所以「初聞」一句形在寫淚，意在寫喜。這種「以樂景寫哀，以哀景寫樂」的反襯法，可以「一倍增其哀樂」（王夫之《姜齋詩話》）。

詩中第二次感情爆發是「卻看」兩句，「卻看」，是由已而及人。詩人在極度驚喜之後再回頭看看妻子兒女們對此事的反映。詩人在驚喜之中，想起了自己的妻子兒女，這是很自然的事。因爲在安史之亂中，杜甫的妻子兒女們隨著杜甫飽受了戰亂的折磨和生活的艱辛；當杜甫陷賊時，他們飽嘗相思之苦，「今夜鄜州月，閨中只獨看」（《月夜》）；當杜甫入蜀時，他們又一同輾轉在隴谷、秦棧上；當杜甫漂泊西南時，他們又陪伴詩人度過了淒苦的晚年。他們一同受冷遇，一起挨凍餓：「厚祿故人書斷絕，但飢稚子色淒涼」（《狂夫》），最小的孩子甚至活活被餓死「入門聞號咷，幼子飢已卒」（《自京至奉先詠懷五百字》）。現在，當這杯生活的苦酒變成了慶祝勝利的瓊漿時，詩人怎能忘記自己的妻、子，怎能不喚他們一同來品嘗呢？苦是共同的，樂也必然是共同的，無需詩人「卻看」，妻、子們臉上的愁雲早已一掃而空了。詩人的情緒感染了家屬，家屬們又反過來更加感染了詩人，於是喜上加喜、樂上加樂，惹得「讀書破萬卷」的詩人也安不下心來讀書，甚至連把書好好收拾一下都不可能，而是胡亂一卷了事，爲什麼呢？因爲是「喜欲狂」啊！

詩人第三次感情爆發是「白日放歌」以下四句，是由「劍外忽傳收薊北」這個消息而引起的，是詩人的懸想和打算。詩人時時思念著故鄉，「叢菊兩開他日淚，孤舟一繫故園心」（《秋興》）。他在漂泊西南所寫的一千多首詩，有相當一部分就是抒發對故鄉的思念。有時，他幻想著「門泊東吳萬里船」，能送他一帆風順回到故鄉，他想像著自己「安得如鳥身如翼，托身白雲還故鄉。」但由於兵戈阻隔，使他有家難歸。今日勝利消息傳來，極度驚喜之後，首先想到的當然是回鄉，「此身哪老蜀，不死會歸秦！」（《奉送嚴公入朝十韻》）於是詩人興致勃勃地收拾行裝、準備出發了。一提到回鄉，往日「慘慘無顏色」的天空也變得陽光明媚，「白髮蕭蕭」的詩人也似乎恢復了青春年少。如果説「初聞涕淚滿衣裳」是反襯的話，那末「白日放歌」兩句則是正面烘托，用「白日」來烘托開朗的心境。歡樂的氣氛；用「青春」來形容由於叛亂平定、山河也頓時恢復了青翠，同時，這也是把春天擬人化，好像大自然也在分享人間的喜悅。這時，急不可耐的歸鄉之情，不但使詩人頓起了回鄉的念頭，而且進一步預擬起回鄉的路線：「即從巴峽穿巫峽，便下襄陽向洛陽。」恨不得馬上動身，由蜀入楚，再由楚向洛了。字裡行間更是造成一種不可遏止的飛動氣勢，表現了詩人歸心似箭的心情，收到了很好的抒情效果。

第二，選擇典型細節，使感情的抒發更加突兀生動，使人物驚喜之狀更加維妙維肖。

爲了表現詩人在突然而來的勝利消息面前喜極而狂之狀，詩人選擇了幾個典型的細節，如「涕淚滿裳」、「卻看妻子」、「漫卷詩書」、「放歌縱酒」等，通過這些細節的描繪，使詩人喜極而狂的形態更加生動、更爲真實，也更加感人。

例如「漫卷詩書」這個細節，就把此時此刻詩人内心難以言狀的「喜欲狂」之態描摹得維妙維肖。要知道，杜甫平日是手不釋卷的，所謂「他鄉閱遲暮，不敢廢詩篇」；杜甫也是愛書的，所謂「有情且賦詩，事迹兩可忘」（《四松》）書籍陪伴詩人送走多少枯寂的長夜，又給受冷遇經離亂的詩人帶來多少心靈上的慰藉。但在目前這極度興奮之下，詩人再也坐不住了，而且素向珍惜的書軸也是胡亂地捲了起來。詩人爲什麼會產生這樣反常的舉止呢？是因爲「喜欲狂」。詩人爲什麼會「喜欣狂」呢？因爲詩人一爲國家從此統一而喜；二爲顛沛流離歲月結束而喜；三爲能返故鄉，與親人團聚而喜。喜上加喜、樂中加樂，使得平日穩重沈默的詩人此刻像個歡樂的孩子那樣手舞足蹈，動作顯得忙亂而粗率，顯得「狂」了。在這裡，「喜欲狂」是因，「漫卷詩書」是果；「喜欲狂」是心理狀態，「漫卷詩書」是外在表現。

再如「放歌縱酒」這一細節，也收到了很好的抒情效果。勝利消息驟然傳來，詩人驚而喜，喜而泣，泣而歌。放聲高歌這一動作本來就是强烈抒發感情的一種方式，是當說話、慨嘆都不足以表達其情時一種很好的補充形式。《毛詩大序》云：「情動於中而形於言，言之不足故嗟嘆之，嗟嘆之不足故詠歌之，詠歌之不足不覺手之舞之、足之蹈之。」在這首詩中，詩人在手舞足蹈的同時又放聲高歌，一個喜極而狂的白髮詩人就活生生地浮現在我們的眼前。至於縱酒，當然更是抒發感情的一種很好的方式。要知道，杜甫是愛喝酒的，「情豪業嗜酒，嫉惡懷剛腸」（《壯游》）。但過去是喝苦酒，解悶愁，所謂「苦辭酒味薄，黍地無人耕」（《羌村三首》）所謂「詩酒尚堪驅使在，未須料理白頭人」（《江畔獨步尋花》），而在詩人漂泊西南時，甚至連這苦酒、悶酒也喝不成了，因爲患了肺病，只好戒酒，所謂「艱難苦恨繁雙鬢，潦倒新停濁酒杯」（《登高》），但在這特大喜訊之下，詩人又端起酒杯，但這不再是苦酒、悶酒，而是喜酒、助興之酒；所以不再是「苦啜」，而是「縱酒」，這一由苦到喜、由「啜」到「縱」的飲酒細節，把詩人狂喜心情淋漓盡致地表現了出來。

值得注意的是，詩人入蜀是由秦隴度蜀棧的，回去時，爲什麼詩人卻由巴峽入巫峽，下襄陽向洛陽繞道而走呢？這裡也可以看出詩人在典型事件選擇上的功夫。因爲就在寫此詩的前一年七月，劍南兵馬使徐知道發動叛亂「西取邛南、北斷劍閣」（《舊唐書·代宗紀》）。杜甫被阻梓州，連成都草堂也回不成，更不用說去劍閣了。另外，吐蕃這時也窺伺隴右，就在這年七月「大寇河隴，陷我秦、成、渭三州，入大震關，陷蘭、廓、河、鄯、洮、岷等州」（《代宗紀》）內亂外患，「官軍未通蜀，吾道竟如何？」（《征夫》）杜甫只好選擇這條更是漫長的返鄉路線。但這些事件，杜甫在本詩中隻字未提，而且在感情上也無絲毫流露，因爲喜訊傳來，國家前途有望，詩人不願用這些不愉快的事件沖淡詩中的歡樂氣氛，這也可以看出詩人在選材上的匠心。

第三，語言上明快流利、準確形象，使感情直接外露，容易較快地爲讀者所接受。

杜詩是嫻於用典的，寫作時爲了查閱典故的來歷，常常是「攤書滿牀頭」。後來以杜詩爲祖的江西派更是要求詩中「無一字無出處，無一字無來歷」。但這首詩卻沒有用一個典故，沒用一個詩的特殊「字面」作爲裝飾，通篇都是口語。尤其是「滿衣裳」「喜欲狂」「好還鄉」等更是接近民間的俗語。這種口語化的詩歌，彷彿是詩人在喜悅之極時不加雕鑿衝口而出，顯得極爲明快流暢、親切感人，使讀者不須揣摩，不須細研，就能直接受其感染，隨其喜而喜，隨其歌而歌。

當然，我們這樣說，並不是意味著這首詩語言上的淺露，杜甫一生在創作上要求是「語不驚人死不休」，到了晚年更是「老來漸於詩律細」，對每首詩的命意和格律都是很考究的。這首詩也不例外。八句之中六句都是對偶，後兩句顯得尤爲工整。但由於語言明白如話，語氣上一氣流注，所以讀起來使人忘記了這是氣象森嚴「回忌聲病」的律詩，收到了較好的抒情效果。

另外，在遣詞上，詩人注意準確形象，注意節奏的激越明快。詩中選中的一些動詞如「傳」、「聞」、「看」、「卷」、「穿」、「下」等都具備這種特色。更爲高超的是詩人又把這些動詞與介詞、副詞巧妙地搭配起來，如初聞、卻看、漫卷、即從、便下等，這樣動作性更强，更顯得時間急迫，節奏緊湊，形成一種令人應接不暇的快速感，使詩歌「一氣流注而曲折盡情」（王嗣奭《杜臆》）。

例如「忽傳」的「忽」字，就很準確地表現了這個重大喜訊傳來的突然，爲後來的驚喜欲狂提供了張本。清人黃維章評杜詩說：「杜詩之妙，有以命意勝者，有以篇法勝者，有以俚質勝者，有以倉卒造狀勝者。」「忽傳」二字就是用俚質之語倉卒造狀取勝。

尤其是後面兩句連用四個地名，而且又是同音重複，弄得不好就會顯得呆板堆砌，所以正如王嗣奭所說：「吏語直寫還鄉之路，他人卻不敢道。」（《杜臆》）但由於詩人把四個地名用四個動詞：從、穿、下、向貫穿其間，不但不顯得呆板，反而顯得兔走鶻落、駿馬下注，給人一種不可遏止的飛動之勢，不但寫出舟行之速，而且把詩人恨不得一步跨到故鄉的急切心情畢肖地描摹出來。特別是「穿」和「下」，不僅寫出了船速，而且還寫出了地勢上的特點：蜀峽險而窄，故曰「穿」；楚江寬而緩，故曰「下」，因此準確形象，從而也加强了抒情效果。

摧枯拉朽　一瀉千里
——談《原毀》的論辯藝術

古之君子，其責己也重以周，其待人也輕以約。重以周，故不怠；輕以約，故人樂爲善。聞古之人有舜者，其爲人也，仁義人也。求其所以爲舜者，責於己曰：「彼人也，予人也；彼能是，而我乃不能是！」早夜以思，去其不如舜者，就其如舜者。聞古之人有周公者，其爲人也，多才與藝人也。求其所以爲周公者，責於己曰：「彼人也，予人也；彼能是，而我乃不能是？」早夜以思，去其不如周公者，就其如周公者。舜，大聖人也，後世無及焉；周公，大聖人也，後世無及焉。是人也，乃曰：「不如舜，不如周公，吾之病也。」是不亦責於身者重以周乎？其於人也，曰：「彼人也，能有是，是足爲良人矣；能善是，是足爲藝人矣。」取其一，不責其二；即其新，不究其舊，恐恐然惟懼其人之不得爲善之利。一善，易修也；一藝，易能也。其於人也，乃曰：「能有是，是亦足矣。」曰：「能善是，是亦足矣。」不亦待於人者，輕以約乎！

今之君子則不然，其責人也詳，其待己也廉。詳，故人難於爲善；廉，故自取也少。己未有善，曰：「我善是，是亦足矣。」己未有能，曰：「我能是，是亦足矣。」外以欺於人，內以欺於心，未少有得而止矣。不亦待其身者已廉乎？其於人也，曰：「彼雖能是，其人不足稱也；彼雖善是，其用不足稱也。」舉其一，不計其十；究其舊，不圖其新，恐恐然惟懼其人之有聞也。是不亦責於人者已詳乎！夫是之謂不以衆人待其身，而以聖人望於人，吾未見其尊己也。

雖然，爲是者有本有原，怠與忌之謂也。怠者不能修，而忌者畏人修。吾嘗試之矣。嘗試語於衆曰：「某良士，某良士。」其應者，必其人之與也。不然，則其所疏遠，不與同其利者也。不然，則其畏也。不若是，强者必怒於言，懦者必怒於色矣。又嘗語於衆曰：「某非良士，某非良士。」其不應者，必其人之與也。不然，則其所疏遠，不與同其利者也。不然，則其畏也。不若是，强者必説於言，懦者必説於色矣。是故，事修而謗興，德高而毀來。嗚呼！士之處此世，而望名譽之光、道德之行，難已！

將有作於上者，得吾説而存之，其國家可幾而理歟？

——韓愈《原毀》

韓愈的散文，有一種江河下注，一瀉千里的充沛氣勢和一種風起雲湧、變幻莫測的奇譎感。他的議論文更有一種摧枯拉朽的氣勢和使人不敢試其鋒的辯駁力量，正像宋代的蘇洵所讚譽的那樣：「韓子之文，如長江大河，渾浩流轉，魚黿蛟龍，萬怪惶惑，而抑遏蔽掩，不使自露；而人望見其淵然之光，蒼然之色，亦自畏避，不敢迫視。」（《嘉祐集．上歐陽內翰書》）

《原毀》就具有這種渾浩流轉、不可阻擋之勢！它通篇運用對比的手法，强烈地譴責當時士大夫對後進之士百般挑剔、詆毀的不良風氣，並揭露形成這種風氣的社會心理在於「怠與忌」。作者在文中運用了大量的排比和對偶，連類引發，一氣貫注，形成一種不可遏止之勢；又在對比之中插入一些形象的描寫，使行文在整飭之中又出現波瀾。下面我們就來具體分析一下，這種精妙的論證藝術是通過哪幾個渠道表現出來的。

一、言此意彼，欲抑先揚。

這篇議論文的主旨是要批判「今之君子」對人對己的不正確態度，但開篇時作者卻有意宕開一筆，極力表彰「古之君子」對人對己的正確態度。作者把這種正確態度概括爲「其責己也重以周，其待人也輕以約」，而且把這放在篇首，處於於一種高屋建瓴的地位，然後指出這種態度的好處是自己能「不怠」，別人也能「樂爲善」，於人於己都有好處。接著作者分兩層來具體論證古之君子是如何責己待人的：一層解説「古之君子」責己是如何「重以周」，他們以舜和周公的道德才能爲榜樣，這正説明他們嚴於律己的「不怠」精神。另一層解説「古之君子」待人是如何「輕以約」的。這主要表現在三個方面，肯定別人的「一善」、「一藝」，這是其一；不求全責備，這是其二；不念舊惡，這是其三。這是待人「輕以約」的具體圖解，也是別人「樂爲善」的根本原因。作者寫本文的意圖是貶「今之君子」，但開篇卻先大力譽揚「古之君子」，運用這種言在此而意在彼的表現手法好處有二：一是在內容上先給人們樹立一個正確的是非標準，然後在對比之下看出今之君子的可鄙可棄；二是在章法上增添了波瀾，有一種迴旋掩映之美，真可謂「將軍欲以巧勝人，盤馬彎弓惜不發」。

二、反覆對比，涇渭分明。

黃生在評價杜甫的名句「朱門酒肉臭，路有凍死骨」時曾說：「對比之下，貧富之懸殊盡現矣；子美之情懷，亦盡現矣。」（《杜詩說》）的確，對比這種藝術手法，能集中而强烈地顯示出事物之間的差異，也能在極爲經濟的筆墨中暗示出作者的情感。《原毀》成功地運用了這種藝術手法，幾乎通篇都是對比：「古之君子」與「今之君子」之間，是對比；他們對人、對己的不同態度，也是對比。甚至作者的「試語」、「某良士」與「某非良士」，以及人們對「試語」的不同態度，也仍然是對比。可以說：本文之所以成爲議論文中的名篇，在很大程度上是得力於對比手法的靈活運用。本文的對比手法有兩點與衆不同：

第一，對比時注意章法結構上的對稱，而且有意把這種對稱擴大到層與層、段與段之間，顯得文氣渾厚酣暢，如長江大河，層浪疊湧，一往無前。例如作者對「聞古之人有舜者」與「聞古之人有周公者」這兩層的處理，即是如此：前者是寫古之君子對古人道德的仰慕，後者是寫他對古人才藝的學習，其結構、句式甚至字數都相似或相近，都是先寫仰慕對象的德行與才藝，再寫古之君子的心理活動，學習過程，最後寫自己的反省和作者的結論。作者寫今之君子對己對人的不同態度以及作者的兩次「試語」，也都是採用這種對稱式的對比方法。

另外，作者在段與段之間也採用這種對稱式的對比。古之君子的「其責己也重以周，其待人也輕以約。重以周，故不怠；輕以約，故人樂爲善」，與今之君子的「其責人也詳，其待己也廉。

詳，故人難於爲善；廉，故自取也少」，是一種非常勻稱的對比。作者對此的不同結論：「是不亦責於身者重以周乎」與「是不亦責於人者已詳乎」也是一種對稱式的對比。它們在結構上、論證推理方法上，甚至語言上都是相近或相似的，這樣就能使讀者看出差異，從而留下鮮明的印象。同時也使文章氣勢更加充沛。

第二，對比時，語句也是對稱的。類似的內容，經作者用相同句式一再反覆闡明，使人感到周密深刻，不容置疑。如「舜，大聖人也，後世無及焉；周公，大聖人也，後世無及焉」；「曰：『能有是，是亦足矣。』曰：『能善是，是亦足矣，』」而相反的內容，作者也用相同的句式，只是簡單地變動一兩個字，構成對稱句式。如「取其一，不責其二，即其新，不究其舊，恐恐然惟懼其人之不得爲善之利」與「舉其一，不計其十；究其舊，不圖其新，恐恐然惟懼其人之有聞也」，又如「其應者，必其人之與也」與「其不應者，必其人之與也」等。往往一字之差，寫出兩種不同的思想境界和行爲結果。這既表現出作者高超的語言技巧，又使行文在不變中有變，增添了一種章法之美。

三、迴環照應，間有波瀾。

首先，這篇文章在結構上不光是對稱和整飭，而且在整飭之中偶有波瀾，没有一種整飭過分的板滯凝重感。作者在一、二兩段把古今君子對己、對人的不同態度作一對比後，緊接著分析這種不同態度的產生根源，這時作者雖仍在運用一正一反的對比，但卻採用講故事的形式——即「嘗試語於衆」，把議論文的嚴肅周密與敍事文學的生動形象結合起來。這段試語運用的是敍述文學中常用的敍述、描寫、對話等形式，雖然作者在敍述之中不加一句主觀評論，但通過强者、懦者的不同神態、語言，把「今之君子」共同的狹隘、自私的內心世界卻表現得淋漓盡致，作者的傾向性也從中明確地表露了出來。另外，作者還注意在整飭的議論之中間以感慨或抒情，或用作開合收束，或用作點睛之筆。如作者在論述今之君子對人對己的不同態度後，就用這幾句感慨來收束：「夫是之謂不以衆人待其身，而以聖人望於人，吾未見其尊己也。」《古文觀止》的選者吳調侯評這幾句時說：「文極滔滔莽莽，有一瀉千里之勢。不意從此間忽作一小束，何等便捷。是文章中深於開合之法也。」又如作者在「試語」之後又正面抒發自己的感慨，點破題旨：「是故事修而謗興，德高而毀來。嗚呼，士之處此世，而望名譽之光，道德之行，難已！」由於這段感慨是建立在正反的兩次「試語」之後，更顯得洞悉時弊，語痛意深，具有一種震撼人心的藝術力量。

其次，這篇文章在文勢上不僅一氣貫注，通達暢朗，也迴環照應，有一種曲折掩映之美。此文的每段前後都互相照應。例如：第一段開頭提出本文論點「古之君子，其責己也重以周，其待人也輕以約」，然後在論證之中分兩次照應：首先回應「重以周」，「是不亦責於身者重以周乎」；然後再回應「輕以約」，「不亦待於人者輕以約乎」。第二段寫今之君子對人對己的兩種不同態度，在文中也分別用「不亦待其身者已廉乎」與「是不亦責於人者已詳乎」予以回應，給人一種既波瀾壯闊又風光旖旎的美感。

最後要指出的是，韓愈這篇散文之所以具有撼人心魄的藝術力量，不僅在於表現手法的高超，更爲重要的是高度概括出上層士大夫自私而狹隘的本性和下層士人在封建社會中的必然遭遇，流露出作者憤憤不平的心聲。這種不平又是以自己的生活遭遇作爲基礎的。韓愈少失怙恃，由兄嫂撫育成人，「就食江南，孤苦零丁」(《祭十二郎文》)，這種有才但無權無財的處境，當然使他在人生道路上受盡打擊和壓抑。他十九歲至長安考進士，竟然三次落榜，受到世家大族的冷落，嘗盡人間的辛酸；二十四歲時由陸贄主試而被錄取，但接踵而來的又是誹謗與中傷，以至中進士後要派官還得參加吏部考試，雖朝廷乏人，但考了三年也未被錄用。三十六歲在監察御史任上，由於關中乾旱，他上疏奏請寬徭役、免租稅，又受到攻訐，一下子被貶爲陽山令(今廣東陽山縣)，這種生活經歷正如韓愈自己所總結的那樣：「公不見信于人，私不見信于友，跋前躓後，動輒得咎。」(《進學解》)在這種動輒得咎的社會中，韓愈當然要研究它的現狀和形成根源，韓愈曾說過：「物不得其平則鳴。」(《送孟東野序》)《原毀》就是在分析了當時上層士大夫摧殘和壓抑人才的種種言行及其產生的根源——怠與忌之後，才發出的語痛意深的感嘆。由此看來，文學作品要想有感人的力量，不光要講求表現手法的精妙，還應有充實的生活內容和深切的真情實感。這也是文學創作的一個規律，它已被包括《原毀》在內的無數名篇所證實。

拳拳深意　曲折言辭
——讀韓愈《送董邵南遊河北序》

燕趙古稱多感慨悲歌之士。董生舉進士，連不得志於有司，懷抱利器，鬱鬱適茲土，吾知其必有合也。董生勉乎哉！

夫以子之不遇時，苟慕義彊仁者，皆愛惜焉。矧燕趙之士，出乎其性者哉！然吾嘗聞風俗與化移易，吾惡知其今不異於古所云耶？聊以吾子之行卜之也。董生勉乎哉！

吾因子有所感矣。爲我弔望諸君之墓；而觀於其市，復有昔時屠狗者乎？爲我謝曰：明天子在上，可以出而仕矣！

——韓愈《送董邵南遊河北序》

董邵南，作者的一位友人，壽州安豐（今安徽省壽縣安豐鄉）人，爲人行俠仗義但不被時用，生活困頓。作者曾爲他寫過一首詩，對其遭遇深表同情，同時也抒發了自己對人才被壓抑的憤激之情。詩中寫到：「壽州屬縣有安豐，唐貞元時，縣人董生邵南隱居行義於其中。刺史不能荐，天子不聞名，爵祿不及門。門外唯有吏，日來徵租更索錢。」（《嗟哉董生行》）「遊河北」，是到河北一帶去遊歷、謀生。河北當時是藩鎮割據的地方。據《新唐書·藩鎮傳》：「安史亂天下，至肅宗，大難略平，君臣皆幸安，故瓜分河北地付叛將，護養孽，以成孽禍根……一寇死，一賊生，訖唐亡百餘年，卒不爲王土。」「序」，即贈序，臨別贈言，一般是寫祝願之辭，抒惜別之情。於是，題目的本身就帶來了一個矛盾，因爲韓愈對藩鎮是深惡痛絕的，他一生堅決主張削平藩鎮，實現王朝的統一。他曾親自參加裴度主持的淮西平叛，親手撰寫了《平淮西碑》，連當時寫的一首小詩《次潼關先寄張十二閣老使君》也被稱爲「生平第一首快詩」。現在董邵南要去河北依附藩鎮，這在韓愈看來無疑是等於「附逆」，應該鳴鼓而攻之。但是，他又是在給董生送行，作爲一個友人又須在贈序中說一些祝福、勉勵的話，表一表惜別之情。況且，董邵南又不是個一般的朋友，作者對他的處境深爲同情，對他的懷才不遇也憤憤不平。不讓千里馬「辱於奴隸人之手，駢死於槽櫪之間」、「物不平則鳴」，這也是韓愈的一貫主張，因此他又不能責備董邵南。既不願違心贊同他北去，祝願他在藩鎮一帆風順；又不能責以大義，阻其北行。顧此就要失彼，看來這篇贈序是極難下筆的。作爲一代文宗的韓愈，卻在這篇序中出色地解決了上述矛盾，既向對方表明了規勸之意，又讓對方感到朋友的溫暖，能心悅誠服地接受下來。做到詞唯心否，明送實留，寓真意於吞吐曲折之中。

下面，我們就來看一看這篇只有一百五十多字的贈序在文勢上是怎樣曲折變化的。

文章一開始，作者先盛讚燕趙多感慨悲歌之士。燕趙，是春秋、戰國時代的兩個國家。燕在今河北北部和遼西一帶，趙在今河北南部和山西、河南部分地區。感慨悲歌之士，是指那些狂放不羈、輕生死、重然諾的豪俠之士，如當時的荊軻、高漸離一類人物。接著就敍述董生「懷抱利器」卻「舉進士，連不得志於有司」。利器，指經世濟民的學問；有司，指當時的當權者。這句是說董邵南爲人很有學問和才幹，卻不被賞識，仕途蹭蹬不遇。有人把此句理解爲「考中了進士，屢次向主管官員請求分配職位都沒有結果，很不得志」，這似不符合唐代科舉制度的實際情況。根據唐代科舉制度規定，考中進士還要經吏部覆試才能做官。韓愈本人就是在中進士後「三試於吏部，卒無成」，正因爲董邵南身懷絕技而屢次不被錄用，鬱悶之下才去河北的。作者只說去河北，而不點破去投靠藩鎮，是避免傷害董生的感情，也是爲規勸董生留下餘地。「吾知其必有合也」把上述兩句綰合起來，頗有爲董生祝賀的味道，再加上「董生勉乎哉」，更似乎是在鼓勵他沿此道走下去了。作者爲什麼先要鼓勵、祝賀他呢？這不光是爲了行文、結構上的需要，也是真的對他的遭遇深懷同情，爲他的有才能不被任用而憤憤不平，而且這段遭遇與作者也極相似，內中也夾雜著作者的個人感情在內。所以作者又進一層說，像你這樣一個懷才不遇的人只要是「慕義彊仁」者都會尊重愛惜的，何況那些「仁義出乎其性」的「燕趙之士」呢？既讚美了河北的人情民俗，又祝賀董生選對了道路，寫得慷慨激昂，很像一篇示賀意、抒別情的正統的贈序。

但它畢竟不是一篇正統的贈序。上面所說的一番興高采烈的話中有真話也有反語。真話是對朋友現實遭遇的同情和對其懷才不遇的不平，反話是對河北之地的讚美和對友人前去的贊同。爲了造成這種詞唯心否的吞吐曲折文勢，作者在盛讚河北之地時就有意識埋下「古稱」二字，所謂「古稱」云云即「歷史上說」如何如何。古時是這樣，但今天卻可能仍像這樣也可能不像這樣。

作者先假設今天仍像古時，從而得出董生前去「吾知其必有合」的結論，但今天畢竟不是古時，所以董生必有合只是懸想虛擬，現實生活究竟如何還是說不定的。作者用「然」字板轉，將筆鋒由「古稱」轉向現實，使文勢又宕開新的一層。

在第二層中，作者是要否定上一個結論的，因爲今天的燕趙已是藩鎮割據的虎狼之地，根本不可能再有愛惜人才的慕義彌仁之士。但作者並不直接道破這點，因爲董邵南是個很倔强、很有個性的人，他不被任用，寧可去投藩鎮。要讓對方明白大勢，接受己意，話就不能說得太直、太陡，因此，韓愈在文勢上又繞了個彎子，提出「風俗與化移易」，含蓄地提醒董邵南要審時度勢，不要盲目樂觀。這句話的潛台詞是河北一帶已被藩鎮盤踞了很多年，風俗怎能不改變呢？風俗既然變了，慕義彊仁者變成了當道的豺狼，你到那裡去又怎麼能施展才幹，怎麼能「合」呢？據《新唐書・安祿山傳》記載，胡人安祿山任幽燕節度使時，就任用了大批胡人。他收養同羅奚、契丹等部八千餘名降卒，稱之爲曳落河（壯士），以此作爲反叛朝廷的骨幹力量，又用藩將三十二人代替漢將，這必然會造成社會風俗的巨大變化。所以韓愈說「風俗與化移易」並不是憑空推測，而是實有所指的。但韓愈在這裡並不下斷語，故意用一個不置可否的疑問句：「吾惡知其今不異於古所云耶？聊以吾子之行卜之也。」藉以引起董邵南的思考，並讓他在北行實踐中予以注意。這樣，結尾一句「董生勉乎哉」在文字上雖與第一段的結尾完全相同，但內涵卻大不一樣了。前一個「勉乎哉」是祝賀其北行，是鼓勵他去施展抱負，後一個「勉乎哉」則提請他注意，要他修飭自己言行。所以，與其說

「卜」燕趙還不如説「卜」董生。

文章至此，已經過了兩番變化。第一層是説董生去河北一定合得來，這是臨別贈言的一般説法，也是一種陪襯。第二層則語氣一轉，指出不一定能合得來，要董生注意在實踐中觀察，這仍然是在盤馬彎弓、含而不露。到了第三層才如峯迴路轉，露出作者的真意來。當然，這種真意也是以極其含蓄婉轉的方式説出的。作者要董生到河北後去弔望諸君之墓，去了解一下燕市上還有沒有像高漸離那樣的屠狗者。如果有的話，就勸其入朝效忠，因爲今天不像戰國時那樣君昏政亂了，而是「明天子在上」。望諸君，就是樂毅，燕昭王爲其設黃金台拜將，合五國之兵擊敗了齊國，爲燕國立下了赫赫戰功，後來受到讒毀，逃到趙國，被封爲望諸君，但卻念念不忘燕國故土。作者要董邵南去弔樂毅墓，用意是很明顯的，要他像樂毅一樣不管受到何等恩寵，仍不忘故國，始終爲唐王朝效忠。作者唯恐董邵南不懂，又用高漸離之事來進一步點破。高漸離是荊軻的朋友，在集市上屠狗爲生。作者連屠狗者都要求他入朝效忠，對董邵南這樣有才幹的人，其態度如何是再清楚不過了。所以這篇文章題爲《送董邵南游河北序》，實際上是明送實留、詞唯心否，用吞吐曲折的三番變化，含蓄地表達了自己對董生北行的勸阻之意。

爲了同這種吞吐曲折的文勢相符合，本文在語句上也是似斷實連，變化莫測。開頭一句「燕趙古稱多感慨悲歌之士」這句突兀而來，又戛然而止，下面又另起一句「董生舉進士，連不得志於有司」。這兩句各持一端，似毫不相關，直到「吾知其必有合也」才把兩端綰合起來。下面就圍繞著古與今、合與不合，語句忽開忽闔，變化莫測。從「燕趙之士出乎其性者」這個歷史傳統來看，應該合；從「風俗與化移易」這個變化規律來看，又不一定能合。至於能不能合，只能以「董生河北之行卜之」，望「董生勉乎哉」。但究竟如何勉？朝哪個方向努力呢？又不見了下文。作者又跳過去寫自己的感想，要董生去弔樂毅墓，去燕市訪問「屠狗者」，動員他們來明天子跟前效力。這表面上與「董生勉乎哉」毫不關連，實際上正是補足了「勉」的具體內容，要求董生像樂毅那樣時時思念故國，不能在傷風敗俗中沈淪，更不能去爲虎作倀，也希望董生通過動員屠狗者入朝之舉覺悟到自己不應背離朝廷去投靠藩鎮。在結構上，這裡說的樂毅與屠狗者也回應了首段的「燕趙古稱多感慨悲歌之士」，這裡的勸屠狗者南歸入仕也回答了第二段「吾惡知其今不異於古所云耶」這個疑問。這種似斷實連、迴環照應的語句，當然增加了文勢上的曲折掩映之美。

最後，作者思想感情上的複雜與矛盾，也是造成文勢吞吐的原因之一。

作者反對董生遊河北，但又肯定他是「懷抱利器」，因「連不得志於有司」才「鬱鬱適茲土」的。他既反對藩鎮勾引、籠絡豪俊，以此來對抗中央的卑鄙策略，又不滿「有司」不愛惜人才，把有志之士推向藩鎮的懷抱。另外，作者明明指出董生是「不得志於有司」才投藩鎮的，但又囑托董生勸河北的屠狗者南歸入仕，如果屠狗者真的來報效唐王朝，「有司」會讓他們「得志」嗎？儘管作者口口聲聲「明天子在上」，但實際情況卻是朝政昏暗，天子並不「明」，只不過作者希望他「明」罷了。據史所載，當時的唐王朝「仕路壅滯」，失意之士紛紛投奔藩鎮。而藩鎮呢？又「竟引豪傑爲謀主」。當時的平盧節度使李師道就曾想羅致名詩人張籍入幕。因此，韓愈同情董生的遭遇，賞識他的才幹，從這個角度出發希望他走；但從削弱藩鎮，完成統一大業這個大局出發又希望他留。留下能否施展才幹，得志於有司，連韓愈自己也毫無把握。因爲他本人就是「三試於吏部，卒無成」，又三次給宰相上書請求任用而被置之不理的（《新唐書・韓愈傳》）。因此，他只好籠統地勸董生「勉乎哉」。這種複雜的思想和矛盾的感情也是造成本篇文勢吞吐曲折的原因之一。

兩種生活的比較和選擇
——讀韓愈《送李愿歸盤谷序》

太行之陽有盤谷。盤谷之間，泉甘而土肥，草木藂茂，居民鮮少。或曰：「謂其環兩山之間，故曰盤。」或曰：「是谷也，宅幽而勢阻，隱者之所盤旋。」友人李愿居之。

愿之言曰：「人之稱大丈夫者，我知之矣。利澤施于人，名聲昭于時。坐于廟朝，進退百官，而佐天子出令。其在外，則樹旗旄，羅弓矢，武夫前呵，從者塞途，供給之人，各執其物，夾道而疾馳。喜有賞，怒有刑。才俊滿前，道古今而譽盛德，入耳而不煩。曲眉豐頰，清聲而便體，秀外而惠中，飄輕裾、翳長袖、粉白黛綠者，列屋而閒居，妒寵而負恃，爭妍而取憐。大丈夫之遇知于天子，用力于當世者之所爲也。吾非惡此而逃之，是有命焉，不可幸而致也。」

「窮居而野處，升高而望遠。坐茂樹以終日，濯清泉以自潔。採于山，美可茹；釣于水，鮮可食。起居無時，惟適之安。與其有譽于前，孰若無毀于其後？與其有樂于身，孰若無憂于其心？車服不維，刀鋸不加；理亂不知，黜陟不聞。大丈夫不遇于時者之所爲也，我則行之。」

「伺候于公卿之門，奔走于形勢之途。足將進而趑趄，口將言而囁嚅。處污穢而不羞，觸刑辟而誅戮。僥倖于萬一，老死而後止者，其于爲人賢不肖何如也？」

昌黎韓愈，聞其言而壯之。與之酒，而爲之歌曰：「盤之中，維子之宮。盤之土，可以稼。盤之泉，可濯可沿。盤之阻，誰爭子所？窈而深，廓其有容。繚而曲，如往而復。嗟盤之樂兮，樂且無央。虎豹遠迹兮，蛟龍遁藏。鬼神守護兮，呵禁不祥。飲且食兮壽而康，無不足兮奚所望？膏吾車兮秣吾馬，從子于盤兮，終吾生以徜徉。」

——韓愈《送李愿歸盤谷序》

韓愈是很愛發牢騷的，他在政論性散文中牢騷就更多，如在《原毀》中大發感慨：「事修而謗興，德高而毀來。嗚呼！士之處此世，而望名譽之光、道德之行，難已。」在《雜說》中又以千里馬「辱于奴隸人之手，駢死於槽櫪之間」爲喻，指責當權者埋沒人才、摧殘人才。發牢騷的原因，韓愈認爲是「物不平則鳴」（《送孟東野序》）。這篇《送李愿歸盤谷序》也是「物不平則鳴」的牢騷之作。作者借隱士李愿之口，尖銳地譏諷了那些聲威顯赫的達官貴人和卑躬屈膝的功名利祿之徒，並與隱逸山林的高潔之士作了鮮明的對比，表露出作者對李愿所選擇的歸隱道路的由衷讚美。只不過，作者這種褒貶之意和憤世嫉俗之情是借李愿之口道出，是寓於描寫敍事之中，因此顯得特別蘊藉曲折。蘇軾很欣賞這篇贈序，誇張地稱它爲唐代的第一篇文章（《東坡題跋》）。

李愿，隴西人，生平不詳。五百家注韓載唐人《跋盤谷序後》說：「隴西李愿，隱者也，不干譽以求進，每韜光而自晦……昌黎韓愈知名之士，高愿之賢，故序而送之。」當然，這篇散文的主旨並不只是讚譽「愿之賢」，更主要的是憤世嫉俗，抨擊官場醜惡。爲了達此目的，作者主要採用對比的方法，把鮮美的大自然與污濁的官場，窮居野處的隱者與驕奢淫逸的權貴、趨炎附勢的小人作一對比，讓人們在比較中識別真假和美醜，從而贊同李愿的選擇。

全文分爲四段。

第一段是緊扣題目，交待盤谷。盤谷在太行山的南面。谷中土地肥沃，泉水甘美，草木茂盛，人煙稀少。「泉甘土肥」適於居；居民鮮少，適於隱。這就暗暗交待了李愿要隱居於盤谷的原因。接著，便交待盤谷這個地名的來歷。有人說，由於這裡被兩山環繞，所以叫「盤谷」；也有人說由於這裡谷處深僻，地勢險阻，爲隱士們看中常來盤桓，所以叫「盤谷」。一是說因山勢而得名，一是說因隱者而得名。作者故意不肯定哪種說法正確，因爲這樣既使盤谷有山川逶迤之勢，又有超塵脫俗之境。在描繪了這幽深靜僻的環境後再引出李愿。「友人李愿居之」，這句不但承接上文點出了李愿的隱者身份，而且也緊扣題目道出寫這篇序的原因。

李愿是個什麼樣的人？他爲什麼要歸隱盤谷，這是讀者迫切要了解的，也是作者在序中要極力告訴讀者的。但接下來的第二段，並沒有直接回答這個問題，而是敍述李愿對官場的認識和態度，從而讓我們側面了解李愿的爲人。韓愈有句詩說：「將軍欲以巧勝人，盤馬彎弓惜不發。」（《雉帶箭》）作者在此正是要以巧制勝。李愿說：「人之稱大丈夫者，我知之矣。」這句話在此不光是作爲過渡，提挈下文，同時也反映了李愿爲人不同流俗。

把權貴看成「大丈夫」，這是常人之見，「我」卻不以爲然，一個「知」字，反映了李愿對這批權貴習性和本質是異常洞悉了解的，而下面對這些大丈夫窮奢極欲的描繪也正說明了這一點。爲了更好地揭露和刻劃這些「大丈夫」的醜惡嘴臉，作者從他們的權勢、威風和生活這三個方面來進行。既有正面的描繪，也有側面的烘托。「利澤施于人，名聲昭于時。坐于廟朝，進退百官，而佐天子出令」。這是正面描繪他們炙手可熱的權勢。他們可以施恩於人，顯耀大名於一時；他們大權在握，可以任免百官，代天子行令。但是，他們的職位權勢與他們的才幹德行是否相稱呢？李愿雖沒有直接說出來，但卻從另一個角度，從這些權貴們大權在握後做了些什麼，讓我們悟出他沒有做他們該做的事。他們掌權後的行爲是炫耀權勢，大擺威風，隨著自己的喜怒來賞賜和懲罰人。阿諛奉迎的人引古道今稱頌他的盛德，他聽得津津有味，這就把達官貴人喜怒無常、喜歡拍馬逢迎的狹隘心理刻劃得窮形盡相。表面上是渲染聲威，實際上是挖苦諷刺。寫他們出巡時如此威風，供給如此豐厚，也是在揭露他們只會擾民，只會空耗民力民脂。這就把阿諛逢迎的小人稱爲「才俊」，權貴們對諛詞又居然入耳而不煩，這當然也是個莫大的諷刺。「曲眉豐頰，清聲而便體，秀外而惠中。飄輕裾、翳長袖、粉白黛綠者，列屋而閒居，妒寵而負恃，爭妍而取憐。」這好像是在誇讚歌女、侍妾的聰明美麗，能歌善舞，鬥艷爭妍，其實這都是言在此而意在彼。杜牧寫《阿房宮賦》時，爲了揭露秦始皇的驕奢淫逸，也是在宮女身上著力「明星熒熒，開妝鏡也；綠雲擾擾，梳曉鬟也；渭流漲膩，棄脂水也；煙斜霧橫，焚椒蘭也」，通過宮女的雲集和巨大的財物浪費來抨擊秦始皇的驕奢。韓愈在此也是通過這些「列屋而閒居」的歌女侍妾來揭露權貴們生活的奢侈糜爛的。

在描繪了所謂「大丈夫」的權勢、威風和生活後，用「大丈夫之遇知于天子，用力于當世者之所爲也」加以總結，然後反轉過來說出李愿的態度：「吾非惡此而逃之，是有命焉，不可幸而致也。」這幾句文意更加隱晦曲折，挖苦諷刺得也更加深刻，它包含下面幾層意思：他們所謂用力於當世，做的就是這些勾當；這些人卻又偏偏受到天子的信任和優待；我厭惡這些人的勾當，根本不願意介入，更不願藉此炫耀等等。這幾層意思在表達方式上都很隱晦曲折，不明說朝政昏亂、吏治腐敗，而說他們受遇知於天子；不說自己鄙棄這一切，不願介入，反說自己「非惡此而逃之」；不說自己正直高潔，故不能見用於當世，卻說這是命運的安排，「不可幸而致」。這種含蓄而又充滿憤激的表達方式，使李愿的悲憤顯得更爲深廣，諷刺揭露也就更爲有力。

李愿對官場是鄙棄的，對「大丈夫」是蔑視的，那麼，他追求的是什麼，他又要做什麼樣的人呢？第三段裡，作者通過李愿之口正面回答了這個問題，從隱者的飲食起居，以及這種飲食起居與權貴生活的一番比較中表明了李愿的抉擇。作者著重强調隱士生活的兩個方面：一是情趣高潔、超塵脫俗。他們地處僻幽，可登高遠眺，可樹下盤桓，也可在清泉中洗濯。二是起居無時，悠然自得。他們自勞自食，上山採美果，臨水釣鮮魚，想起就起，想臥就臥，不受任何約束。必須指出的是，這種悠然自得的隱士生活只是韓愈心中的理想，並不是現實生活中的實際情形，而且與韓愈早年所目睹的隱者生活也根本不同。六年前（貞元十一年），他在《上宰相書》中述說的隱者生活是異常淒苦困頓的：

彼之處隱就閑者，亦人耳。其耳目鼻口之所欲，其心之所樂，其體之所安，豈有異于人乎哉？今所以惡衣食、窮體膚、麋鹿之與處、猨穴之與居，因自以其身不能與時從順俯仰，故甘心自絕而不悔焉。

這篇文章强調，隱者也是人，他也具有人的欲望，並不是樂意過這種惡衣食、窮體膚、處幽僻生活的。他們之所以如此，是因爲不願與時俗妥協，才自甘困窮終身的。《送李愿歸盤谷序》的創作思想與《上宰相書》並不矛盾，都是意在稱讚隱者的不從流俗，但表現角度正好相反，他有意美化隱者的起居，把隱居之所以描繪得文雅幽淨，這樣美化和誇張的目的是要同達官貴人的飲食起居形成一個鮮明的對照。在作者看來，與其當面受到稱頌，不如背後不受毀謗；與其身體享受，不如心中無憂。作爲一個隱者，他們既不受官身制約，又不會受到刑律的懲治；他們既不管天下治亂，也沒有仕途進退之煩擾。作者故意用駢體句式造成一種蕩氣迴腸的聲勢，渲染隱者生活的可羨，達官生活的可棄，然後用一散句作結：「大丈夫不遇于時者之所爲也，我則行之。」這裡所說的「大丈夫」與上段所說的「大丈夫」是兩個完全不同的內涵。上段指的是達官貴人，是所謂的大丈夫，這裡指的是本想做一番事業，因現實受阻不得不歸隱的隱者，這才是真正的大丈夫，作者故意用同一個詞把兩種根本不同類型的人加以比較，並宣稱「我則行之」，李愿的爲人，作者的態度也就不言自明了。

作者把隱者與達官顯貴作一比較後，再把隱者與趨炎附勢之徒作一對比，因爲作者的創作意圖就是要「極力形容得志之小人與不得志之小人，而隱居之高尚乃見」。（劉大魁《昌黎文集校注》）作者筆下的這批蠅營狗苟之徒，他們「伺候于公卿之門，奔走于形勢之途。足將進而趦趄，口將言而囁嚅，處污穢而不羞」。「伺候」一句是寫他們的巴結，「奔走」一句是寫他們的鑽營，「足將進」兩句是形容他們畏於權勢自慚形穢不敢向前，不敢開口，但利欲薰心，極想攀附又使他們不得不向前，不得不開口。作者用這種漫畫式的疏筆勾勒之法，寥寥幾句，把這批趨炎附勢之徒描畫得窮形盡相，入木三分。明代的宗臣寫過一篇《報劉一丈書》，也是描繪這些趨炎附勢之徒是如何巴結的，寫得也極其生動深刻。作者寫他們「日夕策馬，候權者之門」，第一步是巴結門衛，「甘言媚詞，作婦人狀，袖金以私之」。門衛讓進後，則處穢污之中等候接見：「立廄中僕馬之間，惡氣襲衣裾，即飢寒毒熱不可忍，不去也。」主者接見時，則「驚走匍匐階下，主者曰：『進！』則再拜，故遲不起。起則上所上壽金。主者故不受，則固請；主者故固不受，則又固請。然後命吏內之，則又再拜，又故遲不起，起則五、六揖，始出」。這段描繪，顯然是受韓愈此文的啓發，可以說是「足將進而趦趄，口將言而囁嚅，處污穢而不羞」的具體圖解。韓文僅三句，讀後不覺其短；劉文近百句，讀後也不嫌其長。

以上是通過李愿之言，運用對比的手法來揭露達官顯貴的驕奢淫逸和趨炎附勢之徒的卑鄙齷齪，表現李愿高尚的道德情操，這實際上也是交待了李愿歸盤谷的原因。下面再寫作者對李愿的讚美，暗含一個「送」字。這樣就把「李愿歸盤谷」與「送」綰合在一起，結構上顯得天衣無縫。

作者的讚美分三個方面，從「盤之中」到「如往而復」是讚美盤谷之美。這裡的土壤可以種黍，這裡的清泉可以沐浴，地勢險阻，誰也不會與你爭奪此土，環境幽深杳遠，寥廓寬廣，山路曲折、盤繞迴環。作者用排比的句式對盤谷發出一連串的讚美，在結構上也與開頭一段緊緊呼應，使人們在重複之中加深對盤谷的欽慕嚮往之情。從「嗟盤之樂兮」到「無不足兮奚所望」是寫居住在盤谷之樂。作者讚嘆道：「居住在盤谷的快樂是無止無盡的。這裡沒有虎豹、蛟龍，這裡有鬼神守護、保佑吉祥，這裡吃喝不愁，可以康樂長壽。」按說，盤谷既然地勢險阻、人迹罕至，是應該有虎豹蛟龍的，爲什麼反而虎豹遠迹，蛟龍遁藏呢？可見這裡所說的虎豹蛟龍並不是自然界的猛獸，而是暗指現實生活中的貪官污吏、刑律法網。「虎豹遠迹兮，蛟龍遁藏」即是指前面所說的「車服不維，刀鋸不加，理亂不知，黜陟不聞」，是對擺脫拘牽、不受干擾的隱士生活的詠歌。從「膏吾車兮秣吾馬」至結尾是表白自己的志向，要與李愿偕隱。在此之前都是寫李愿對世事的看法和態度以及作者對他的讚美和詠歌，作者爲什麼要詠歌李愿的爲人？又爲什麼要讚美他的歸隱，至此才露出本相。因爲他視李愿爲同調，李愿對世事的看法也是他對世事的看法，李愿要歸隱的願望也是他的願望。明寫李愿而實抒己見，明送李愿而實明己心，正是此文奧妙之所在。那麼，韓愈又爲什麼如此牢騷滿腹，也要歸隱呢？這與當時的社會狀況和韓愈本人的經歷有關。此文寫於唐德宗貞元十七年（西元八○一年），時作者時令三十四歲，安史之亂後的唐帝國，這時已是百孔千瘡：外是藩鎮割據、兵連禍結；內則宦官專權，朋黨紛爭。韓愈本人的遭遇又很坎坷。在這種處境和心情下寫《送李愿歸盤谷序》，當然要大發牢騷。文中所說的歸隱是「大丈夫不遇時者所爲也」，表達了當時正直士大夫的共同心聲。十九世紀俄羅斯的文藝理論家車爾尼雪夫斯基說得好：「那些爲生活所折磨，厭倦於跟人們交往的人，是會以雙倍力量眷念著自然的。」韓愈當時的心境，大概也是如此吧！

鳴不平於不露之中
——韓愈《進學解》的表達方式

國子先生晨入太學，召諸生立館下，誨之曰：「業精于勤，荒于嬉；行成于思，毀于隨。方今聖賢相逢，治具畢張，拔去凶邪，登崇俊良，占小善者率以錄，名一藝者無不庸。爬羅剔抉，刮垢磨光。蓋有幸而獲選，孰云多而不揚。諸生業患不能精，無患有司之不明；行患不能成，無患有司之不公。」

言未既，有笑于列者曰：「先生欺余哉！弟子事先生，于茲有年矣。先生口不絕吟于六藝之文，手不停披于百家之編。紀事者必提其要，纂言者必鉤其玄。貪多務得，細大不捐，焚膏油以繼晷，恒兀兀以窮年。先生之業，可謂勤矣。觝排異端，攘斥佛老。補苴罅漏，張皇幽眇。尋墜緒之茫茫，獨旁搜而遠紹。障百川而東之，迴狂瀾于既倒。先生之于儒，可謂勞矣。沈浸醲郁，含英咀華。作爲文章，其書滿家。上規姚姒，渾渾無涯。周《誥》殷《盤》，佶屈聱牙。《春秋》謹嚴，《左氏》浮誇。《易》奇而法，《詩》正而葩。下逮《莊》《騷》，太史所錄，子雲相如，同工異曲。先生之于文，可謂閎其中而肆其外矣。少始知學，勇于敢爲。長通于方，左右具宜。先生之于爲人，可謂成矣。然而公不見信于人，私不見助于友。

跋前躓後，動輒得咎。暫爲御史，遂竄南夷。三年博士，冗不見治。命與仇謀，取敗幾時。冬暖而兒號寒，年豐而妻啼飢。頭童齒豁，竟死何裨？不知慮此，反教人爲！」

先生曰：「吁！子來前。夫大木爲宎，細木爲桷。欂櫨、侏儒，椳、闑扂、楔，各得其宜。施以成室者，匠氏之工也。玉札、丹砂，赤箭、青芝，牛溲、馬勃，敗鼓之皮。俱收並蓄，待用無遺者，醫師之良也。登明選公，雜進巧拙，紆餘爲妍，卓犖爲傑。校短量長，惟器是適者，宰相之方也。昔者孟軻好辯，孔道以明，轍環天下，卒老于行。荀卿守正，大論是弘，逃讒于楚，廢死蘭陵。是二儒者，吐辭爲經，舉足爲法，絕類離倫，優入聖域，其遇于世何如也？今先生學雖勤，而不由其統；言雖多，而不要其中；文雖奇，而不濟于用；行雖修，而不顯于衆。猶且月費俸錢，歲縻廩粟。子不知耕，婦不知識。乘馬從徒，安坐而食。踵常途之促促，窺陳編以盜竊。然而聖主不加誅，宰臣不見斥，非其幸歟！動而得謗，名亦隨之，投閑置散，乃分之宜。若夫商財賄之有亡，計班資之崇庳，忘己量之所稱，指前人之瑕疵，是所謂詰匠氏之不以杙爲楹，而訾醫師以昌陽引年，欲進其豨苓也。」

——韓愈《進學解》

《進學解》是韓愈元和年間任國子博士時作的一篇論辯體文章，當作於元和八年。《舊唐書・韓愈傳》說「（愈）復爲國子博士，愈自以才高，累被擯黜，作《進學解》以自喻」。「進學解」意謂對增進學、行問題的辨析。「解」是一種文體的名稱，是辭賦的一種變體，仿東方朔《答客難》、揚雄《解嘲》的形式。這種文體一般採用主客問答的形式，採取「以客伸主」的手法，設別人發問，自己再來加以解釋，以比較婉曲的措詞來發洩自己心中的不平。這篇文章藉國子監先生與弟子的對話，抒發了作者屢遭貶斥、長期不受重用的不滿情緒，也暗寓著對當時執政者不以才德取人，用人不公不明的諷刺。本文在寫作上有如下一些特色：

一、鳴不平於不露之中

韓愈在《送孟東野序》一文裡說「大凡物不得其平則鳴」，「人之於言亦然：有不得已者而後言」。《進學解》即是韓愈的不平之鳴，只不過在表達上是含而不露的「鳴之善者」。它通過老師與學生的對話，一方面借學生之口來抒自己不受重用之不平，另一方面又通過自己的自責自慰，來抨擊有司之不公，朝廷之不明。全文可分爲三段，第一段是正面文章，是先生對弟子的訓話；第二段通過學生從學、言、文、行四個方面對老師的頌揚，借弟子的言行來替自己鳴不平；第三段是先生自己自責而解嘲。

綜觀全文，我們不難看出，作者雖對自己才高屢遭擯黜、不被重用不滿，對當政的不公不明非常憤慨，但作者的這種不滿不是自己直接說出的，而是以怨懟無聊托以人，自咎自責托於己，使得全文意在諷刺當政，但又含而不露，可謂是善鳴不平者，這是與作者的道德才具分不開的。韓愈一直以聖賢自居，作爲一個聖賢，當然是不能以一己之窮困得失來妄議朝政的，因此，作者就借學生之口來發洩在自己胸中淤積了多年的憤慨與不平，借學生之酒杯，澆自己心中之塊壘，這樣既避免了直抒胸臆容易被人視爲偏狹自大的弊端，而又能使自己的意見上達朝廷，同時也使文章顯得婉轉含蓄，韻味悠長。從這篇文章中我們可以看出，韓愈雖「亦時有感激怨懟奇怪之辭」，但畢竟是「心醇而氣和」，作者用他那支神奇的妙筆，既發洩了懷才不遇的憤懣，但又婉轉含蓄、含而不露。

二、論證邏輯嚴密，行文曲折變化。

劉熙載在《藝概·文概》中説韓文具有「一波未平，一波已作，出入變化，不可紀極，而法度不可亂」之特色，此論可謂精當。綜觀《進學解》全文，我們可以看到，文章在論證過程中，邏輯嚴密，但行文又不失曲折變化。文章雖只三段，但這三段沿著訓誡——詰難——自責解嘲的線索迤邐前行，層層分析，生發推進，既委婉曲析，又引人入勝。文章開頭寫他對學生講「業精于勤，荒于嬉；行成于思，毁于隨」，從學業和德行兩方面對他的學生進行教誨，這是破題。接著用了一連串的駢儷句式，對朝政進行粉飾和頌揚，但作者正是用這些表面上嫻雅從容，堂堂正正的反語，通過詭譎之辭，有意造成當政在用人實際上的昏庸與作者頌揚之辭大相逕庭的矛盾，引出學生的嘲笑與詰難，進而借學生之口來申述自己難以直言的實情，抒發自己對現實的强烈不滿。在文章第二段，作者用儷偶句式，大肆鋪排羅列，借學生的懸河之口，從學、言、文、行四個方面，詳細列舉了先生超衆的成就和高尚的品德，接著筆鋒一轉，用近似漫畫的筆法，生動形象地描述了先生困窮不得重用和「冬暖而兒號寒，年豐而妻啼飢」的悲慘生活處境，這就善意地、略帶嘲笑地揭穿了先生上述的粉飾朝政的一派官腔。而這些話，正是「國子先生」韓愈長久以來一直淤積於胸想説而又不便、不敢直説的話，現在通過善於宏辭闊論的太學生之口，痛快淋漓地直抒出來，藉以發洩自己的牢騷與不平。但是，鋒芒畢露地直抒不平，並不是作者意旨所在，「鳴不平於不露之中」方是本文之特色。於是筆鋒又一轉，以工匠用材、醫師用藥兩個形象生動、理趣橫生的例子爲喻，說明宰相量才用人，「惟器是適」的道理，接著以謙恭退讓，寬宏豁達的襟懷，安分知足的態度，更加委婉的語言，對學生的詰難進行辯駁，說明自己在學、言、文、行方面都不突出，反語解嘲，含而不露，不僅使文勢曲折變化，波瀾起伏，也使作者心中的不平抒發得更爲婉曲、深沉，又不至於引起執政者的反感。此文後來傳到當局，執政者認爲韓愈有史材，將其擢於直史館。我想於此文曲折變化的表達方式大有關係。

三、文勢磅礴，語言生動、富有創造力。

清人劉熙載在《藝概》中評論韓文是「昌黎之文如水，柳州之文如山」，蘇洵亦稱韓文「如長江大河，渾浩流轉，魚黿蛟龍，萬怪惶惑」，這些評論很能形容出韓愈古文的主要風貌。從《進學解》這篇文章中我們也可以看出韓文的這一特色。本文氣勢磅礴，雄壯奔放，情至文生，深沈激盪。如第二段學生對老師的詰難，學生的言辭洋洋灑灑，氣勢充沛，但又起伏跌宕，波瀾曲折，層層推進，如「長江大河，渾浩流轉」，汪洋恣肆，像潮水一樣奔騰，正如韓門弟子皇甫湜所說：「韓吏部之文如長江秋注，千里一道，沖飆激浪，瀚流不滯。」

在語言駕馭上，作者詞匯豐富，用詞準確生動、富有創造力，絕少陳詞濫調。這篇論學言志之作，雖以仿辭賦形式，但語言清新典雅，生動流暢，毫無辭賦的板重凝滯之感，真正做到了作者所宣言的「唯陳言之務去」、「文從字順各識職」。作者遣詞造句不事雕琢，隨所要表達的內容和語言的自然音節，屈折舒展，紆徐從容。前人評論韓愈作詩是「以文爲詩」，但又何嘗不是「以詩爲文」呢？本文詩味特濃。作者創造性地吸取了駢文講究對偶、排比、聲律、節奏的長處，使文章駢散相間、奇偶相間，隨勢而異，句式整飭又錯綜多變，貫注一種雄渾疏宕之氣。如第二段學生讚揚先生爲學之勤奮一節，就用了長短相間、參差錯落、靈活多變的對偶句式，使文章氣韻流走，奔放暢達，從而深切地表達了韓愈治學的勤奮。文章通篇用韻，但又不受死板僵硬韻律限制，而以內容豐滿質實爲主的韻散間行的句式爲主，既使語言承轉自如，情致生動，又不失節奏的鏗鏘，音律的和諧。如文章第二段，聲調優美，音節鏗鏘，真可謂拔地頂天，句句欲活。韓愈是位語言大師，他的語言精鍊有力，表現深刻，這與他善於在前人語言中推陳出新，又能在人們的口語中進行提煉分不開的，他創造的不少新穎詞語，一直流傳到今天，成爲現代漢語中成語或常用詞彙了。如本文中的「業精于勤，荒于嬉；行成于思，毀于隨」、「貪多務得」、「細大不捐」、「俱收並蓄」、「含英咀華」、「佶屈聱牙」、「同工異曲」、「動輒得咎」等。總之，韓文的語言藝術，正如皇甫湜所說「茹古涵今，無有端涯，渾渾灝灝，不可窺校」。

另外，本文在表達方式上還能做到寓莊於諧，比喻生動形象。本文論題雖然重大，但並不是在板著面孔訓人，而是常穿插一些生動傳神的細節描寫，使人讀起來輕鬆愉快。如第二段起首一句「言未既，有笑于列者曰」就寫得非常生動傳神，把學生那種天真無邪，毫無拘束的神態寫活了，真是妙趣橫生。另外，本文的譬喻非常恰切、形象。如第三段先生對學生的駁斥作自責解嘲，以工匠用材、醫師用藥作比喻來說明宰相用人的原則，就使本來比較抽象的說理顯得生動形象，理趣橫生。

層層波瀾傳奇童
——說柳宗元《童區寄傳》

童寄者，郴州蕘牧兒也。行牧且蕘。

二豪賊劫持，反接，布囊其口，去，逾四十里，之墟所賣之。寄僞兒啼，恐慄爲兒恆狀。賊易之，對飲酒醉。一人去爲市；一人臥，植刃道上。童微伺其睡，以縛背刃，力上下，得絕；因取刃殺之。

逃未及遠，市者還，得僮大駭，將殺。童遽曰：「爲兩郎僮，孰若爲一郎僮耶？彼不我恩也；郎誠見完與恩，無所不可。」市者良久計曰：與其殺是僮，孰若賣之？與其賣而分，孰若吾得專焉？幸而殺彼，甚善！即藏其尸，持僮抵主人所。愈束縛牢甚。夜半，童自轉，以縛即爐火燒絕之，雖瘡手勿憚；復取刃殺市者。因大號，一墟皆驚。童曰：「我區氏兒也，不當爲僮。賊二人得我，我幸皆殺之矣！願以聞于官。」

墟吏白州，州白大府。大府召視，兒幼願耳。刺史顏證奇之；留爲小吏，不肯。與衣裳，吏護之還鄉。

鄉之行劫縛者，側目莫敢過其門，皆曰：「是兒少秦武陽二歲，而討殺二豪，豈可近耶！」

——柳宗元《童區寄傳》（節錄）

柳宗元的傳記散文，大都取材於社會上那些名不見經傳的下層人物。作者或抱著滿腔同情，寫他們的不幸遭遇；或懷著欽佩之心，讚他們的聰明才智，以此來揭露尖銳的社會矛盾，反映中唐時代的政治狀況和社會風貌，這是《史記》傳記文學傳統的一個發展，也是柳宗元寫實精神的體現。前者如《捕蛇者說》，作者通過對寧可死於毒蛇也不願交賦的蔣氏一家的記述，揭露了封建地租剝削的殘酷，也反映了中唐時代的弊政與民情。後者如《童區寄傳》，記一個十一歲的農村放牛小孩如何殺死兩個搶劫人口的「豪賊」，同時也揭露了當時吏治的腐敗和社會上人口買賣的罪惡事實。

作者爲這個農村小孩立傳，沒有全面記述他的一生行狀，而只是擷取他人生路上一個精彩的片斷——一次反劫賣、殺「豪賊」的經過。作者在記述這一片斷時，又不是平鋪直敘、面面俱到，而是突出一個「奇」字，一波未平，又起一波，在跌宕文勢和層層波瀾之中爲我們樹立一個既勇敢又機警的農村奇童形象。

文章開篇前有一段引言，說到當地有一種劫賣人口的惡習，豪賊們的這種行爲又是得到官吏們默許的，因此大批弱小者成爲受害者，「少得自脫」，只有區寄這個童子「以十一歲勝，斯亦奇矣」。這段引言除了揭露當時吏治腐敗，交待故事發生背景這個目的外，還爲全文定下一個基調——寫區寄之「奇」。全文就是圍繞這個「奇」字，寫他遇賊、騙賊、殺賊、再騙賊、再殺賊，不肯爲吏以及盜賊側目等一系列奇蹟的。

作者在引言中聲稱要寫區寄之奇，但本文的開頭並不奇，是個古文中紀傳體的老套：「童寄者，郴州蕘牧兒也，行牧且蕘。」

平實地交代區寄的年齡、籍貫和身份。作者這樣寫不僅是要寓奇特於平淡之中，讓不奇與奇形成對照，使文勢起伏、富有波瀾，更重要的是爲下面故事的開展提供依據。正因爲區寄是個平凡的農村放牛打柴小孩，不是像王安石筆下的方仲永那樣的神童，從小就有著震驚鄉里的舉動，所以豪賊才敢劫持他，才會不把他放在心上，也才會輕易地受騙上當。狀奇而先寫不奇，作者是別具匠心的。

下面就開始寫區寄被劫、騙賊、殺賊這件奇事。它是本傳的主體，也是作者筆墨集中之處，其情節可分爲兩個部分。第一部分主要通過這個十一歲兒童的行動來表現他機智勇敢的性格特徵。區寄爲何被劫，作者寫得很簡單，僅用五字：「二豪賊劫持」。因爲作者主要是要表現區寄的機智勇敢，所以他把主要筆墨放在區寄的反劫持上。首先，作者把區寄的處境寫得很困難，很危急。雙手被倒縛，無法反抗，這是其一；口被用布堵住，無法呼喊，這是其二；已離家四十多里，很快就要到賣他的集市上，幾乎没有迴旋餘地，這是其三。區寄要擺脫危境，就必須戰勝這三項困難。作者越是强調時間緊迫、處境危急，就越是能反襯出區寄的聰明勇敢，處變不驚。區寄的對策是首先麻痹對方，讓對方放鬆警惕，他裝出一般小孩子在這種情況下應有的常態：哭哭啼啼，害怕得發抖。二豪賊果然上當，不急著趕路，坐下來飲酒並且喝得大醉。這樣，區寄就爭取了時間，爲尋找機會擺脫危境創造了條件。緊接著就是尋找機會了。因爲爭取了時間並不等於就是贏得了勝利，即使二人醉酒，一個小孩要對付兩個豪賊豈是易事？更何況還被反接雙手，對方又有利刃，所以區寄這時顯得很鎮靜，耐心等待機會。機會終於來了：一個豪賊到鎮上去洽談交易，另一個把刀插在地上睡著了。兩豪賊如此大意的原因就是被區寄的一番啼哭和恐懼的僞裝所惑。區寄瞅準這個機會，迅速而果斷地採取措施，把縛手的繩索靠在刀刃上，用力上下拉動，割斷繩子，然後用刀殺掉了這個豪賊。這一段全是用區寄的行動來表現他的心理活動和機智沈著的性格特徵的。這當中滲透著一個「奇」字：一個十一歲的小孩被二豪賊反接堵口，不但不驚不恐，相反卻在危急之中想出騙賊之法，這是一奇；兩個豪賊居然上了一個小孩的當，這是二奇；抓住時機，當機立斷，以縛背刃，取刃殺賊，這是三奇。

文章至此，區寄的奇童形象已很鮮明地呈現在讀者眼前了，但作者又把區寄放到一個更凶險、也更難擺脫的處境中去，進一步表現他的奇才和膽識。這次不光是通過他那深思熟慮而又敏捷果斷的行動來表現他的聰明和勇敢，而且還通過他洞悉對方心理掌握主動來表現他驚人的才智。正當區寄殺掉守者逃去、讀者鬆了一口氣的時候，又頓起波瀾：那個去鎮上的豪賊回來了！「得僮大駭，將殺僮」。情勢急轉直下，這時如還採取啼哭驚慄這一手就不靈了，如哀告求饒，也將毫無作用，因爲我們從豪賊「大駭」二字，看出這個貌不驚人的十一歲孩子已在豪賊心目中引起了極大的驚恐。區寄的過人之處就在於他在這種危急的情況下仍能處變不驚，既不求饒，也不僞裝，而是抓住豪賊利欲薰心這個弱點，利用他們之間的矛盾和利害關係去誘惑賊人，裝出一付爲對方考慮的樣子去主動出擊，責備對方不知好歹：「爲兩郎僮，孰若爲一郎僮耶？彼不我恩也。」貪婪的私欲和區寄的巧辯，終於使這個豪賊暈頭轉向，反而感謝區寄：「幸而殺彼，甚善！」但由於上次，被區寄掙脱的教訓，這次更加戒備是「束縛牢甚」。如果説上次「以縛背刃，力上下得絕」僅需要機智的話，那麼這次就需要再加上勇敢和毅力了。你看，他在半夜「以縛即爐火燒絕之，雖瘡手勿憚」，這對一個十一歲的孩子來説，該需要多大的毅力啊！這一次他殺了豪賊之後，不再是偷偷逃跑了，而是大聲呼號，陳述經過，並「願以聞于官」。區寄這樣做，不止是由於兩賊皆死，威脅解除，可以公開自己身份，而且也想通過這件事引起官府對劫縛之風的關注，這才是「願以聞于官」的真意。由此看來，這個小孩不但聰明勇敢，而且還有遠見和膽識，真是奇之又奇了。

最後一段寫區寄反劫持勝利後的巨大影響，仍然是在表現區寄之奇，但手法與前兩段又有所不同。前面是通過區寄的言行正面描寫，這段則是通過別人的反應側面表現。這反應又分兩個方面：一是官府，「墟吏白州，州白大府」，層層上報，直鬧到最高地方行政長官觀察使兼刺史顏證那裡。「顏證奇之，留爲小吏」，對最高地方當局的賞識和寵幸，這個貧賤的放牛打柴小孩卻「不肯」賞臉，這可謂又是一奇。「不肯」二字不但表現了區寄不願爲官府爪牙、不願攀附權貴的下層小民的純潔美德，而且也反映了官府的昏庸和糊塗，他們並没有從這一事件引起對劫持之風的關注，相反只把這一事件當成聳人聽聞的「奇事」，只想從中找一個親隨跟班而已。另一是劫賊的反應。作者寫他們「側目莫敢過其門，皆曰：『是兒少秦武陽二歲，而討殺二豪，豈可近耶』」。寥寥幾筆，把劫賊們的驚怖畏懼之態活靈活現地表現了出來。而區寄過人的聰明和膽略這個「奇童」形象，也就從劫賊們的側目而視、驚恐之言中側面勾畫了出來。

作者有意爲一個農村貧苦小兒立傳，並用官府的轟動和昏庸作爲反襯，反映了作者進步的政治態度。在表現手法上，作者以「奇」字爲中心，通過區寄本身的言行以及別人的反應，從正、側兩個方面來極力表現這個農村小孩的驚人才智和膽略，一波未平，又起一波，引人入勝。因此，無論是從思想内容還是藝術手法看，《童區寄傳》都是一篇不可多得的好作品。

清幽的氣韻　詩化的散文
——談《小石潭記》的藝術風格

從小丘西行百二十步，隔篁竹，聞水聲，如鳴佩環，心樂之。伐竹取道，下見小潭，水尤清冽，全石以爲底，近岸卷石底以出，爲坻、爲嶼，爲嵁、爲岩。青樹翠蔓，蒙絡搖綴，參差披拂。

潭中魚可百許頭，皆若空游無所依。日光下澈，影布石上，怡然不動；俶爾遠逝，往來翕忽。似與游者相樂。

潭西南而望，斗折蛇行，明滅可見。其岸勢犬牙差互，不可知其源。

坐潭上，四面竹樹環合，寂寥無人，淒神寒骨，悄愴幽邃。以其境過清，不可久居，乃記之而去。

同游者：吳武陵、龔古、余弟宗玄，隸而從者：崔氏二小生，曰恕己，曰奉壹。——柳宗元《小石潭記》

柳宗元的山水遊記不但構思精巧，意境高遠，而且吸收了曹植、吳均、酈道元等散文大家的藝術精華，把詩的手法帶進了散文的創作領域，使散文具有詩的意境、詩的情韻，成爲詩化的散文。在這方面，《永州八記》中的《小石潭記》表現得尤爲突出。

一、詩的韻味

詩歌是要講究韻味的，它忌直露，忌平淡，要有「弦外音、味外味」（沈德潛《說詩晬語》），要做到「言有盡而意無窮」。（姜夔《詩說》）《小石潭記》正是在含蓄蘊藉這一點上充分表現出詩的韻味的。作者筆下的小石潭，一是清碧，二是幽靜。爲了表現清碧，作者寫小石潭的周圍是一片青青的竹林，淙淙的鳴泉穿過竹林傳來，像玉佩叮噹，像荷珠清響，透露出一種清幽的氣韻；小石潭上下更是一片清碧的世界，潭上是青青的枝柯，綠綠的藤蔓，潭內是澄碧得近乎空明的潭水和清晰可辨的游魚；潭底和岸邊是不會帶來泥沙的潔淨的石頭。另外，作者也極力突出小石潭的幽靜：它的周圍除了作者等幾個遊人之外，看不見人影，聽不到人聲，甚至連山林間應有的鳥鳴蟬噪聲也沒有。以至愛靜的作者也感到其境過清，不可久居。作者這樣著意突出小石潭的清碧和幽靜，正是要從它秀美幽靜的外觀表露出一種高潔清幽的內在美感：用秀麗澄澈之景來寄寓自己不苟且於流俗的高潔之志，用幽深淒冷之境來暗抒自己久貶不歸，身居異鄉的孤獨傷感的情懷。作者在永州時的心情是很沈痛的，感情也是很憤懣的。但他卻善於把深沈的悲憤寄寓在秀麗而幽深的畫面裡，使人看來不著痕迹。蘇軾說柳詩是「發纖濃于簡古，寄至味于澹泊」（《書黃子思詩集後》）。這是柳詩的特色，也正是柳文中山水遊記的特色，因爲在那澹泊的山光水色之中是蘊藏著濃郁至味的。柳宗元的山水遊記，與其說是永州自然風物在大散文家筆下的再現，還不如說是這位被放逐的政治家的高潔之志、悲憤之情在山光水色中的折射，因此顯得更爲含蓄蘊藉，更富有詩的韻味了。無怪林紓說：

「文有詩境，乃是柳州本色。」（《柳文研究法》）

二、詩的手法

詩歌，受篇幅的限制，在表達上要求能以點帶面，小中見大；詩歌，受傳統的影響，在手法上要求婉曲。在這兩方面，《小石潭記》都堪稱詩化的散文。

選景上，作者採用移步換形之法，隨著遊蹤所至，由遠及近，像攝影機一樣，慢慢推出一個特寫鏡頭，然後再由近及遠漸漸化去，給人留下無窮的想像和無盡的詩味。文章一開頭，先寫潭外的竹林，描繪透過竹林傳來的淙淙泉聲，然後再溯源寫到小石潭。寫小石潭時先寫潭的全貌：石的底，石的岸，石的小島和高地，把小石潭「石」的特徵突現出來。然後再對小石潭細細地進行描繪：先寫潭的四周是「青樹翠蔓，蒙絡搖綴，參差披拂」，再寫潭水的空明碧透，游魚「皆若空游無所依」。如果說對潭外和潭上的種種描繪是電影中一個個搖曳生姿的全鏡頭的話，那麼對游魚的描寫則是一個特寫鏡頭。「潭中魚可百許頭，皆若空游無所依」，這句既寫出了潭水的清冽，又寫出了游魚自在的情態。作者在完成了這個特寫鏡頭後，又把鏡頭推遠，描繪西南方那明滅可見的源頭，遠遠地消失在那犬牙交錯，斗折蛇行的岩岸之中……使整個畫面境界開闊，引人遐想，尺幅之中具萬里之勢，給人以無盡的遐想。

《小石潭記》的詩化手法還表現在它婉曲的表達方式上。嚴羽說：「盛唐諸人，惟在興趣，羚羊掛角，無迹可求。故其妙處，透徹玲瓏，不可湊泊。如空中之音，相中之色，水中之月，鏡中之花，言有盡而意無窮。」（《滄浪詩話》）《小石潭記》正是用婉曲的手法達到了這種無迹可求的詩境。例如描寫游魚的那一段，整段未提一個「水」字，但處處可以感到水的存在。

婉曲手法的另一個表現是反襯。作者爲了突出小石潭的幽深冷靜，用「動」來作爲反襯，如那「蒙絡搖綴，參差披拂」的青樹翠蔓，隨風而生的晃晃悠悠動態感，那「佁爾遠逝，往來翕忽」，似與游者相樂的游魚，都產生了一種動中取靜的藝術效果。

三、詩的語言

柳宗元在山水遊記中所使用的語言，如同他自己所說的那樣，是「清瑩秀澈，鏘鳴金石」（《愚溪詩序》）。《小石潭記》的語言則突出地表現了這一特點，顯得洗鍊明淨，富有音樂性、節奏感，講究構圖和設色，富有形象性。一句話，具備了詩歌語言所應具備的特徵。

首先是語言的洗鍊和明淨。如寫小石潭全貌時，作者僅用了「全石以爲底，近岸卷石底以出……」二十個字，既扣住題目——小石潭，又解釋了上句「水尤清冽」的原因——全石構成，不雜泥沙，語言是相當洗鍊和明淨的。再如作者爲了形容小石潭周圍的清幽，用了八個字：「淒神寒骨，悄愴幽邃。」它準確地表達了周圍環境給作者的主觀感受，抒發了作者濃烈的傷感情緒，給讀者留下了深刻的印象。

由於作者的語言洗鍊而明淨，所以能把相似事物之間的細微差別區別開來，顯得分外的準確。《永州八記》中，有幾篇都是描寫潭水的，但在準確的語言勾勒下，同是潭水卻有明顯的不同。如《石澗記》中的水是「平布石上，流若織文，響若操琴」，雖是潭水卻帶有清淺和流動的澗中之水的特色；《小石城山》中的潭水是「窺之正黑，投以小石，洄然有聲，其響之激越，良久乃已」，分明是峭壁之下幽暗的深潭之水；與《小石潭記》中秀美澄澈的潭水都有明顯的不同。

二是語言上的音樂美和節奏感。詩歌的節奏感是特別強烈的，節奏是詩的外形，也是它的生命，可以說沒有節奏就沒有詩。柳宗元是古文運動的倡導者，他的散文是以奇句單行爲特徵的，但這並不妨礙他的散文具有詩的節奏。他儘量使自己的散文具有一種對稱美。如寫潭的四周是「竹樹環合，寂寥無人，淒神寒骨，悄愴幽邃」；寫游魚是「影布石上，怡然不動；俶爾遠逝，往來翕忽」。皆是四句一組，兩兩相對，給人一種整齊和諧的感覺，一種對稱的美。他爲了加强文詞的音樂美，在句法上也善於把單句、對句，或成對單句、成對雙句交錯地使用，如描寫潭中游魚一段，句式有長有短，有單有雙，讀起來抑揚頓挫，美妙流暢，確實像一篇優美的散文詩。他爲了講究文章的音樂美和節奏感，還注意字句音韻平仄的搭配，如「青樹翠蔓，蒙絡搖綴，參差披拂」十二個字，作者有意選用平仄相間的字，以平聲結尾，構成一個迭宕頓挫的句式，造成一種聲韻上的抑揚頓挫之美。

三是語言富有形象性。劉熙載說柳宗元的山水遊記是「記山水，無不形容盡致，如奇峯異嶂、層見迭出」（《藝概》）。柳宗元本人對此也頗爲自負，曾說自己是「頗以文墨自慰，漱滌萬物，牢籠百態」（《愚溪詩序》）。柳宗元之所以能漱滌萬物，牢籠百態，很大程度上是靠語言的形象性來取得的。他的語言不但能賦事物以形象，而且還能賦予聲音和色彩，做到文與聲，文與畫的結合。讀了「青樹翠蔓」等句，那青青的樹，綠色的藤似乎就浮現在我們眼前，而且還在微微地擺動；讀了「影布石上」等句，我們又彷彿看到那空碧的潭水中折射進去的光柱，光柱下，游魚頎長的身影投射在水底的岩石上，動也不動；讀了「竹樹環合」等句，連我們也感到幽清寂寥、寒氣侵人。這都是由於作者調動了語言的音響、形象、色彩的結果。

竹樓雖朽　名文永存
——談王禹偁的《黃岡竹樓記》

黃岡之地多竹，大者如椽。竹工破之，刳去其節，用代陶瓦。比屋皆然，以其價廉而工省也。子城西北隅，雉堞圮毀，蓁莽荒穢，因作小樓二間，與月波樓通。遠吞山光，平挹江瀨，幽闃遼敻，不可具狀。夏宜急雨，有瀑布聲；冬宜密雪，有碎玉聲。宜鼓琴，琴調和暢；宜詠詩，詩韻清絕；宜圍棋，子聲丁丁然；宜投壺，矢聲錚錚然。皆竹樓之所助也。

公退之暇，被鶴氅衣，戴華陽巾，手執《周易》一卷，焚香默坐，消遣世慮。江山之外，第見風帆沙鳥、烟雲竹樹而已，待其酒力醒、茶烟歇；送夕陽、迎素月，亦謫居之勝概也。彼齊雲、落星，高則高矣；井干、麗譙，華則華矣。止於貯妓女、藏歌舞，非騷人之事，吾所不取。

吾聞竹工云：竹之為瓦，僅十稔。若重覆之，得二十稔。噫！吾以至道乙未歲，自翰林出滁上。丙申移廣陵，丁酉，又入西掖，戊戌歲除日，有齊安之命，己亥閏三月到郡。四年之間，奔走不暇，未知明年又在何處，豈懼竹樓之易朽乎？幸後之人與我同志，嗣而葺之，庶斯樓之不朽也。

——王禹偁《黃岡竹樓記》

黃岡竹樓，在今湖北省黃岡縣內。黃岡隋時稱黃州，唐時改爲齊安郡，宋時爲黃州齊安郡。此樓爲北宋王禹偁所建。宋真宗咸平二年（西元九九九年），王禹偁因編寫《太祖實錄》時直書趙匡胤篡周事獲罪，於除夕之夜貶往黃州任刺史。到黃州半年後，他在城西北的護城下蓋了兩間小樓作爲居所，與當地的名勝月波樓相通。因屋瓦皆以竹爲之，故稱「竹樓」。這篇《黃岡竹樓記》就是記竹樓的落成經過以及樓內生活的種種樂趣。作者把工省價廉的竹樓極力渲染和詩化，以此來表達自己累遭貶斥卻怡然自適的曠達情懷和對權貴們豪侈生活的鄙棄。文章寫得有骨力、有情采，是北宋早期散文中不可多得的精品，也爲後來的一些著名的樓記，如范仲淹的《岳陽樓記》、歐陽修的《醉翁亭記》、蘇軾的《喜雨亭記》樹立了良好的風範。

《黃岡竹樓記》在結構上可分四個層次。

第一層從開篇到「以其價廉而工省也」。是寫黃岡之竹。這篇樓記要記的是黃岡竹樓，作者卻從黃岡之竹寫起，盛讚黃岡之竹又多又壯。這種欲寫此而先言彼的手法在構思上有兩個作用：一是爲竹樓作好鋪墊。正因爲此地多竹，竹又粗大，這才具備作竹瓦、蓋竹樓的條件。二是既然竹又多，製作又簡易，這才會工省而價廉，這也爲表現作者自甘澹泊的情操貯好了蓄勢。

第二層，從「子城西北隅」到「皆竹樓之所助也」。是記建樓的經過和讚美竹樓的種種妙處。作者身爲黃州刺史，樓卻建在城內偏僻的角落，作者的不慕虛榮、潔身自好於此可見一斑。描繪竹樓妙處時，則從樓的位置和樓的特質這兩方面詩化。此樓的位置是「遠吞山光，平挹江瀨。幽闃遼敻，不可具狀」。「遠吞山光」是說遠處山上的風光盡收眼底，這是遠望；「平挹江瀨」是說下面的江流似可舀取，這是俯視。「幽闃遼夐」是說這裡既清幽靜寂又曠遠遼闊，這是概寫竹樓周圍的環境。然後，作者再由外及內，由遠及近，由面到點，對竹樓的本身進行描繪。描繪時主要從聽覺入手來突出竹樓獨有的特質。其角度又分成兩個方面。一是從樓的外部，寫大自然音響在竹樓上產生的特有韻味「夏宜急雨，有瀑布聲；冬宜密雪，有碎玉聲」。瀑布與一般水流的區別在於它有飛流直下的氣勢，又有訇然砰鳴的聲響。夏雨擊在竹瓦上如迸豆之急，如千軍之噪。竹瓦上匯聚而下的水流，比草頂和瓦頂更爲滑急。所以夏雨落竹瓦猶如萬鏃射銅鉦，雨水下瀉又如飛流直濺，有種與衆不同的音響和韻味。冬雪落在草、瓦等別的材料構築的屋頂上，會悄然無聲。但竹瓦就不同，會有種急促細碎的瑟瑟聲、作者形容爲「碎玉聲」，也正是抓住了竹樓獨有的特質。另一個角度是從樓內起居，寫居停主人的清趣和雅興。通過主人日常生活在樓內發出的特有音響來表達其高潔的操守。居停主人的日常生活會有方方面面，但作者選擇了四種：鼓琴、詠詩、圍棋、投壺。這四種最能表現主人高潔的操守和雅興，也最能突出竹樓的清韻。因爲：「宜鼓琴，琴調和暢；宜詠詩，詩韻清絕；宜圍棋，子聲丁丁然；宜投壺，矢聲錚錚然。皆竹樓之所助也。」投壺，是古人的一種遊戲。據《禮記》記載，宴會間賓主向一個瓶樣的壺中投矢，投中者爲勝。在宋初文壇上，王禹偁是以復古求新變的代表人物，爲了反對當時風靡一時的西崑派文風，他旗幟鮮明地提出恢復古道，倡導風騷「可憐詩道日已替，風騷委地何人收」（《還揚州許書記集家》）。「誰憐所好還同我，韓柳文章李杜詩」(《贈朱巖》)。政治上、文學上的這種主張，自然會影響他的日常愛好，所以作者喜愛這種古代的遊戲——投壺，而且突出竹樓裡投壺，有種別的屋宇中所沒有的音響和情韻——「錚錚然」。這何嘗不是作者錚錚鐵骨的暗示呢？總之，作者從聽覺入手，通過遠眺和近瞰、室外和室內幾幅畫面，把竹樓所處的清幽而曠遠的環境，所獨有的音響和清韻描繪得生動而又細膩。而我們透過這幅山光水色的自然風光圖和琴棋詩射的日常生活圖，對居室主人的情趣和胸懷已暗有所察了。

第三層。從「公退之暇」到「吾所不取」。直接表白作者的澹泊操守和曠達襟懷。作者選擇公退之餘到初夜這段在樓內時間。手法上有敍事、有描寫，也有抒情。此時主人翁的形象是「披鶴氅衣，戴華陽巾」；功課是讀《周易》、焚香默坐、消遣世慮；眼中所見唯「風帆沙鳥、烟雲竹樹而已」。鶴氅和華陽巾是散淡之人的裝飾，《周易》是研究事物終始變化、相生相剋的一部經典。此時的作者極力排遣塵世的紛擾，力求做到眼中無所見，心中無所思，把觀賞自然風光、飲酒烹茶、送夕陽迎素月作爲自己的追求目標和生活的主要功課，那麼，作者爲什麼要在一天之中唯獨突出這段時間？這段時間中又要極力表現這種情趣和追求呢？這固然與公退之餘和竹樓的休閒生活有關，但更主要的是與作者此時的思想和際遇有關。《黃岡竹樓記》寫於貶官於黃州之時。貶官的原因表面上是寫《太祖實錄》時直書趙匡胤篡周一事，但真正的原因是由於在此之前給太宗上的《端拱箴》。箴中，他指斥「聚民膏血」的上層權貴，說他們「一裘之費，百家衣裳」，「一食之用，千人口腹」，因而招致當權者的忌恨，故藉《太祖實錄》事在除夕之夜將他貶往黃州，而且一直没有召還，使這位正直而有才華的政治家一生困頓竟死於黃州，年僅四十八歲。正因爲這樣的際遇和背景，他才會在竹樓内焚香獨坐、消遣世慮，以此來排遣憂思，追求内心的和平和寧靜。但我們也不能據此就認爲這是王禹偁受到政治打擊後的退避和追悔。相反，此時的作者仍不改初衷，窮而彌堅。《端拱箴》的精神在《黃岡竹樓記》中又一次閃現，這集中表現在他對帝王、權貴們所建的齊雲、落星之類樓閣的批判上：「彼齊雲、落星，高則高矣；井干、麗譙，華則華矣。止於貯妓女、藏歌舞，非騷人之事，吾所不取。」這種公開的政治表白，反映了作者自甘澹泊的高潔操守。把這段表白與前面的描敘連起來看，作者著意突出這段時間，極力表現這種情趣，實際上反映了這位政治家在政治打擊下不變初衷，淡泊寧靜的操守和追求。

第四層。從「吾聞竹工云」到結尾。回顧自己四年來的生活道路，把人生與竹作一比較，抒發自己迭遭坎坷、到處顛沛，有才難用、有志難伸的感慨和不平。這段没有描寫，完全是敍述之中雜以感慨，其高妙在於處處與竹樓聯繫起來：作者先由竹工之口交待竹樓易朽，即使翻修一下，也只能維持二十年。然後借此大發感慨，由竹樓易朽轉而感嘆人生易老，況短暫人生中又多困頓和坎坷。作者從「至道乙未歲」敍起，感嘆自己四年來「奔走不暇」，無所建樹，無處安身。宋太宗至道元年（西元九九五年）孝章皇后卒，當時任翰林學士的王禹偁因議論葬禮厚薄爲人告發，被貶爲滁州太守。至道二年，又有人告發王禹偁在滁州爲友人鄭褒買馬時倚官仗勢少付馬價，宋太宗雖不相信，但又把他從滁州調到揚州。至道三年，王在揚州任上未滿一年又調回中央任刑部郎中知制誥，但又不到一年便在除夕之夜貶往黃州。使王禹偁憤懣的不只是無端被貶，而且席不暇暖，調若轉蓬，根本無法建樹，這才是更令人傷感的。所以作者借竹之易朽發出感嘆：「四年之間，奔走不暇。未知明年又在何處，豈懼竹樓之易朽乎？」這種感慨與其說是對人生飄泊的傷感，還不如說是對頻繁播遷、有才難展的憤懣和不平。通過這段感慨的抒發，我們再回過頭來看他對竹樓內外的描繪，就可以領悟他對竹樓如此喜愛的原因：正是這座清幽的竹樓使作者在頻繁的播遷中獲得了短暫的休憩，竹樓那獨有的韻味和音響又使作者暫忘了紛擾的世事，獲得了片刻的寧靜。這座竹樓既是作者情感的寄托，也可以說是作者高潔人品的物化。這種借樓寫人、托物詠志的表現手法，對宋代散文尤其是亭台樓記的影響很大。范仲淹的《岳陽樓記》、歐陽修的《醉翁亭記》、蘇軾的《喜雨亭記》、蘇轍的《黃州快哉亭記》皆採用這種手法。

這篇樓記還善於選擇典型景物，通過渲染環境氣氛來借景抒情。作者在四季之中選擇了冬夏，在一天之中選擇了傍晚。樓外景物，他選擇了山光、江瀨；樓內生活，他突出了彈琴詠詩、圍棋投壺。可以肯定地說，竹樓之外卻不止於山光和江瀨，彈琴賦詩等也不是他樓內生活的全部內容。但作者只選擇這些加以描敘，因爲它們更能表現竹樓所獨有的情韻，也更能表現出作者所獨特的情操。因而，這樣的選擇方式也最能突出主旨。

另外，這篇樓記之所以能成爲名篇，也得力於他所採用的對比手法。首先，作者把兩種不同的樓閣，樓內主人兩種不同的生活方式作對比。作者所建的竹樓是工省而價廉，闢於子城西北隅，雉堞圮毀，蓁莽荒穢之處。帝王權貴們所建的齊雲、落星、井干、麗譙諸樓，高則高矣，華則華矣，卻費民力、耗錢財。至於樓內主人的生活方式，竹樓主人或是彈琴詠詩、圍棋投壺，或是焚香默坐、消遣世慮，追求內心的寧靜與淡泊。齊雲、落星諸樓主人卻是於樓內貯妓女、藏歌舞，追歡買笑，醉生夢死。比較之後，作者明確表態「此非騷人之事，吾所不取」。通過對比，兩種不同的居處條件、兩種不同的品格和情操壁壘分明，從而把作者自甘澹泊、關心民瘼的高尚品格充分地表現了出來。文章的最後一段，作者又把竹與人作一對比，讓人感到人事的播遷比竹朽的速度要快得多，從而使作者貶斥之中的滄桑之感和憤懣之情得到很好的渲泄。運用對比之法來抒發情感，這種手法也爲後來的一些散文大家在寫樓記中所借用。如范仲淹的《岳陽樓記》，幾乎全篇都是對比：概括岳陽樓大觀時運用視覺上的遠與近，時間上的早與晚，方位上的南與北；描繪洞庭潮景色時更是把陰晴不同的氣候，湖面不同的景象和給人的不同感受反覆加以對比；最後又把古仁人之心與前面兩種人的心理和行爲作一對比。從而把作者決心追隨古之仁人，在貶斥之中力求進取的獻身精神表現出來。所以，王禹偁的《黃岡竹樓記》在宋代的樓記文學中是有開啓之功的。

構圖美　結構美　語言美
——談《醉翁亭記》的藝術表現手法

環滁皆山也。其西南諸峯，林壑尤美。望之蔚然而深秀者，琅琊也。山行六七里，漸聞水聲潺潺，而瀉出於兩峯之間者，釀泉也。峯回路轉，有亭翼然臨於泉上者，醉翁亭也。作亭者誰？山之僧智仙也。名之者誰？太守自謂也。太守與客來飲於此，飲少輒醉，而年又最高，故自號曰「醉翁」也。醉翁之意不在酒，在乎山水之間也。山水之樂，得之心而寓之酒也。

若夫日出而林霏開，雲歸而岩穴暝，晦明變化者，山間之朝暮也。野芳發而幽香，佳木秀而繁陰，風霜高潔，水落而石出者，山間之四時也。朝而往，暮而歸，四時之景不同，而樂亦無窮也。

至於負者歌於塗，行者休於樹，前者呼，後者應，傴僂提攜，往來而不絕者，滁人游也。臨谿而漁，谿深而魚肥；釀泉爲酒，泉香而酒洌；山肴野蔌，雜然而前陳者，太守宴也。宴酣之樂，非絲非竹；射者中，弈者勝，觥籌交錯，坐起而喧嘩者，衆賓歡也。蒼顏白髮，頹然乎其間者，太守醉也。

已而夕陽在山，人影散亂，太守歸而賓客從也。樹林陰翳，鳴聲上下，游人去而禽鳥樂也。然而禽鳥知山林之樂，而不知人之樂；人知從太守游而樂，而不知太守之樂其樂也。醉能同其樂，醒能述以文者，太守也。太守謂誰？廬陵歐陽修也。

——歐陽修《醉翁亭記》

歐陽修的《醉翁亭記》以細膩的筆觸，深厚的情致，委婉的章法描繪了琅琊山醉翁亭一帶的朝暮之景、四時之趣，抒發了作者寄情山水的閒適優雅的情致，也反映了這位北宋政治家在遭貶後悠然自得的曠達情懷。這篇散文景物美、情趣也美，正是這種美的景物、美的情趣使這篇散文具有了千古不朽的美學價值。

一、精美的構圖

琅琊山，是蜿蜒於皖東平原上的一座小山，它既沒有黃山的神奇、雁蕩的險怪，也沒有廬山的秀媚、峨眉的雄偉。醉翁亭，也只是琅琊道旁的一座小亭，它既缺乏滕王閣那種高踞臨江的雄渾氣勢，也沒有歷下亭那種飛閣流丹的富麗之態。但這座平凡的小山和簡樸的小亭，經過大家歐陽修的渲染描摹，竟變得如此清幽深秀、妙趣橫生，牽動了古往今來多少人的遊興。作者這種絕妙的藝術手法首先表現在構圖的精美上。作者從空間位置、時間變換、動靜搭配這三個方面把琅琊山與醉翁亭變成一幅有生命的山水畫，有色彩的散文詩。

在空間位置上，作者不是孤立地去寫山、寫水、寫亭，而是把它們交織在一起，組成一個統一的整體，它們各有特點、各盡其妙：琅琊是蔚然而深秀——渲染其色，釀泉是潺潺於兩峯之間

——形容其聲，醉翁亭是翼然臨於泉上——描摹其態。它們又互相映襯、互爲表裡：無羣山作爲背景，則釀泉成無源之水；無釀泉點綴峯間，琅琊山則少靈氣和活力；無釀泉穿流於亭下，醉翁亭則缺少音響和陪襯；無亭翼張於釀泉之上，釀泉則顯得空寂和單調。所以山、泉、亭相依相襯，共同組成了一幅有聲有色、清幽而秀美的琅琊山水圖。

在時間變換上，作者從一天之中、一年之際兩個角度來描繪醉翁亭周圍不同的景色和氣象，給人一種目不暇接的美學享受，使讀者時時都能領略到新鮮、變幻的景致。寫一天之景，作者抓住雲氣的變化，運用不同的色調，寫出朝暮的不同景象：日出時，霧氣漸漸散開，青翠的林木顯露了出來；傍晚時，煙雲慢慢聚攏，山谷也隨之昏暗。在這幅圖畫中，紅艷的朝日，青翠的林木，幽暗的山谷以及澄鮮的朝霧和昏暗的暮靄，給這幅山水圖塗上不同的色彩，形成了不同的情調，反映了作者在色調運用上的高度技巧。

如果說作者在寫一天之景時主要是抓住了朝暮的不同色調，那麼作者在寫一年之景時則主要是抓住了四季的不同特徵：春天寫花朵，夏天寫枝葉，秋天寫風霜，冬天寫水石。作者扣準景色的典型特徵加以形容、描摹，以顯其變化多端之態，所以春花夏木各有特徵，秋霜冬水各含動勢。「野芳發而幽香，佳木秀而繁陰，風霜高潔，水落而石出⋯⋯」四個短句構成了一幅美妙的山中四季圖。宋代著名畫家郭熙在論山水畫法時說：「山春夏看如此，秋冬看又如此，所謂四時之景不同也。山朝看如此，暮看又如此，所謂朝暮之變態不同也。如是一山而兼數十百山之態，此畫之意外之妙也。」❶看來，歐陽修的《醉翁亭記》也是深得畫法的「意外之妙」的。

在動靜搭配上，作者也是煞費苦心的。無論景與景、人與景、人與人，作者都注意以一動輔以一靜，靜極生動，動極生靜，相輔相成，相映成趣。「蔚然而深秀」的琅琊是靜穆的，但兩峯之間卻瀉出了潺潺的釀泉；陰翳的林木是幽寂的，但禽鳥卻「鳴聲上下」；醉翁亭四周是寂靜的，但道上卻見滁人「負者歌於塗，行者休於樹，前者呼，後者應，傴僂提攜，往來而不絕」。至於描寫人物，則是動中有靜，在往來不絕的遊人中，在觥籌交錯、坐起而喧嘩的衆賓之間，太守卻蒼顏白髮，頹然乎其間。這種動靜相生相成之法，使畫面既充滿生機又不顯得紛擾和雜亂，從而再一次顯出作者在構圖上的精妙。

二、精巧的結構

本文結構上的精巧，主要表現在以下三個方面：

第一，用「樂」作爲主線貫穿全篇，集中抒發作者被貶之後恬然自樂的曠達情懷。

全文的四大段，無不寓一「樂」字。第一段寫醉翁亭命名的原由，解釋「醉翁」的含義，主要是要點出醉翁得之心而寓之酒的「山水之樂」；第二段寫山間朝暮與四季美景，以示其「樂亦無窮」；第三段寫遊人之樂，宴酣之樂，其中也暗寓了太守的「與民同樂」；第四段寫禽鳥之樂，正面點出太守樂在其中，是樂萬物之所樂。縱觀全篇結構，以「樂」字爲中心，從山水、禽

❶郭熙《林泉高致》，見《歷代論畫名著匯編》第七十六頁。

鳥、遊人、賓客、太守五個方面來敍其樂，最後點出醉翁之樂，正是包容在以上的各種樂趣之中，以此來顯示其面之廣、趣之高，把一個政治家在挫折面前的曠達和大度充分地表現了出來。

第二，用移步換形、層層縮小之法來寫景色和人物。

本文的題目是《醉翁亭記》，但作者一開始並不去寫醉翁亭，而是敷設了四層鋪墊：環滁皆山也，一層；西南諸峯，二層；蔚然而深秀的琅琊，三層；瀉出於兩峯之間的釀泉，四層。最後才點出翼然臨於泉上的醉翁亭。這樣把取景框漸漸縮小，最後集中到醉翁亭上，形成了一個特寫鏡頭，使讀者對醉翁亭及它在滁州的地理位置，都留下了清晰而準確的印象。

這種層層縮小之法，不單表現在第一段對醉翁亭的描敍上，也表現在全篇的結構上。作者先大範圍、廣角度地寫山水之樂，接著再長鏡頭地寫歌於塗、休於樹的遊人之樂，然後把焦距定在一個宴席的場面上專寫衆賓之樂，最後再縮成一個特寫鏡頭，蒼顏白髮的太守頽然乎其間。這樣層層縮小、環環緊扣，不但使結構嚴密，鏡頭也越來越清晰，用衆星捧月的方法把要表現的主要人物和情感集中而鮮明地表現出來。

第三，講究前後照應，注重埋下伏筆。

本文很講究章法上的伏筆和照應。如第一段提出太守飲少輒醉，而年又最高，第三段描寫太守在宴席上「蒼顏白髮，頽然乎其間」，前後形成照應。再如「夕陽在山，人影散亂，太守歸而賓客從也」，這和前面的「朝而往，暮而歸」也是一種照應。另外像文章一開頭，只云醉翁，只說是太守自號，但太守是誰？並不點破，以下幾段也只反覆用太守作爲稱代，共用了九個之多，直到最後一句才道出「太守謂誰？廬陵歐陽修也」，使讀者恍然大悟，原來是作者「夫子自道」，這都增加了本文結構上的妙趣。

三、精當的語言

歐陽修在文字上向稱大家，本文的語言尤有特色。首先，他很注意詞句的形象和準確。如開頭的「環滁皆山也」五字，據朱熹說此句在草稿上多至數十字，介紹滁州四面的叢山，後來才改爲上述的五字❷。用五個字來概括滁州一帶的山川形勢，確實是既精鍊又準確。另外從文中一些動詞的選用也可以看出作者在語言運用上的功力。如「峯回路轉」、「有亭翼然」、「水落石出」等句，動詞都顯得異常簡潔形象。峯和路都是靜物，但作者用「回」和「轉」使它們活動起來，很形象地表現了泉流傍著山徑的曲折蜿蜒之狀；「翼」本是個名詞，作者卻使它動化，把醉翁亭居高臨下的飛動之勢表現得栩栩如生。

本文不但實詞用得很形象很準確，就是虛詞的運用也很有獨創性。如「也」字，本文一共用了二十一個，而且是連續地用在句子的結尾，結果不但沒有平板累贅之感，反倒顯得很活潑，增加了文章的抒情韻味；同時每個「也」字就是一層意思，這樣使層次顯得極爲分明。

最後要提及的是語言上的節奏感。它吸收了我國駢體文學的對稱美，又避免了這種文體的板重凝滯之弊，顯得婉轉流暢又鏗鏘悅耳。在句法上交錯地採用對句，有的單句成對，如「日出而林霏開」對「雲歸而岩穴暝」；有的雙句成對，如「臨谿而漁，

---

❷見《朱子語類大全》卷一三九。

谿深而魚肥」對「釀泉爲酒，泉香而酒洌」。有的三句成對，如「夕陽在山，人影散亂，太守歸而賓客從也」對「樹林陰翳，鳴聲上下，游人去而禽鳥樂也」。這種對稱的句式之間，又間或雜以散句單行，讀起來抑揚頓挫，忽起忽落，把我國文字的形式美發展到一個新的水準。

寓論斷於詠嘆之中
——談史論《伶官傳序》的表現手法

嗚呼！盛衰之理，雖曰天命，豈非人事哉！原莊宗之所以得天下，與其所以失之者，可以知之矣。

世言晉王之將終也，以三矢賜莊宗，而告之曰：「梁，吾仇也；燕王，吾所立，契丹與吾約為兄弟，而皆背晉以歸梁。此三者，吾遺恨也。與爾三矢，爾其無忘乃父之志！」莊宗受而藏之於廟，其後用兵，則遣從事以一少牢告廟，請其矢，盛以錦囊，負而前驅，及凱旋而納之。

方其係燕父子以組，函梁君臣之首，入於太廟，還矢先王，而告以成功，其意氣之盛，可謂壯哉！及仇讎已滅，天下已定，一夫夜呼，亂者四應，倉皇東出，未及見賊而士卒離散，君臣相顧，不知所歸？至於誓天斷髮，泣下沾襟，何其衰也！豈得之難而失之易歟？抑本其成敗之迹，而皆自於人歟？

《書》曰：「滿招損，謙受益。」憂勞可以興國，逸豫可以亡身，自然之理也。故方其盛也，舉天下之豪傑，莫能與之爭；及其衰也，數十伶人困之，而身死國滅，為天下笑。夫禍患常積於忽微，而智勇多困於所溺！豈獨伶人也哉！作《伶官傳》。

——歐陽修《伶官傳序》

一般評論，往往靠嚴謹的結構、精闢的分析和富有說服力的邏輯推理來使人信服。古文中的《六國論》、《過秦論》、《原君》、《師說》無不如此，但歐陽修的《伶官傳序》卻不是這樣，其論證不是以嚴謹翔實見長，而以敍、議結合、一詠三嘆取勝。其敍事也不是侃侃而談，如長江大河、渾灝流轉，而是不疾不徐、紆徐委備，顯得搖曳生姿。作者通過一詠三嘆，往復回應的方式來反覆申明論斷，採用抑揚動盪、或敍或議的手法來抒發情感。寓論斷於詠嘆之中，是這篇史論的主要特色。

一、論點反覆申明，充滿感慨，帶有明顯的抒情特色。

《伶官傳序》在結構上可分成三個部分。第一部分是擺出國家盛衰由於人事這個論點，第二部分是用唐莊宗得失天下的對比加以論證，第三部分是從唐莊宗事件進一步生發開來，闡明「禍患常積於忽微，而智勇多困於所溺」這個帶有普遍性的客觀真理。文章一開頭就擺出全文的論點：「嗚呼！盛衰之理，雖曰天命，豈非人事哉！」下面各段的論據、論證和推論無不圍繞這個論點來進行，所以李剛已評曰：「三句縮攝通篇。」❶但在表現方式上，它又不同於一般評論文章開門見山的寫法。雖也是先道出論點，卻明顯帶有以下兩個特點：第一，這個結論是以感嘆、抒情的方式表現出來的。開頭就用「嗚呼」二字，來表達作者極深的感慨。有人認爲歐陽修以五代爲亂世，所以他修《新五代史》時，敍論多次以「嗚呼」開頭，這種說法不無道理。但表現在本文上，這個「嗚呼」放在其論點之前，則明顯地反映出作者寓論斷於詠

---

❶見高步瀛《唐宋文舉要》。

嘆這種文學風格。另外，作者在敍述論點時又以嘆詞「哉」作結，概述論據時又用「可以知之矣」收束，這都加强了論點的抒情色彩，充滿詠嘆和感慨。第二，這個論點的確立，不像《六國論》那樣採取排中律「六國破滅，非兵不利，戰不勝」；也不像《師說》的開頭「古之學者必有師，師者，傳道授業解惑也」，引經據典，正面直陳。《伶官傳序》採取的是讓步句式「盛衰之理，雖曰天命，豈非人事哉」。「天命」是虛妄的，卻故意不排除，從表面上看甚至還給予一定的肯定；「人事」是本文論點的核心，是作者要大力加以證實和宣傳的，但卻又偏偏用「豈非……哉」這種反問的方式出現，這樣在文氣上就顯得紆徐委備，增强了抑揚頓宕之感。

另外，作者還有意識地將論點反覆申述，一方面加深讀者的印象，另一方面也使全文顯得低昂往復、一詠三嘆，增加抒情意味。全文分三大段，每段都將論點申述一番：第一段擺出論點，自不待言；第二段敍述了唐莊宗得失天下的經過後，在結尾處又將論點以反問的方式再一次提出來「豈得之難而失之易歟？抑本其成敗之迹，而皆自於人歟？」第三段從唐莊宗事件生發開來時，再次正面闡述論點「憂勞可以興國，逸豫可以亡身，自然之理也」，「夫禍患常積於忽微，而智勇多困於所溺，豈獨伶人也哉！」這樣一而再、再而三地對論點反覆加以申述，不但使論點深深印入了讀者的腦中，而且也使文章顯得「紆徐委備，往復百折」❷，增强了感情色彩，加强了說服力。

---

❷蘇洵《上歐陽內翰書》。

還必須指出的是：本文對論點的反覆申述，並不是簡單地加以重複，而是層層推進，把論點闡發得越來越深刻，越來越具有普遍意義。本文的開頭提及論點時，採用的是讓步句式，强調人事的重要，但也提及了天命。第二次提及論點時，天命就完全撇開了，用了兩個反問句來强調「成敗之迹，而皆自於人」這個客觀真理。第三次提及論點時，思想意義又深化了，不再局限於唐莊宗一人之得失，五代時一國之安危，而是提出「禍患常積於忽微，而智勇多困於所溺」這個更廣泛、更帶有普遍意義的客觀真理。直到今天，這個結論對我們仍具有很高的借鑒價值。本文的論點就是這樣在詠嘆之中不斷重複，在重複之中又不斷開拓和深化的。

二、論證、敍議結合，往復回應，顯得一詠三嘆、搖曳生姿。

本文論證的方法正像有的論者所指出的那樣：「它雖不及韓愈充沛有力，但反覆論證，多次轉折，夾敍夾議，抑揚動盪，具有極强的説服力。」❸

本文的論證，基本上是分四步來進行的：

第一步是以一句話概述將要列舉的例證：「原莊宗之所以得天下，與其所以失之者，可以知之矣！」桐城派古文大家劉海峯認爲這三句貧弱，是敗筆，不如删去。其實不然，因有它既是敍又是議，而且是以敍帶議。在結構上，把例證的內容先提綱挈領告訴讀者，作爲後面例證的統領，後面的例證就在「得失」二字上發展；它把作者對唐莊宗得而復失天下的無限感慨明白地表露

❸中國科學院編《中國文學史》(二)。

出來，爲文章定了基調。因此看似貧弱，實則强韌；看似可有可無，實則提綱挈領。只不過它不合「桐城義法」罷了。

第二步是以敍爲主，敍述唐莊宗受先王遺命，發奮圖强，完成三願。敍述的重點放在晉王遺命以及莊宗對遺命的慎重態度上。至於完成遺命的過程，卻隻字不提，因爲本文的主題是要闡明天下得失、國家盛衰與人事的關係。我們從「莊宗將三矢藏於家廟，祭以少牢，盛以錦囊，負而前驅」等敍述中，可以看出這時的莊宗是祇敬恭謹、不辭辛勞的，所以才能凱旋而歸。在結構上，這段敍述是回應上段「盛衰之理」的「盛」字，回答「之所以得天下」這個設問的。

第三步則是以議代敍。作者在回應「盛衰之理」的「衰」字，回答「之所以失天下」這個設問時，方法同上段正好相反。它沒有敍述貝州之亂倉惶逃竄的經過，也沒有描寫唐莊宗石橋截髮誓師的衰敗情形，而是把這兩個事件作了高度的概括，用感慨詠嘆的筆調來以議代敍。作者用「方其係燕父子以組」五句同「一夫夜呼，亂者四應」五句作爲前後事件互相對應；用「意氣之盛，可謂壯哉」同「泣下沾襟，何其衰也」作爲不同結局互相對應；用「仇讎已滅，天下已定」作爲前後不同結局的轉變契機，最後得出「成敗之迹而皆自于人」這個正確結論。這段敍議從成敗兩個方面反覆回應上文的「盛衰之理，雖曰天命，豈非人事哉」這個中心論點，顯得盪氣迴腸，一詠三嘆。

第四步則是以議爲主，從唐莊宗得失天下的事例生發開來，探討治國修身的根本道理之所在。但無論作者怎樣開拓、怎樣挖掘，仍緊緊扣住「盛衰」二字：「方其盛也，舉天下之豪傑，莫能與之爭；及其衰也，數十伶人困之，而身死國滅，爲天下笑。」，這就既反覆回應了論點，又開拓加深了主題，所以有人指出「此數語雖仍就後唐之盛衰反覆詠嘆，妙在用筆紆徐宕漾，不參死語，故文外有含蓄不盡之意」❹。

總之，作者在論證時或以敍爲主，或以議爲主；或以敍代議，或以議代敍。這樣圍繞主題時敍時議，敍議結合，反覆回應，使全文顯得一詠三嘆，感慨至深。

三、語言上抑揚頓挫，多用嘆詞，增强了文章的詠嘆基調。

本文的開頭就是「嗚呼」，富有極强的詠嘆色彩，上面已作分析，不再贅述。結尾也是如此，作者在「憂勞可以興國，逸豫可以亡身」這個本文的主旨上作了一番闡述和議論之後，以詠嘆的筆調作結：「豈獨伶人也哉，作伶官傳。」這樣既避免就事論事，使本文的主題更深廣，更帶有普遍意義；同時又與本文的開頭相呼應，以感慨開篇，以詠嘆作結，更增濃了本文的詠嘆基調，正像有人曾指出的：「推開作結，有煙波不盡之勢，所謂篇終接混茫者也。」❺

另外，本文無論是敍述還是議論，都很注意氣勢跌宕，注意句式的抑揚頓挫，如「方其係燕父子以組」一段，句式上對稱，文意上一氣貫注，寫當年壯舉時是意氣高昂、慷慨豪宕；寫今日慘況時是意氣蕭索、低迴詠嘆。這樣前揚後抑，忽起忽落，給人一種酣暢淋漓之感。有人評這段文字是「橫空而來，如風水相搏，

---

❹同❶。

❺劉熙載《藝概·文概》。

洪濤巨浪忽起忽落，極天下之壯觀。而聲情之沈鬱，氣勢之淋漓，與太史公亦極爲相近也」❻。

❻同❶。

空明的月色　曠達的情懷
——讀蘇軾的《記承天寺夜遊》

元豐六年十月十二日，夜。解衣欲睡，月色入戶，欣然起行。念無與爲樂者，遂至承天寺，尋張懷民。

懷民亦未寢，相與步於中庭。

庭下如積水空明，水中藻荇交横，——蓋竹柏影也。

何夜無月？何處無竹柏？但少閑人如吾兩人耳！

——蘇軾《記承天寺夜遊》

在命運的重錘下，我國古代的詩人們基本上有以下三種態度：一種是堅持真理，不變初衷，執著地走著既定的道路，頑強地回擊命運的挑戰。屈原的「余不能變心以從俗兮，……雖九死其猶未悔」，文天祥的「臣心一片磁針石，不指南方誓不休」就屬於這一類型。另一種是在打擊下灰心喪氣，從此消極忍讓，沈默不言，如安史之亂後的王維、江州之貶後的白居易即是如此。他們懺悔以往的行爲，盡力磨去自己身上的稜角與鋒芒，檢討「三十氣太壯，胸中多是非」，表示從此要「面上滅除憂喜色，心中消盡是非心」。第三種則是被重擊嚇破了膽，變節從俗、苟且偷生。清兵入關後的錢謙益、吳偉業就是如此。宋代的大詩人蘇軾所採取的是第一種態度，只不過由於揉合了佛老思想，所以表現得更爲超然、更爲達觀。他對掌權者的排擠、迫害採取一種超然物外的態度,認爲只要「游於物之外」,則「無所往而不樂」(《超然臺記》),命運的播弄反倒給他創造出另外一種生活樂趣。他極力去追求和領悟另外一種生活美,從京城貶到杭州,他說「我本無家更安住,故鄉無此好湖山」;貶到黃州,他感到「長江繞郭知魚美,好竹連山覺筍香」;貶到惠州,他居然說「日啗荔枝三百顆,不辭長作嶺南人」;甚至在貶到天涯海角的海南島後,他還是泰然處之,並從中發現奇趣「九死蠻荒吾不恨,茲游奇絕冠平生」。這篇《記承天寺夜遊》同樣表現了他在貶斥中坦然的心緒、曠達的情懷,以及對生活中另一種美感——閒適淡雅之美的領悟和追求。

蘇軾曾這樣形容過自己散文的特色:

> 吾文如萬斛泉源,不擇地皆可出。在平地,滔滔汩汩,雖一日千里無難。及其與山石曲折,隨物賦形,而不可知也。所可知者,常行於所當行,常止於不可不止,如是而已矣!(《文說》)

《記承天寺夜遊》全文僅八十四字,就像一篇信手寫下的日記,但它絕不是「在平地滔滔汩汩」,而是彷彿在山石間曲折穿行:抒情穿插於記事、描景之中,閒曠的情懷表現在如水的月色和靜謐的氛圍裡。如此短小之文,竟能行所當行,止所當止,如行雲流水,曲折而盡意,非文章高手是無法達此境界的。

開頭一句「元豐六年十月十二日,夜。解衣欲睡」,看來平淡無奇，簡直就像日記。但起句平平，然後在平易中起波瀾，這方是大家作法。果然，波瀾接著而來：「月色入戶，欣然起行」。「解衣欲睡」是倦怠無興致，「欣然起行」卻是活躍興致高。這兩句一伏一起，一沈悶一活躍，文章頓顯出波瀾。而造成這種轉換的契機則是「月色入戶」。爲什麼月色入戶能使作者披衣而起、興致頓增呢？可能有兩個原因：一是蘇軾對大自然，特別是對月光有一種特殊的感情，在他留下的詩文中有相當數量的詠月佳句，例如他在黃州時寫的「但願人長久，千里共嬋娟」（《水調歌頭·月夜懷子由》）；「繡簾開，一點明月窺人」（《洞仙歌》）；「缺月掛疏桐，漏斷人初靜，誰見幽人獨往來？縹渺孤鴻影」（《卜算子·黃州定惠院寓居作》等等都膾炙人口。在黃州時，他也經常在月下漫步，如《東坡》詞中寫到：「雨洗東坡月色清，市人行盡野人行。莫嫌犖确坡頭路，自愛鏗然曳杖聲。」現在一輪皓月臨空，他當然又動了雅興，夜不能寐了。二是由於貶斥之中的孤寂和無聊，他企圖在大自然的美景中排除紛擾，獲得慰藉；在月的世界中來尋求一種污濁的官場和喧鬧的塵世所沒有的靜謐的心境和純潔的氛圍。元豐二年七月，蘇軾被御史舒亶等羅織罪名，逮捕下獄，經弟弟蘇轍等多方營救才算保住了腦袋。同年十二月被貶往黃州，雖然給了個檢校水部員外郎黃州團練副使的頭銜，實際上是作爲政治犯交地方官監管，不准簽署文件、處理公務，甚至連行動自由也受到限制。一個人獨處定惠院內，友人不敢來往，生活上也很窘迫。這也就是作者在文中所說的「念無與爲樂」。詩人的一切都被剝奪，只有清風明月才屬於他，詩人當然要在其中尋找寄托和慰藉了。作者在黃州時曾寫過一篇《前赤壁賦》，賦中說：「惟江上之清風與山間之明月，耳得之而爲聲，目遇之而成色；取之無禁，用之不竭，是造物者之無盡藏也，而吾與子所共適。」也正是反映了作者此時的處境和生活態度。接下去，作者寫他在月下尋友。承天寺，在今湖北黃岡縣南，張懷民，名夢得，一字偓佺，清河（今河北清河縣）人，他不但與蘇軾遭遇相同——也是貶謫到黃州，而且襟懷操守也相似。張懷民到黃州後寓居在承天寺，並在寺旁築一亭，蘇軾題名爲「快哉亭」，蘇軾的弟弟蘇轍還寫了篇《黃州快哉亭記》。蘇轍在記中稱讚張懷民「不以謫爲患，竊會計之餘功，而自放山水之間」，可見也是個寄情於山水、不以貶謫爲念的曠達之人。蘇軾引爲同調，因此在此月白風清之夜，去承天寺尋張懷民同游，而「懷民亦未寢」。這「亦」字大有講究：首先，它暗暗證實，張懷民確是蘇軾的同調，也許他也經過了「解衣欲睡，月色入戶，欣然起行」這個過程了吧，但作者没有再生枝蔓，只用「亦」字點明，使行文在瀟脫之中又顯得峻潔。其次，「亦」字也説明，張懷民的「未寢」也在作者意料之中，這樣作者去尋張賞月，雖是臨時起意，但並不顯得突兀，他們是「心有靈犀一點通」的。再次，作者未寢，張懷民亦未寢，這爲後面「但少閑人如吾兩人耳」的結論，事先做好了鋪墊。行文如山石曲折又前後照應，於此可見一斑。

以上是敍事，寫作者由夜寢而見月，由見月而起興，由起興而尋人。作者獨處中的孤寂，以及努力在自然美景中尋找解脫和慰藉的內心活動從中暗暗流露了出來。以下轉入寫景，當然景中亦有情。作者寫月色用了十八個字：「庭下如積水空明，水中藻荇交橫，——蓋竹柏影也。」這歷來被譽爲寫月色的絕唱。究其原因，不外三點：其一，處處有月又處處不提月。三句之中沒提一個月字，但給人的感覺卻是月光無處不在。這個表裡澄澈的月的世界，完全是靠喻體來完成的。其二，比喻能擺脫陳俗的舊套，它與視覺、錯覺、懸念、聯想結合起來，給人耳目一新之感。一般人寫月色，總是說月光如水，這雖很準確，但顯得陳舊。蘇軾同樣把月光喻成水，但卻是一種視覺錯覺：庭院如積水，而且還是一種澄澈得近乎空明的積水。這就比單純說月光如水顯得生動。然後作者再加以聯想：有水就會有水生植物藻、荇，而且這些藻荇還交錯在一起。那麼這些藻荇怎麼跑到院內來了呢？作者在一番設疑後再一句點破：「蓋竹柏影也。」這種懸想設疑之法不但把竹柏的影子寫得生動而逼真，而且還暗示出那無處不在的月色，確實無比精妙。其三，動靜相承，給月色增添十分詩意。「積水空明」，這是一種靜謐之美；「藻荇交橫」這是一種動態搖曳之美。動靜相承，給我們勾畫出了一個淡雅而又具有風韻的詩化的透明世界。只有在這個世界中，作者才擺脫了遷謫的壓迫感，才從類似拘囚的狹小天地中解放了出來，才能達到一種物我兩忘、天地共存的悟境。文章的最後一段，是寫作者在空明月色中對人生哲理的領悟。「何夜無月？何處無竹柏？」作者連發兩問，其實是用不著回答的，因爲這是作者虛晃的招數，目的是要引出下面的結論：「但少閑人如吾兩人耳！」結尾這句是點睛之筆，它是作者對人生哲理的領悟和月色感覺的集結。「但少閑人」的內涵很豐厚，表面上看，他似乎是說自己與懷民因遭貶斥，所無事事，故多閒暇，才會有這閒情逸致來夜賞明月；實際上它是對碌碌人生的否定和庸庸官場的鄙視，也是對宦海浮沈的解脫和受誣遭貶的排遣。作者實際上是在告訴我們，只有擺脫雜念的纏繞，有著一副曠達的胸襟，才能領略這風清月白的自然美景，才能交融在這表裡澄澈的透明世界中。這就是作者對人生哲理的領悟，也就是這篇散文的「文眼」所在。

因雨而喜　為民而憂
——蘇軾《喜雨亭記》賞析

亭以雨名，志喜也。古者有喜則以名物，示不忘也。周公得禾，以名其書；漢武得鼎，以名其年；叔孫勝狄，以名其子：其喜之大小不齊，其示不忘一也。

余至扶風之明年，始治官舍，爲亭于堂之北，而鑿池其南，引流種樹，以爲休息之所。是歲之春，雨麥于岐山之陽，其占爲有年。既而彌月不雨，民方以爲憂。越三月乙卯乃雨，甲子又雨，民以爲未足；丁卯大雨，三日乃止。官吏相與慶于庭，商賈相與歌于市，農夫相與忭于野，憂者以樂，病者以愈，而吾亭適成。

于是舉酒于亭上，以屬客而告之曰：「五日不雨可乎？」曰：「五日不雨則無麥。」「十日不雨可乎？」曰：「十日不雨則無禾。」無麥無禾，歲且薦飢，獄訟繁興，而盜賊滋熾。則吾與二三子，雖欲優游以樂于此亭，其可得耶？今天不遺斯民，始旱而賜之以雨，使吾與二三子，得相與優游而樂於此亭者，皆雨之賜也。其又可忘邪？

既以名亭，又從而歌之。歌曰：使天而雨珠，寒者不得以爲襦；使天而雨玉，飢者不得以爲粟。一雨三日，繄誰之力？民曰太守。太守不有，歸之天子，天子曰不然。歸之造

物，造物不自以爲功，歸之太空。太空冥冥，不可得而名。吾以名吾亭。——蘇軾《喜雨亭記》

喜雨亭，北宋蘇軾在鳳翔任上所建，原在府署北，今在鳳翔縣城東門外的東湖邊。東湖分爲內外二湖，內湖爲蘇軾在鳳翔任上所疏，外湖是清光緒年間鳳翔知府開鑿。今內湖旁有君子亭喜雨亭、一覽亭、鴛鴦亭和蘇公祠等建築，其中以祠內的蘇軾自贊刻石最爲有名。

宋仁宗嘉祐六年冬（西元一〇六一年），二十四歲的蘇軾被任命爲鳳翔府簽判，與弟弟蘇轍在鄭州分手後走馬上任了。這時的蘇軾，在政治上有股銳氣，認爲當時「有治平之名而無治平之實，有可憂之勢而無可憂之形」，國家潛伏著深重的危機而無人覺察，希望來一番「滌蕩振刷」，「卓然有所立」。在這種進取意識下，他對國計民生當然表現出十分的關注和熱情。這篇《喜雨亭記》即反映了他對農事民瘼的關心。文中記敍了他修亭得雨的經過以及對雨的看法和認識，全文以「喜」爲經、以雨爲緯，交織著他與百姓憂樂與共的胸懷與情愫。

文章第一段緊扣「喜雨亭」三字，説明以雨作亭名的原因。作者列舉周公以「嘉禾」作爲篇名，漢武帝以「元鼎」作爲年號，叔孫氏以「僑如」作爲子名，説明自古以來人們總是以其喜事作爲物名，以志紀念，自己以雨作爲亭名也是爲了「志喜」。至於作者爲什麼見雨而喜，又爲什麼要把此喜記下來呢？這正是本文所要闡明和抒發的。因此，此段不但緊扣題目，交待了創作動機，而且也爲這篇亭記所要闡發的主旨貯足了蓄勢。蘇軾是很注意文章這種蓄勢的，這也正是他政論散文的特色之一。

第二段是記建亭的經過以及亭成雨落時的喜悅。其方法是層層遞進，先由亭及雨，再由雨而志喜。作者先記建亭經過，時間是「至扶風之明年」，蘇軾在鳳翔府簽判任上的第二年，即嘉祐七年（西元一〇六二年）春修葺官舍，然後在舍北修了此亭，在舍南鑿池引東湖水。據《鳳翔府志》，蘇軾從嘉祐七年起負責修浚東湖，解決城内居民用水之難，這是蘇軾在鳳翔簽判任上的一件德政，後人曾在東湖邊建「蘇公祠」來紀念他。但蘇軾在此文中只用「鑿池其南，引流種樹」八字稍帶提及，而把主體放在介紹「喜雨亭」上。通過上面寥寥幾筆，此亭的方位及修建時間均交待得清清楚楚，從這裡也可看出蘇軾散文在剪裁和語言運用上的功力。下面，蘇軾用逐層遞進的方法由亭寫到雨。寫雨的筆墨並不多，但内容上頗曲折：作者先寫種麥時預卜今年是豐年——「其占爲有年」，使大家心中充滿希望；開春以後卻「彌月不雨，民方以爲憂」，希望又變成了擔心；到三月乙卯（三月八日）下了場雨，九天後（甲子）又下了場雨，這兩場雨解除了旱象，但由於雨水並不充足，所以「民以爲未足」。這個「未足」，既包含著如釋重負的輕鬆感，也包含著進一步的希望與期待。蒼天似解人意，三天後（丁卯）下了場大雨，而且「三日乃止」。這徹底解除了旱象，豐收在望了，種麥時的預卜也即將成爲現實。短短幾句之中如此一波三折，表現了蘇軾散文曲折跌宕、波瀾層出的行文特色。雨後接著寫喜，作者著意表現三類人物之喜，寫出他們不同的慶賀方式，「官吏相與慶于庭，商賈相與歌于市，農夫相與忭于野」。雖同是喜，但各人喜的形態和方式又不同：官吏們是在庭堂上慶賀，商賈是在集市上放歌，農民是在田野上歡笑，這都極爲符合他們的身份和職業特徵。喜的形態和方式雖不同，但喜的內容又是共同的：因雨而喜，因豐收在望而歌。這三類人，代表了當時社會中的主要成分，所以又可以說是普天同慶，這就爲下面論述雨的重要性埋下了伏筆。寫了三類人對雨的歡慶後，作者又綴上一句：「憂者以樂，病者以愈。」雨竟然可以解憂，可以治病，這似乎有點誇張，但仔細一想又不無道理。因爲他們的憂、他們的病皆因無雨而起，憂慮莊稼歉收、生活無著而致。現在連降大雨，心病既除，當然憂解病愈了，既然連憂者、病者都在高興，那麼在這場及時雨中還有誰不喜呢？寫到這裡，「喜」字已發揮得淋漓盡致。然後，作者又悄悄綴上一筆：「而吾亭適成。」這個「適」字，既是與「雨」相適，也是與「喜」相適，從而使「雨」和「喜」連到一起，密不可分，暗暗回應了題目，交待了此亭之所以叫「喜雨亭」的原因。由此看來，「而吾亭適成」這五字看似平平，實有一錘定音、筆力千鈞之威。

文章寫至此，「喜雨亭」的來由及這篇亭記的寫作緣起均已交待完畢，作爲一篇亭記，至此已可交卷。但作者寫此亭記，意並不在此，而是要借亭來抒情，由雨而發論，以此來表現他對國計民生的關注之情。所以在第三段，作者借雨大發議論，暢談雨在當時農村經濟和社會生活中的作用。其議論方法是反推法，即從「不雨」的後果來論證雨的重要性。作者指出「五日不雨則無麥」，「十日不雨則無禾」；無麥無禾，就會造成飢荒，一旦有飢荒就會「獄訟繁興而盜賊滋熾」；一但社會秩序紊亂、政局動盪，我們這些爲官作宦的就不可能如此清閒安樂，優遊亭下。作者用這種反推法層層推論下去，最後得出結論：今天之所以能「相與優游而樂於此亭者，皆雨之賜也」。這又再次回應了開篇所交待的創作動機，爲什麼要以雨名亭，又爲什麼要寫這篇《喜雨亭記》。在認識上，卻比開篇更爲深刻，即不光是因雨而喜、以雨名亭，像一般官僚那樣相慶於庭，而是看到了雨（也是看到了農業）在國計民生中的重大作用。蘇軾政論文善於變化騰挪、暗藏機鋒，於此可見一斑。看來蘇軾喜雨既是從安定社會秩序、維護治基礎這個國家根本大計出發，也是作者關心民間疾苦、與人民憂樂與共的思想的具體體現。這種思想在蘇軾的詩文中是屢有表現。如在密州太守任上寫的《除夜大雪留濰州元日早晴遂行》「三年東方旱，逃戶連敧棟。老農釋耒嘆，淚入飢腸痛」，坦率地表現了對處於乾旱飢荒之中人民的同情。一旦豐收在望，他又隨著農民的溫飽而歡欣：「雪晴江上麥千車，但令人飽我愁無。」（《浣溪沙》）所以，在這篇《喜雨亭記》中，作者雖是從雨能維持社會秩序、使官吏優遊亭下這個角度來論述雨的重要性和喜雨之因，但也包含著他對人民疾苦的關心和與人民憂樂與共的思想情感，不能僅僅理解成一個封建官吏對皇權的忠貞和悠遊歲月的雅興。

這段在表現手法上採用主客問答的方式，這樣既可以把作者要議論的主旨集中而反覆提及以引起讀者的注意，同時在章法上又活潑多變。它與作者此時輕快、欣喜的心緒是完全合拍的，這也表現了蘇文章法多變的特色。

最後一段是以頌作結。它用韻文的形式把本文的內容和創作動機再重複一遍，以加深讀者的印象，深化主題：一是再次强調雨（也是農業）在國民經濟中不可取代的作用，它遠遠超過了人們視爲珍寶的珠玉。二是再次强調了本文的創作動機。作者認爲這場及時雨不是太守的功勞，也不是天子的功勞，甚至不是造物主的功勞，只能歸功於冥冥太空。既然太空是冥冥不可追問的，因此歸功於誰就不得而知了。應該指出，在「皇恩浩蕩，雨露澤被」的封建傳統觀念束縛下，蘇軾能說出「功歸天子，天子曰不然」這番話是很可貴的。喜雨亭，幾乎各地皆有，歷代的太守也都曾建過，但留下成百上千篇《喜雨碑記》或《曉西亭記》大都是頌聖之作。通過以上分析我們可知，無論是思想內容或是藝術成就，蘇軾的《喜雨亭記》遠遠超過了類似的篇章。

金針巧度　別出心裁
——談陸游《過大孤山與小孤山》的章法之美

八月一日，過烽火磯，南朝自武昌至京口列置烽燧，此山當是其一也。自舟中望山，突兀而已。及抛江過其下，嵌岩竇穴，怪奇萬狀，色澤瑩潤，亦與它石迥異。又有一石，不附山，傑然特起，高百餘尺，丹藤翠蔓，羅絡其上，如寶裝屏風。是日風靜，舟行頗遲，又秋深潦縮，故得盡見老杜所謂「幸有舟楫遲，得盡所歷妙」也。過澎浪磯、小孤山，二山東西相望。小孤屬舒州宿松縣，有戍兵，凡江中獨山，如金山，焦山，落星之類，皆名天下，然峭拔秀麗，皆不可與小孤比。自數十里外望之，碧峯巉然孤起，上干雲霄，已非它山可擬；愈近愈秀，冬夏晴雨，姿態萬變，信造化之尤物也。但祠宇極于荒殘，若稍飾以樓觀亭榭，與江山相發揮，自當高出金山之上矣。廟在山之西麓，額曰「惠濟」，神曰「安濟夫人」。紹興初，張魏公自湖湘還，嘗加修葺，有碑載其事。又有別祠在澎浪磯，屬江州彭澤縣，三面臨江，倒影水中，亦占一山之勝。舟過磯，雖無風，亦浪湧，蓋以此得名也。昔人詩有「舟中估客莫漫狂，小姑前年嫁彭郎」之句，傳者因謂小孤廟有彭郎像，澎浪廟有小姑像，實不然也。

晚泊沙夾，距小孤一里，微雨，復以小艇遊廟中，南望彭澤、都昌諸山，煙雨空濛，鷗鷺滅沒，極登臨之勝，徙倚久之而歸。方立廟門，有俊鶻搏水禽，掠江東南去，甚可壯也。廟祝云：「山有棲鶻甚多。」

二日早，行未二十里，忽風雲騰湧，急繫纜。俄復開霽，遂行。泛彭蠡口，四望無際。乃知太白「開帆入天鏡」之句爲妙。始見廬山及大孤，大孤狀類西梁，雖不可擬小姑之秀麗，然小孤之旁，頗有沙洲葭葦，大孤則四際渺彌皆大江，望之如浮水面，亦一奇也。江自湖口分一支爲南江，蓋江西路也，江水渾濁，每汲用，皆以杏仁澄之，過夕乃可飲。南江則極清澈，合處如引繩，不相亂。晚抵江州，州治德化縣，即唐之潯陽縣。柴桑、栗里，皆其地也。南唐爲奉化軍節度，今爲定江軍。岸土赤而壁立，東坡先生所謂「舟人指點岸如頳」者也。泊湓浦，水亦甚清，不與江水亂，自七月二十六日至是，首尾才六日，其間一日阻風不行，實以四日半溯流行七百里云。　——陸游《過大孤山與小孤山》

陸游的散文在我國古典文學中卓然自成一家，曾被前人推崇爲南宋散文的宗匠❶。特別是他的記遊散文，吸收了六朝以及唐、宋大家之長，意境蘊藉含蓄，語言形象精當，把山川景物、政事興廢、人情風俗熔於一爐，描述、議論、考證錯雜其間，頭緒繁多而自然流暢，容量巨大而開合自如，堪稱宋代記遊文中的上乘

❶劉熙載《藝概・文概》。

之作。他的《入蜀記》片斷——《過大孤山與小孤山》就是這樣的作品。下面着重談談其章法的精妙。

一、映襯比較之法

宋孝宗乾道五年十二月六日，陸游被起用爲四川夔州通判，第二年閏五月十八日，他從故鄉山陰啓程，於同年十月二十七日到達任所。「道路半年行不到，江山萬里看無窮」❷，《入蜀記》六卷就是他這半年行程的結晶。它像一幅壯麗的萬里長江圖，把長江沿岸的秀麗山川、名勝古蹟、風俗人情盡攬於筆端。但在描述各風景點時，又各具特色：如寫東西梁山時形容其對峙，寫九華山時描繪其神奇，寫馬當山時摹其險峻，寫長風沙時狀其開闊。寫大小孤山則分別突出其壯偉和孤秀，更顯示其章法之妙。這種妙境，首先得力於比較映襯之法，作者從以下三個角度來比較映襯：

第一，用烽火磯的突兀來映襯小孤山的孤秀。

作者的本意是要描繪小孤山，但在章法上卻故意蕩開一筆，先寫宿松境內的烽火磯，作者從三個角度對此加以描摹。一是遠看，「舟中望山，突兀而已」；二是近察，「抛江過其下」時所見之狀，著重表現「嵌岩竇穴，怪奇萬狀」的岩壁之奇，「色澤瑩潤，亦與它石迥異」的石色之美；三是擇其山一石，著重加以描摹，渲染其「傑然特起」的孤高獨立之態。作者寫烽火磯時，主要著力於它的秀與孤，這就爲後面寫小孤山的秀與孤作了很好的映襯。它使我們感到：就連這不太知名的烽火磯已使人讚嘆不

❷《陸游集・水亭有懷》。

已，更何況那即將要見到的，以孤秀名聞於世的小孤山呢？於是無限的嚮往與仰慕之情便油然而生。宋代名畫家韓純全論山的畫法云：「山有主客尊卑之序，陰陽逆順之儀，主者，衆山中高而大也，有雄氣敦厚，傍輔峯則朝揖於前……此謂比較映襯之法。」❸陸游的《過大孤山與小孤山》儘管是篇散文，看來是深得畫法三昧的。

第二，用金、焦諸名山與小孤山相比較。

烽火磯雖孤秀，畢竟不出名，不爲時論所推重，要想突出小孤山之美，還必須把它放在名山之中加以比較。但名山之所以成爲名山，總有它的過人之處，要想抑甲揚乙是很困難的。以文中提到的金、焦二山爲例，它們在鎮江北面的揚子江中，山體秀麗，景色迷人，且有悠久的歷史和美麗的神話傳說。金山，在東晉時已建有澤心寺，唐法海禪師在此開山得金又改名金山寺，山上有蘇東坡、岳飛等人的遺迹和「水漫金山」等神話傳說，素有「江心一芙蓉」之稱。焦山，是東漢焦光隱居之地，又是鄭板橋讀書作畫之所，滿山蒼翠，宛如江心的一塊碧玉，故又稱「浮玉山」。作者的高妙之處在於他以小孤之長來比金、焦的不足，小孤之長是峭拔孤秀。正如《小孤山志》所云：「宿松縣東南有山，在水中央爲小孤山，鄰彭澤間，突兀巑岏，一柱直插天半，舊雲髻山。」小孤山周圍不過一里，但高卻有百餘公尺，而且壁若斧削，岩壁裸露，山門就鑿在陡峭的石壁之上，這更增加了小孤山的孤峭之氣，而這也正是金、焦二山所不及的。金山高僅四十四公尺，

---

❸《山水純全集》見《歷代論畫名著匯編》。

焦山高雖七十一公尺，但從西向東成一斜坡，宛若一面旗幟飄揚在大江之上。所以這樣一比就自然得出結論：「金山，焦山，落星之類，皆名天下，然峭拔秀麗，皆不可與小孤比。」

爲了讓讀者信服這一結論，作者緊接著對小孤山進行細緻的描繪，方法也是從三個角度來進行：一是遠看，作者强調在數十里外就見碧峯巉然孤起，上干雲霄，已非它山可比。比起對烽火磯的遠望，這裡有了具體的距離——數十里外；有了峭拔的具體形象——巉然孤起，上干雲霄。我們單從作者在遠望中給我們所提供的材料，就已感到小孤的孤高峭拔非同凡響了。二是近察，作者用了四個字：「愈近愈秀。」然後想像小孤冬夏晴雨、姿態萬變的萬千氣象。三是登山，山上廟宇荒涼，這點不及金、焦等山，似無可諱言，但作者從三個方面來挽回：首先强調若能對山上建築物稍加修葺，風景定在金、焦之上，因小孤山比金、焦等山更爲峭拔孤秀，奇山配以名刹，當然更爲壯觀；其次用澎浪磯作爲陪襯，描繪遙遙相望的澎浪磯倒影在水中的風姿，寫澎浪磯下無風亦浪湧的奇特之狀，並附之以小姑嫁彭郎的民間傳說和蘇軾對此的描繪，使小孤山與澎浪磯都抹上一層神奇色彩。三是寫微雨中再次登山，作者用「煙雨空濛，鷗鷺滅没」來形容近處的茫茫大江和遠處的江南諸山，不但使畫面顯得很壯闊，而且也使畫面由靜變動，特別是收束處點出俊鶻摶水禽，掠江東南去，更使畫面增添了壯闊的氣勢和勃勃的生機。這一段，在章法上也有變化：在描寫對象上由無生命的山水轉到有生命的禽鳥；在描寫角度上由江面望山轉到由山上望江面。作者通過角度的變換和不同景物的描摹，使我們自然信服他的結論：金、焦等名山皆不如小孤。

第三，把大孤山與小孤山作一對比，突出它們的不同特色。

作者寫小孤山，是突出其孤秀；寫大孤山，則突出其壯偉。大孤山在江西鄱陽湖出口處，橫扼湖口，孤峯獨聳。《水經注》云其「孤石介立于大湖之中，周圍一里，竦立百丈」。陸游在描繪大孤山時，正是抓住它介立於大湖之中的雄偉之態，從而與小孤山形成了鮮明的對比。作者首先寫它的地理位置是在彭蠡之口，周圍是「四望無際」的鄱陽湖水，就像李白所形容的那種「月下飛天鏡，雲生結海樓」的渾茫而空闊的境界。然後直接把大孤與小孤作一比較，大孤雖不可擬小孤之秀，但它的那種「四際渺彌皆大江，望之如浮水面」的壯闊奇景，是旁有沙洲葭葦的小孤所沒有的。況且，大孤山不但山奇，而且水奇、岸也奇。水奇在溢浦周圍的江水與湖水一濁一清、界限分明，「合處如引繩，不相亂」；岸奇在「土赤而壁立」，可謂又一處赤壁。作者這樣著意描繪大孤山不同於小孤山的奇異之景，不但使兩山的不同特色在我們腦中留下深刻的印象，而且使這兩座山在江中諸名山中的身價，也大大提高了。

二、錯綜穿插之法

這篇遊記是以時間和遊程先後爲序的。表面上看很平直，其實不然。作者大量使用錯綜穿插之法，把山川景物、地理沿革、風俗人情融於一爐，又以古人詩賦、民間傳說、評論考證穿插其間，顯得容量巨大而又開合自如。

寫景時，作者以民間傳說和古人詩賦穿插其間。如在描述小孤山上惠濟寺時，就夾以介紹「小姑嫁彭郎」的民間傳說，並佐之以蘇軾的詩句。小孤山腰有啓秀寺，始建於唐，再建於宋，改爲惠濟，後遭兵燹，現存者爲明嘉靖年間再度修葺的，寺內塑有小姑像。民間傳說小姑與對江的彭郎爲一對生死同心的戀人，因阻於母命難成眷屬，小姑投江殉情，化爲一座秀峯，即小孤（姑）山，彭郎追至江邊，也變爲石磯，即澎浪（郎）磯。這則民間傳說，凡談及小孤山的文學作品多加徵引，蘇軾在《李思訓畫長江絕島圖》一詩中即以此傳說爲據，把小孤山描繪成一位美麗又有所待的少女：「峨峨兩煙鬟，曉鏡開新妝。舟中賈客莫漫狂，小姑前年嫁彭郎。」陸游在描繪了小孤的風貌後，附此傳說和蘇詩片斷，給小孤山蒙上一層溫馨的傳奇色彩和文學氛圍。同蘇詩所不同的是，他又如實地指出惠濟寺內並無彭郎像，彭浪廟內亦無小姑像，表現了遊記文學的真實性。另外，作者在描繪小孤山附近的美景時，引用了杜甫《次空靈岸》中的名句，在描繪大孤山周圍開闊之景時又引用了李白的《渡荊門送別》。這些詩句的徵引都準確而精當，不但增強了遊記的文學氣氛，而且可以使讀者從李杜詩中的類似描寫裡對眼前之景展開想像、加以補充，從而加大了作品的容量。

描述之前，作者往往綴以評論或感慨，如寫小孤山之前，作者把小孤與金、焦等天下名山放在一起加以評論，並認爲其「峭拔秀麗，皆不可與小孤比」；寫惠濟廟之前，又先發感慨「祠宇極於荒殘，若稍飾以樓觀亭榭，與江山相發揮，自當高出金山之上矣」。寫大孤山亦是如此，作者先把它與西梁山、小孤山作一比較、評論，然後再描繪其四顧茫茫的壯闊之景，發出「亦一奇也」的感慨。

這樣寫法的好處是不但可以使作者成爲遊記中的一個導遊者，把此地此景的綜合印象告訴讀者，使讀者未覽之前留下深刻印象，而且從當時的寫作背景來看，作者的評論和感慨也有更深的含義：陸游在離家赴蜀前曾寫了一首長詩《投梁參政》，坦率地說出此行的目的一方面是爲生計，但更重要的是要去前線爲國報仇雪恥（南宋初期對金的作戰計劃側重於四川）。所以陸游對沿途山川所發出的讚嘆和感慨，應該看成是一個奔赴前線的志士的愛國之情在遊歷中的自然流露。

描述之中，作者往往還間以歷史地理沿革等介紹文字。如寫烽火磯之前，先指出烽火磯的歷史來源；描繪小孤山之前，先介紹小孤山的地理位置；寫惠濟寺時，又敍述此寺的修葺經過；尤其是文章的結尾部分，用大段文字介紹江州的歷史沿革。這種寫法的好處是使讀者不但能對祖國的秀麗山川激起無限熱愛之情，而且還能從中獲得歷史、地理方面的知識。因此它不僅具有文學上的價值，而且也具有史學和地理學上的價值。這種寫法對後來的山水遊記，特別是明代徐霞客的遊記，影響頗大。

在穿插方法的具體運用上，它是以西上路線爲線索，以大、小孤山秀麗的景色爲主幹來錯綜穿插成文的：或是在正式描景之前，先介紹一下地理位置；或是在描述之後，介紹其歷史沿革；或是在描述之中，雜以古人詩賦和民間傳說，使古與今、真與幻、景與情交織在一起。這樣一來，作品主幹突出、脈絡清楚，又有枝有蔓，增加了作品的容量，豐富了作品的情感，顯得有張有弛，在章法上有一種曲折掩映之美。

三、剪裁鋪墊之法

「豐約之裁，因以適變」。本文的剪裁之妙，主要表現在以下兩個方面：

第一，抓住景物特色，各有側重。

本文提及的烽火磯、小孤山和大孤山，在剪裁上各有側重：烽火磯突出其石奇，小孤山突出其山秀，大孤山突出其水闊。作者寫烽火磯的石奇，一是寫石形怪奇萬狀，二是寫石色晶瑩光潤，三是在衆石中又突出一個傑然特起的巨石，進行更爲細緻的描摹。寫小孤山時，主要抓住孤秀的特徵，不但對它巉然孤起、上干雲霄的孤峭之狀，冬夏晴雨、形態萬變的秀麗之姿進行細緻的描摹，而且細寫山上的廟宇、廟前的禽鳥，使我們對此山的登臨之勝留下極深的印象。而作者寫大孤山時卻調轉筆法，不再著眼於山，而是著眼於水。寫彭蠡之口四望無際的浩渺之狀，寫大孤山如浮水面的壯闊之態，寫江水、湖水清濁各別，「合處如引繩」的奇特之景，以此爲寫大孤山的壯偉奇特鋪墊好環境和背景。由於作者抓住了景物的主要特徵，各有側重地進行剪裁，所以筆下景物各具特色，給讀者留下深刻的印象。

第二，由遠及近、層層鋪墊，最後完成其特寫鏡頭。

作者寫烽火磯，先寫舟中遠望，再寫抛江過其下，最後突出傑然特起的巨石的特寫鏡頭，層層推進。前者爲略寫、爲淡抹，後者爲詳寫、爲重筆濃彩。寫小孤山亦是如此，先寫數十里外之遠景，再寫近處所見的秀麗之姿，最後寫山上的寺院建築，這樣由遠及近，由整個山體到山上寺院建築等細部，層層鋪墊，越來越清晰，最後完成特寫鏡頭，使讀者把主要之景深深印入記憶之中。

《紅樓夢》中的薛寶釵在大觀園論畫時說：如把大觀園「照樣兒往紙上一畫，是必不能討好的。這要看紙的地步遠近，該多該少，分主分賓，該添的添，該藏該減的要藏要減，該露的露」❹。看來，陸放翁的《過大孤山與小孤山》在剪裁上亦是深得畫法之妙的。

❹《紅樓夢》，人民文學出版社一九六四年版，第五二二頁。

寫艱難時世　抒忠貞情懷
——讀文天祥《指南錄·後序》

德祐二年二月十九日，予除右丞相兼樞密使，都督諸路軍馬。時北兵已迫修門外，戰、守、遷皆不及施。縉紳、大夫士萃于左丞相府，莫知計所出。會使轍交馳，北邀當國者相見。衆謂予一行爲可以紓禍。國事至此，予不得愛身；意北亦尚可以口舌動也。初，奉使往來，無留北者，予更欲一覘北，歸而求救國之策。于是辭相印不拜，翌日，以資政殿學士行。

初至北營，抗辭慷慨，上下頗驚動，北亦未敢遽輕吾國。不幸呂師孟構惡于前，賈餘慶獻諂于後，予羈縻不得還，國事遂不可收拾。予自度不得脫，則直前詬虜帥失信，數呂師孟叔侄爲逆，但欲求死，不復顧利害。北雖貌敬，實則憤怒。二貴酋名曰館伴，夜則以兵圍所寓舍，而予不得歸矣。未幾，賈餘慶等以祈請使詣北；北驅予並往，而不在使者之目。予分當引決，然而隱忍以行。昔人云：「將以有爲也。」

至京口，得間奔真州，即具以北虛實告東西二閫，約以連兵大舉。中興機會，庶幾在此。留二日，維揚帥下逐客之令。不得已，變姓名，詭蹤迹，草行露宿，日與北騎相出没于長淮間，窮餓無聊，追購又急，天高地迥，號呼靡及。已而得舟，避渚洲，出北海，然後渡揚子江，入蘇州洋，輾轉四明、天台，以至于永嘉。

嗚呼！予之及于死者不知其幾矣！詆大酋，當死；罵逆賊，當死；與貴酋處二十日，爭曲直，屢當死；去京口，挾匕首以備不測，幾自到死；經北艦十餘里，爲巡船所物色，幾從魚腹死；真州逐之城門外，幾彷徨死；如揚州，過瓜州揚子橋，竟使遇哨，無不死；揚州城下，進退不由，殆例送死；坐桂公塘土圍中，騎數千過其門，幾落賊手死；賈家莊幾爲巡徼所陵迫死；夜趨高郵，迷失道，幾陷死；質明，避哨竹林中，邏者數十騎，幾無所逃死；至高郵，制府檄下，幾以捕繫死；行城子河，出入亂尸中，舟與哨相後先，幾邂逅死；至海陵，如高沙，常恐無辜死；道海安、如皋，凡三百里，北與寇往來其間，無日而非可死；至通州，幾以不納死；以小舟涉鯨波，出無可奈何，而死固付之度外矣！嗚呼！死生，晝夜事也，死而死矣，而境界危惡，層見錯出，非人世所堪。痛定思痛，痛何如哉？

予在患難中，間以詩記所遭，今存其本，不忍廢，道中手自抄錄：使北營，留北關外，爲一卷；發北關外，歷吳門、毗陵，渡瓜洲，復還京口，爲一卷；脫京口，趨真州、揚州、高郵、泰州、通州，爲一卷；自海道至永嘉，來三山，爲一卷。將藏之于家，使來者讀之，悲予志焉。

……

是年夏五，改元景炎，廬陵文天祥自序其詩，名曰《指南錄》。　　　　——文天祥《指南錄·後序》

《指南錄・後序》是南宋民族英雄文天祥爲自己的詩集《指南錄》所寫的一篇序言。序中追敍了自己在民族危亡關頭如何出使敵營、痛斥虜帥以及百折不回、輾轉救亡的艱險歷程，反映了作者在大廈將傾之際挽狂瀾於既倒的之志、忠貞不屈的民族氣節和生死不渝的愛國精神。由於作者寫本文時情感熾烈如火，所以在表現形式上突破了一般書序的窠臼，而以自己强烈的愛國情感爲主線，融抒情、敍事、説明爲一體，把自己那「臣心一片磁針石，不指南方誓不休」的忠貞不渝之情極其感人地表現了出來。同時，文勢也顯得曲折多變，與當時那種瞬息萬變的政治形勢和作者感慨萬千的心潮異常吻合，在内容和形式上做到了和諧的統一。

一、一氣貫注的愛國情感

像作者的《過零丁洋》和《正氣歌》一樣，這篇序文表現了作者强烈的愛國精神和堅貞的民族氣節。它不是一般的序文，而是一首驚天地、泣鬼神的民族正氣歌。作者那種拯救民族於水火，知其不可爲而爲之的愛國精神不但貫穿於全文的始終，而且滲透在每段、每句的字裡行間。爲了突出地表現這點，作者圍繞以下幾個方面加以表現。

一是不顧利害，挺身出使。

文天祥出使北營前的形勢是異常嚴峻的：宋恭帝德祐元年十一月，元軍分三路進攻南宋，伯顏率中軍約期會師臨安。第二年正月十八日，元軍攻占皋亭山，距臨安僅三十里，而臨安城内加上臨時勤王的軍隊僅三萬多人，雙方力量懸殊，臨安危如累卵。就在這時，主持朝政的右丞相陳宜中又不告而逃，主張背城血戰的張世傑又因謝太后決意投降，一氣之下掛帆南去。因此形勢之危急不僅是臨安城内兵力單薄,更由於缺少謀劃決策的中堅人物,使南宋朝廷突然失去了精神支柱。就在這種「戰、守、遷皆不及施」的生死存亡關頭,文天祥於德祐二年正月(《後序》誤記爲二月)十九日被任命爲右丞相主持朝政,中午又授予他樞密使之職兼掌軍權。文天祥能慨然受命於敗亡之際,負重於危難之中,這本身就是一種奮不顧身、熱忱報國的表現,更何況他還「辭相印不拜」,僅以原來的官職資政殿學士的身份出使凶險莫測的敵營,這更是一種置榮辱於度外,一心救亡圖存的慷慨之舉了。文天祥出使北營出於以下三個方面的原因:元軍邀當國者相見,衆人推戴文天祥前往,這是其一;打算與敵酋舌戰,爲抗戰圖存爭取時間和爲小朝廷求得最起碼的生存條件,這是其二;了解敵方虛實,歸而求救國之策,這是其三。從這三方面來看,文天祥的出使是在敵人大軍壓境,南宋小朝廷一片混亂,「莫知計所出」的情況下,試圖以此來緩和危機,以求救亡圖存的一種壯烈之舉,是那種「知其不可爲而爲之」的愛國精神的一種表現方式。

二是堂堂勁節,慷慨陳辭。

這表現在與敵人正面衝突之中。敵人有兩類,一類是以伯顏爲代表的元統治者,另一類是以呂師孟、賈餘慶爲代表的民族敗類。文天祥在敵營中前後也有兩種處境、兩種身份和兩種態度。初到敵營是以南宋使節身份,文天祥的態度是抗辭慷慨,表現了一個堂堂正使的威儀和尊嚴。這時他一方面想維護民族尊嚴,使敵人不敢「遽輕吾國」,同時也想用言辭打動對方,以舌戰來挽救危亡,所以這時他情緒激昂且又適度,蔑視敵人但又注意策略。後期由於叛徒出賣,形勢逆轉,文天祥實際上已成了元軍的俘虜,

「已不在使者之目」。這時文天祥已不須考慮外交辭令和使者身份，上前痛斥直陳、鋒芒盡露，表現了一個愛國志士在危難之際不顧利害、以死殉節的凜然正氣。對敵酋，文天祥據理痛斥，責其違背外交常例，無故扣留使者；對叛徒，文天祥則憤然痛罵，斥其賣國求榮、爲虎作倀的叛臣嘴臉。文天祥在敵營的前後態度及對敵酋和叛徒的痛斥，始終貫穿著一根紅線：强烈的愛國精神和堅貞的民族氣節，這是支撐他在敵營種種行爲的精神支柱。

三是輾轉救亡，百折不回。

如果說出使和斥敵是通過國家安危與個人利害的衝突來表現文天祥不顧利害、捨身爲國的愛國精神的話，那麼輾轉南逃、萬死不辭的救亡過程，則是他愛國主義精神最强烈也是最感人的一次展現。他在被羈北行之際，沒有「分當引決」而是「隱忍以行」，這是一種比一死了之更加難以忍受，也更爲英勇壯烈的一種愛國行爲。因爲他認識到自己一身維繫著南宋朝廷的存亡，爲了救國這個崇高目的，他必須審時度勢，暫時隱忍，「將以有爲也」。他在長途奔逃中所遇到叢生的險象和種種難以想像的困難也正證明了這一點。路途之遙，波折之多，險阻之巨已爲世所罕見，而且威脅他的不但有敵人的頻繁追捕，還有因敵人離間而造成自己營壘的拒納和迫害。文天祥就是在這種「天高地迥，呼號靡及」的險惡環境中，力排萬難，一心救亡，百折不回。這種經受了難以想像的考驗的氣節才是最崇高的民族氣節，這種戰勝了世所罕見困難的堅韌毅力才是愛國精神最强烈也最感人的體現。

值得注意的是，作者在表現他强烈的愛國情感時，又能融敘事、抒情、說明於一爐，生動而又逼真地再現了當時的艱險處境和在這種處境下日夕懸於心的救國之情。

作者有時將自己的情感寄寓敘事之中，讓讀者從艱苦備嘗的事件敘述之中來體會自己萬死不辭的救國之情。如寫自己歷盡艱辛、衝破萬難的逃亡過程時，敘述到：

> 至京口，得間奔真州，即具以北虛實告東西二閫，約以連兵大舉。中興機會，庶幾在此。留二日，維揚帥下逐客之令。不得已，變姓名，詭蹤迹，草行露宿，日與北騎相出没于長淮間，窮餓無聊，追購又急，天高地迥，號呼靡及。

這段既是敘述由於敵人反間、自己被李庭芝誤解的經過以及一路上躲避搜捕的情形，同時也把他走投無路的悲憤之感和萬死不辭的救國之情很悲壯地表現了出來。

作者有時又在敘事之後選擇一些抒情性極强的句子或感嘆詞，直接傾吐自己百感交集的熾烈情感。如在敘述逃亡過程之後，作者專門安排了一個抒情段落，此段以「嗚呼」開頭：「嗚呼！予之及于死者不知其幾矣！」又以「嗚呼」作結：「嗚呼！死生，晝夜事也，死而死矣，而境界危惡，層見錯出，非人世所堪。痛定思痛，痛何如哉？」作者仰面長嘆，聲淚俱下，這是對不堪回首的往事悲憤的一顧，也是痛定之後又一次翻騰起痛國惜時的感情波濤。即使是説明性的文字，也可以看出作者這種悲壯慷慨之情。如序的最後一段是介紹詩集的編輯體例，但我們從作者記其編年分類時所使用的「發北關外」、「歷吳門」、「渡瓜州」、

「脫京口」、「趨真州」、「來三山」等不同的動詞中，仍可體察出作者爲救亡圖存而歷盡艱辛的忠貞之心。特別是收尾一句：「將藏之於家，使來者讀之，悲予志焉。」更是明確告訴人們編詩集的意圖，流露出更爲强烈的抒情色彩。

二、曲折多變的文勢

這篇序文，主要是真實地再現作者在國破家亡時的艱險處境以及他當時歷盡艱辛，生死不渝的愛國之情。由於當時的政治形勢瞬息萬變，作者的心緒也感慨萬千，所以反映在結構上也是波瀾起伏、曲折而多變。時而風雲突變，猝不及防，時而又絕處逢生，別開洞天。整篇文章就在這曲折中推進，在波瀾中逆轉。文章一開頭，就給人一種黑雲壓城之勢：「北兵已迫修門外，戰、守、遷皆不及施。」似乎是大廈將傾，國勢已無可挽回，但元軍恰在此時又伸出談判的手：「邀當國者相見。」南宋羣臣也對文的出使寄予希望：「衆謂予一行可以紓禍。」狂瀾又似乎可挽，國勢也彷彿出現轉機。我們從文天祥的「意北亦尚可以口舌動也」的估量，和他「欲一覘北，歸而求救國之策」的打算中，對南宋的前途又隱約覺得有了點希望。文章就按著這個節拍進行下去，當我們讀到「初至北營」這一段，看到元方「上下頗驚動」，不敢遽輕南宋時，似乎鬆了一口氣，感到文天祥的預言快要實現了。但平地又頓起波瀾，形勢突然發生逆轉，由於叛徒的賣國求榮，文天祥由使臣變成了階下囚，國事由可圖變成了「不可收拾」，讀者的心也不由得往下一沈。我們從文天祥「自度不得脫」的估計和他詬虜帥、斥叛徒的剛烈行爲中，似乎預感到他是必死於虜營之中了。誰知，這當中又出現曲折，從元方來看，伯顏並不想立即處死他，而是要把他帶往大都；從文天祥本人來看，他也没有引決，而是隱忍以行、徐圖救國之策，這可以說又是出人意外之處。到了「得間奔真州」一段，文勢則又爲之一變，無望中產生了希望，形勢在轉瞬間又發生了可喜的逆轉「中興機會，庶幾在此」，作者的欣慰之情溢於言表，可算是達到了希望的頂峯。但突然「維揚帥下逐客令」，一下子又從希望的頂峯跌落下來，文勢陡然轉折，又出現了新的危機。自此，窮途亡命，文勢更在曲折中推進,作者使用十數個「死」字來形容其「境界危惡，層見錯出」，往往是一險未去又現一險。作者通過這種曲折多變的文勢，把當時錯綜複雜的政治形勢，險象迭生的作者處境生動而形象地再現了出來。不但使讀者讀起來屏息懸心，時時爲主人公的命運擔心，而且也把作者歷盡坎坷、力挽狂瀾的忠貞和毅力更好地表現了出來。

三、詳略得當的剪裁

爲了更好地表現他的拳拳愛國之心和挽狂瀾於既倒的救亡之志，作者對他這一段經歷也作了必要的選擇和剪輯。作者在剪裁時圍繞這樣兩個宗旨：一是服從主題的需要，凡是能表現當時萬方多難的形勢和自己忠貞愛國之情的就詳寫，否則就略寫或乾脆捨去；二是與詩集內容互爲表裡。詩集內的詩歌是具體地敍述事件和抒發情感，這篇序則是概括地敍述、扼要地提示。例如出使北營這一段，就很可以看出作者剪裁上的技巧。從歷史上看，文天祥出使北營是政治上的失策，因文是當時南宋朝廷上唯一主持國事又堅持抗戰的大臣，敵人邀當國者相見，是引誘他上當，朝中大員慫恿他出使，也是要把他支走好幹賣國的勾當。事實上也正是這樣，文天祥帶了十一個隨從和左丞相吳堅、樞密使謝堂、賈餘慶出使北營後，當日伯顏便放回了吳堅等人，獨有文天祥及其隨從「留營中不遣」。吳堅等一回臨安，就遣散了勤王部隊，並成立了一個代表朝廷的求降組織，打著「祈請使」的招牌第二天又回到元營，向元朝上正式降表，並向伯顏建議萬不可將文天祥放回，於是國事遂變得不可收拾。所以對出使北營，文天祥本人也深悔其事。他在《所懷》詩序中說：「予自皋亭山爲北所留，深悔一出之誤。」並一再發出了「何事癡兒竟誤身」，「不料蹉跎愧故人」的自責（《鐵錯》、《愧故人》）。但在《指南錄・後序》中，作者有意把此段史實加以剪裁改造，著重描寫當時錯綜複雜的政治形勢和慷慨斥敵的凜然大義，至於自己在被羈北營的二十多天的生活狀況、所思所感一概略去，留給詩集的本身去細細表現。如此使材料更精粹，更加彰顯主題。

作者敍述奔亡救國的過程也是如此。真州、揚州是二個軍事要衝，李庭芝是一位堅決抗敵的干將，如果不是敵人的反間，他與文天祥能很好地配合，國勢至少不至於如此江河日下，文天祥本人也無須顛沛流離、幾陷險境。因此真州一段經歷對國家命運，對本人經歷都有著關鍵性的作用，所以作者詳寫其前後經過，並雜以自己的深沈慨嘆。相反地，作者寫自己在通州、高郵的遭遇，雖同是被誤解，同樣遭追捕，但很簡略，一筆帶過。因爲這只是自己奔亡中的險難之一，與大局關係並不大，所以略寫。值得一提的是，對這些泛寫概述之事，雖簡略概括，但並不枯燥。作者用抒情的方法，以十六個「死」字來概述自己長足跋涉、海路奔波的種種險境，既節省了筆墨，又加強了文章的感染力。

托真情於寓言　借曲筆以諷世
——《賣柑者言》的構思技巧

杭有賣果者，善藏柑，涉寒暑不潰，出之燁然，玉質而金色。置于市，賈十倍，人爭鬻之。

予貿得其一，剖之，如有煙撲口鼻，視其中，則乾若敗絮。予怪而問之曰：「若所市于人者，將以實籩豆、奉祭祀、供賓客乎？將炫外以惑愚瞽也？甚矣哉，爲欺也！」

賣者笑曰：「吾業是有年矣，吾賴是以食吾軀。吾售之，人取之，未嘗有言，而獨不足子所乎？世之爲欺者不寡矣，而獨我也乎？吾子未之思也。今夫佩虎符、坐皋比者，洸洸乎干城之具也，果能授孫、吳之略耶？峨大冠、拖長紳者，昂昂乎廟堂之器也，果能建伊、皋之業耶？盜起而不知禦，民困而不知救，吏奸而不知禁，法斁而不知理，坐糜廩粟而不知恥。觀其坐高堂，騎大馬，醉醇醲而飫肥鮮者，孰不巍巍乎可畏，赫赫乎可象也？又何往而不金玉其外、敗絮其中也哉？今子是之不察，而以察吾柑！」

予默然無以應。退而思其言，類東方生滑稽之流。豈其憤世嫉邪者耶？而托于柑以諷耶？　　——劉基《賣柑者言》

劉基（西元 1311～1375 年），不但是明初傑出的政治家和開國功臣，也是明代出色的文學家，《明史》上説他「所爲文章，氣昌而奇，與宋濂並爲一代之宗」（《明史・劉伯溫傳》）。他的散文，風格古樸，文筆犀利，寓意深遠，對元末政治的黑暗，官吏的貪暴，民生的疾苦都有一定程度的反映。《賣柑者言》就是其中較爲出色的一篇。它通過一次買柑前後的問答，借賣柑者的嘴揭露和諷刺了當時封建官僚「金玉其外，敗絮其中」的腐敗本質，表現了作者在元末大動亂中憤世嫉俗、要求變革現實的强烈願望。由於假托「賣柑者言」以諷事，所以在表現手法上，設喻奇巧，多用曲筆，語言在揶揄之中又飽含感情。它把政論文的犀利、記敍文的生動、寓言故事的哲理熔於一爐，表現了出色的構思技巧。

一、明辯實諷的曲筆

本文的行文結構，幾乎處處都是曲筆，從表面上看，作者極力反對賣柑者言。實際上則非常讚同賣柑者言。賣柑者的自辯愈是有力，就愈是幫了作者的忙。另外，賣柑者言表面上雖是在自辯，實際上是在諷世，論柑的外表與實質是手段，以此旁敲側擊官僚的「金玉其外，敗絮其中」才是目的。這種言在此而意在彼的曲筆，正是本篇行文的妙處所在，也是《郁離子》的主要特色之一。文章一開始，就寫賣柑者在大庭廣衆之下欺世惑衆。作者先寫受騙者之多「置于市，賈十倍，人爭鬻之」；再寫自己的驚怪和氣憤「若所市于人者，將以實籩豆、奉祭祀、供賓客乎？將炫外以惑愚瞽也？甚矣哉，爲欺也」。而對著作者一連串的責問，賣柑者卻是淡然一笑，然後抓住作者道破其伎倆實質的「欺」字，大做文章。首先毫不諱言自己是在「欺」人，公開認承這是自己的謀生手段：「吾業是有年矣，吾賴以食吾軀。」繼而反「怪」

作者少見多怪：「吾售之，人取之，未嘗有言，而獨不足子所乎？」接著推而廣之，指出世上「欺者」很多，不獨是他這位賣柑者。然後列舉官場大量名實不符的例證。這三層似乎都是在自辯，實際上卻是在諷世。它有以下三層内涵：第一，賣柑者只不過是以柑欺人，比起欺世盜名的竊國者還是小巫見大巫，根本不算回事，所以他能坦然一笑。況且，他雖小欺尚能坦白承認，這也比那些達官貴人「誠實」得多；第二，社會上「爲欺者不寡」，而大家已司空見慣「未嘗有言」，可見整個社會風氣腐敗已極，賣柑者表面上指責作者少見多怪，實際上正是在讚譽作者是非之心未泯，然後才引出對社會官場的一番看法來；第三，賣柑者在列舉官場名實不符的大量事實後指責作者「今子是之不察，而以察吾柑」，實際上是借柑來揭露當時官場的腐敗，這正是本文的主旨所在。而作者被賣柑者的一番自辯駁得「默然無以應」，實際上也是默然同意賣柑者對當時官場的看法。這種言在此而意在彼的曲筆使本文顯得格外深邃和精妙。

二、奇巧而又貼切的對比和比喻

本文的主題是諷刺當時官僚「金玉其外，敗絮其中」，但表面上卻是在寫賣柑者與買柑者之間的對話駁詰，也就是說通篇都是對比和比喻。本文的對比與一般寓言故事相比，其高明之處在於它既有事物本身的對比，又有事物之間的類比，而且這種對比，用對話的方式表現出來，就顯得奇巧而貼切。首先看看事物本身的對比：柑的外表是「出之燁然，玉質而金色」，内質卻是「剖之，如有煙撲口鼻，視其中，則乾若敗絮」。當今官僚的外表是「佩虎符、坐皋比者，洸洸乎干城之具」，「峨大冠、拖長紳者，昂昂乎廟堂之器也」，「觀其坐高堂，騎大馬，醉醇醴而飫肥鮮者，孰不巍巍乎可畏，赫赫乎可象也」；但其實質是「盜起而不知禦，民困而不知救，吏奸而不知禁，法斁而不知理，坐糜廩粟而不知恥」。在這兩個事物的自比與對比基礎上，再構成它們之間的類比：柑與官僚的外表都是「金玉其外」，其實質也都是「敗絮其中」。柑的外表與實質是生活中可見可觸的實體，官僚的外表與實質（尤其是實質）則是一種只可覺察而不可觸摸的社會現象。作者以有形喻無形，而且通過自身的對比和兩事物間的類比，就使作者要說明的道理更加貼切，更能使人信服。

三、犀利而又飽含情感的語言

本文是篇寓言，但不像一般寓言故事那樣把作者的感情暗含在娓娓動聽的故事敘述之中，而是像議論文那樣把憤世嫉俗的情感直接噴發出來，宛如一把把鋒利的匕首，刺向元末腐朽的吏治、黑暗的世道。這種語言上的特色，主要是通過排比和設問兩種形式表現出來的。如賣柑者抨擊達官顯貴貪婪而無能的本質時連用了五個排比：「盜起而不知禦，民困而不知救，吏奸而不知禁，法斁而不知理，坐糜廩粟而不知恥。」從禦盜、救民、吏治、理政這四個方面揭露這些外貌堂堂的達官實際上是一團敗絮，他們什麼都不會做，只有一點做得出色，那就是「坐糜廩粟而不知恥。」作者用一種揶揄的筆調進行了犀利的抨擊，讀起來真如兔走鶻落，駿馬下坡，有一種不可阻擋之勢。而且通過這段排比，也給我們勾畫出當時社會上盜賊蜂起、人民窮困、酷吏橫行、法紀敗壞的一片混亂狀況。作者的憤世嫉俗的激越情感，也就從這一連串的排比中表露出來了。

本文還大量使用問句，這些問句皆鞭辟入裡又各盡其妙。如「將以實籩豆、奉祭祀、供賓客乎？」這是作者上當後氣憤的責問：「將衒外以惑愚瞽也？」則是一種帶著挖苦的反問。這兩個問句越是寫得憤憤不平，就越是顯得作者的少見多怪，就越是能爲賣柑者的坦然直陳做好反襯和鋪墊。「而獨不足子所乎？」「而我獨也乎？」是賣柑者的反唇相譏的詰問，它顯得坦然不諱而且理直氣壯。爲什麼騙人者被人揭露後還能如此坦然和理直氣壯，這就使人自然產生一種懸念，從而急於了解原委。作者語言運用上的巧妙正在這裡。「果能授孫吳之略耶？」「果能建伊、皋之業耶？」這是賣柑者以攻爲守的反問，使我們由對賣柑者小「欺」的責備轉向對達官顯貴大「欺」的憤怒。特別有意思的是最後兩句疑問：「豈其憤世嫉邪者耶？而托于柑以諷耶。」其實結論是很明白的：憤世嫉邪者正是作者本人，就是他在托於柑以諷。但作者不用肯定句直接道破，而故意用這種推測式的疑問句，不把結論直接告訴讀者，而是讓讀者同他一道去揣測、去思考。整個故事也就在這深深的思考中結束了，這就更富有韻味，也更能啓發人深思。

當然，這篇文章在語言上也不是沒有缺陷的，文中連用排比和詰問，固然造成了一種無可辯駁的犀利之鋒，但作者讓這番話通過一個賣柑者之口講出來，其語言與身份就不太相符，同時由於作者過分追求鋪陳誇張，語言上也微露斧鑿的痕迹，與同時代高啓的《書搏雞者事》相比，就顯得鋪陳太過與質樸不足，這也可以說是白璧之微瑕吧！

以情感人借事明理的「勸學篇」
——談宋濂的《送東陽馬生序》

余幼時即嗜學，家貧無從致書以觀，每假借于藏書之家，手自筆錄，計日以還。天大寒，硯冰堅，手指不可屈伸，弗之怠。錄畢，走送之，不敢稍逾約。以是人多以書假余。余因得遍觀羣書。既加冠，益慕聖賢之道，又患無碩師、名人與遊，嘗趨百里外，從鄉之先達執經叩問。先達德隆望尊，門人弟子填其室，未嘗稍降辭色。余立侍左右，援疑質理，俯身傾耳以請；或遇其叱咄，色愈恭，禮愈至，不敢出一言以復；俟其忻悅，則又請焉。故余雖愚，卒獲有所聞。

當余之從師也，負篋曳屣，行深山巨谷中。窮冬烈風，大雪深數尺，足膚皸裂而不知。至舍，四肢僵勁不能動，媵人持湯沃灌，以衾擁覆，久而乃和。寓逆旅主人，日再食，無鮮肥滋味之享。同舍生皆被綺繡，戴朱纓寶飾之帽，腰白玉之環，左佩刀，右備容臭，燁然若神人。余則縕袍敝衣處其間，略無慕艷意，以中有足樂者，不知口體之奉不若人也。蓋余之勤且艱若此。今雖耄老，未有所成，獲幸預君子之列，而承天子之寵光，綴公卿之後，日侍坐、備顧問，四海亦謬稱其氏名，況才之過于余者乎？

今諸生學于太學，縣官日有廩稍之供，父母歲有裘葛之遺，無凍餒之患矣；坐大廈之下而誦詩書，無奔走之勞矣；有司業、博士爲之師，未有問而不告、求而不得者也。凡所宜有之書，皆集于此，不必若余之手錄、假諸人而後見也。其業有不精、德有不成者，非天質之卑，則心不若余之專耳，豈他人之過哉！

東陽馬生君則，在太學已二年，流輩甚稱其賢。余朝京師，生以鄉人子謁余。撰長書以爲贄，辭甚暢達；與之論辯，言和而色夷。自謂少時用心于學甚勞，是可謂善學者矣。其將歸見其親也，余故道爲學之難以告之。謂余勉鄉人以學者，余之志也；詆我誇際遇之盛、而驕鄉人者，豈知余者哉！

——宋濂《送東陽馬生序》

《送東陽馬生序》是明初文章大家宋濂爲同鄉青年馬生所寫的一篇臨別贈言。文中敘述了作者早年求學勤奮艱苦的情形，勉勵馬生珍惜今天優越的學習條件，刻苦攻讀，使自己的道德文章達到「精」和「成」的最高境界。可以說，它是一篇鼓勵青年力學成才的勸學篇。從內容上看，這篇文章對學習的重要性及學習的方法、條件的論述，並不比兩千多年前荀子的《勸學篇》來得深刻和豐富，宋濂本人的學習精神也不見得比歷史上的孫康映雪、車胤囊螢更感人。那麼這篇文章爲什麼能成爲幾百年來傳誦不衰的名篇呢？我想這種魅力主要來自於此文的創作態度和表現手法。作者是個德高望重的達官顯貴，贈言的對象又是一個同鄉的青年，但文章中卻沒有盛氣淩人之感，而是通過現身說法借事明理，以情感人，讓後輩從親切委婉的故事敘述中去領悟要義，吸取學習的動力，把握學習的方法和途徑。下面，擬對這一表現手法從兩個方面進行具體的分析。

第一，作者借事以明理，用委婉的敘事達到勸學的目的。

要想自學成才，首先要明確學習的目的，另外還要有爲達到這一目的而進行百折不撓的努力，以及戰勝種種艱難困苦的信心和勇氣。宋濂要勸學，這兩個問題當然是首先必須闡明的。但是，他不是通過明確的論點、嚴密的論證，也不是通過板著面孔的訓誡來達到這一目的；而是現身說法，以自己年輕時代的求學經過爲例啓發馬生明確上述諸點的。

文章一開頭，宋濂就告訴馬生，他從小就「嗜學」，等到成人之後，「益慕聖賢之道」。這個「嗜學」和「益慕聖賢之道」，實際上就是在委婉地告訴馬生，他學習能夠刻苦和持之不懈的原因就在於此。據《明史·宋濂傳》介紹，宋濂一生「自少至老，未嘗一日去書卷，于學無所不通」，被朱元璋譽爲「開國文臣之首」，曾「欲任以政事」，但宋濂推辭不就，認爲「臣無他長，待罪禁近足矣」。可見他對馬生說的這番話，確實不是在自飾自誇，他確實不是把學習當作進身之階，而是「慕聖賢之道」，以期加深自己的道德修養，提高自己的知識水準。正因爲他有這樣的學習動力，所以儘管早年的學習條件差，學習態度卻執著認真，學習毅力也堅韌頑强。作者選擇了三個典型事例，分別敍述他的學習條件、學習態度和學習毅力。一是借書。家貧買不起書，作者就通過借書、抄書來頑强學習。作者把書從藏書之家借來，「手自筆錄，計日以還」。他選擇了一個很感人的細節「天大寒，硯冰堅，手指不可屈伸」，但仍堅持抄書，準時把書還給主人。

正因爲他如此愛學又信守諾言，別人才願意把書借給他，他才得以「遍觀全書」，成爲「當今文章第一」（劉基語）。二是叩問。所謂「學問」，包括自學和求教兩個方面。上述的「借書」是說自學，這裡的「叩問」是說求教。作者主要是通過反襯的方法來表現其學習的虛心和認真的。爲問一個問題，要跑到百里之外去求教先達，而這位先達又很嚴厲，對門人弟子未嘗稍降辭色，更何況作者是個未曾登堂入室的後生。但作者雖遭叱咄並不灰心折回，而是虛心侍立左右，「俟其欣悅，則又請焉」。這種百折不回的毅力是他「卒有所聞」的最重要原因。作者一方面寫先達的嚴厲，未嘗稍降辭色，另一方面寫自己侍立左右，俯耳以請；一方面寫先達的咄叱，另一方面寫自己的「色愈恭，禮愈至，不敢出一言」，作者正是通過這位德隆望尊的先達嚴肅認真、不苟言笑的言行把自己虛心恭謙的學習態度和百折不回的學習毅力反襯了出來。這對同是後生晚輩的馬生，當然有潛移默化的影響，馬生正是從這種態度中找到自己學習榜樣的。三是負笈遠遊。作者從室內抄書到百里叩問到負笈遠遊，可以看出其學習範圍是在逐漸擴大的。不言而喻，隨著他的學問越來越深，知識面越來越廣，疑問也會越來越多，僅靠書齋或鄉里先達已無法得到通識，這就需要負笈遠遊。就像當年陸游所說的那樣，必須「讀萬卷書，行萬里路」，所以遠遊的本身也就充分表現出作者的學而不厭的強烈求知欲。爲了更好地表現這一點，作者選擇了一個典型的環境：氣候是「窮冬烈風，大雪深數尺」，路程是「深山巨谷」。在這種惡劣氣候下爲求學而行走在深山巨谷之中，結果被凍得失去了知覺——「足膚皸裂而不知」，甚至到了旅舍也久久暖不過來

——「四肢僵勁不能動，媵人持湯沃灌，以衾擁覆，久而乃和」。作者越是强調環境的惡劣和求學的苦狀，越能反襯出作者求學的決心之大，意志之堅，也就越能感人至深。所以作者儘管没有高談闊論學習應採取什麼態度，應具備什麼樣的精神毅力，但通過以上三個典型事例的現身說法，就很清楚地告訴了馬生，這比單純的議論更爲感人，也更容易使馬生接受，因爲它不但能使馬生明白其中的道理，而且也給馬生樹立了具體的學習榜樣。

第二，用對比的方法增加勸學的說服力和形象性。

有比較才有鑒別。作者在對馬生勸學時不是以長者自居，訓誡馬生要這樣做，不要那樣做，而是通過不同人物的學習條件和學習結果的對比讓馬生從中自然得出結論：要想業精德成，就必須「勤且艱」，否則條件越好，就越會玩物喪志，敗壞學業。由於作者是通過塑造鮮明的人物形象，並在人物間展開對比來達到說理的目的，所以生動感人，使人自然賓服。

文中的這種對比是分兩次進行的。一是用自己當年求學時學習條件和學習態度與同舍生作對比。這些同舍生生活條件優裕，顯得神氣活現：「皆被綺繡，戴朱纓寶飾之帽，腰白玉之環，左佩刀，右備容臭，燁然若神人。」而作者則與之相反，衣著上非常寒酸「緼袍敝衣處其間」；飲食上也低劣而且短缺「日再食，無鮮肥滋味之享」。但結果恰恰是學習條件差的人出色地完成了學業，成了一代人望，位列公卿，日備顧問，受海內稱頌；而當年錦衣玉食、神氣活現的同舍生則默默無聞，消聲匿迹。其原因何在？作者在形象描繪的基礎上又加以評說：這不是由於自己才幹過人，而是由於自己和同舍生的苦樂觀不同。同舍生追求的是錦衣玉食，以此爲美，以此驕人；作者追求的是知識才學，「以中有足樂者，不知口體之奉不若人也」，所以對同舍生的優裕生活毫無慕艷之意。作者通過他當年與同舍生不同學習條件、學習態度以及不同結局的對比，很明確也很形象地告訴了馬生應該肯定什麼，否定什麼；追求什麼，捨棄什麼。這比單純的議論，當然更有說服力了。二是用今日的太學生與當年自己的生活學習條件作對比。在生活條件上，今天的太學生飲食由國家供給，衣服由父母送來，而自己當年則是飽嘗「凍餒之患」。在學習條件上，今天的太學生一是「宜有之書，皆集于此」，不必像自己當年那樣去假借藏書之家，手自筆錄，計日以還；二是司業、博士就在太學生的身邊，不必像自己當年那樣去倍嘗艱辛、遠方求師，也不必擔心請教中遭其叱咄冷遇。作者在作了這兩方面的對比後提出了學成的標準：「業精」、「德成」，即道德、文章都要達到較高的境界。今日的太學生要達到這一境界，既不會像自己當年那樣忍凍挨餓，也不必到處奔波求師，只要「專心」就行，這是今天學習的有利條件。作者還有層意思暗含其中沒有道破，即這條件雖有利，但如不珍惜，也會像當年的同舍生那樣坐失良機，辜負同學和父母的一片苦心，以至將來後悔莫及。

作者在評述當年的同舍生與今天的太學生時，雖都採用了對比手法，但具體的表現手段又有所不同，前一個對比是作者與同舍生整體的對比，對比之後再總寫結局，兼加議論。對比的範圍是從生活條件、學習條件等幾個方面逐項進行的，而且作者對比較對象是否定的。作者越是渲染他們「燁然若神人」，就越是讓人感到他們的淺薄、空虛和可厭。作者對太學生所持的態度則是愛護、規勸和誘導，因此在用語的分寸上也和前者不同，另外主要寫今天的學習條件，而把自己當年的學習條件暗含於其中，讓馬生自己去領悟，沒有作明顯的整體上的對比。

通過以上分析我們可以知道，作者很注意文章表現形式上的變化，很注意感染和打動對方，讓對方在感佩之中自然接受自己的觀點，從而達到勸學的目的。所以這篇贈言雖與荀子的《勸學篇》一樣都是在勸學，但不是通過大量的事例、嚴密的論證和充沛的氣勢來使讀者信服，而是通過親切的娓娓動聽的現身說法和形象鮮明的對比反襯，讓讀者深受感動從而領悟作者所要闡明的道理。這是本文與《勸學篇》的不同之處，也是其具有强烈感染力的原因之所在。

一幅封建官場的醜行圖
——讀宗臣的《報劉一丈書》

數千里外，得長者時賜一書，以慰長想，即亦甚幸矣；何至更辱饋遺，則不才益將何以報焉？書中情意甚殷，即長者之不忘老父，知老父之念長者深也。至以「上下相孚，才德稱位」語不才，則不才有深感焉。夫才德不稱，固自知之矣；至於不孚之病，則尤不才爲甚。

且今世之所謂孚者何哉？日夕策馬，候權者之門。門者故不入，則甘言媚詞，作婦人狀，袖金以私之。即門者持刺入，而主者又不即出見。立廄中僕馬之間，惡氣襲衣袖，即飢寒毒熱不可忍，不去也。抵暮，則前所受贈金者出，報客曰：「相公倦，謝客矣。客請明日來。」即明日，又不敢不來。夜披衣坐，聞雞鳴，即起盥櫛，走馬抵門。門者怒曰：「爲誰？」則曰：「昨日之客來。」則又怒曰：「何客之勤也！豈有相公此時出見客乎？」客心恥之，强忍而與言曰：「亡奈何矣，姑容我入。」門者又得所贈金，則起而入之，又立向所立廄中。幸主者出，南面召見，則驚走匍匐階下。主者曰：「進！」則再拜，故遲不起，起則上所上壽金。主者故不受，則固請；主者故固不受，則又固請。然後命吏內之，則又再拜，又故遲不起，起則五、六揖，始出。出，揖門者曰：「官人幸顧我！他日來，幸亡阻我也！」門者答揖，大喜，奔出。馬上遇所交識，即揚鞭語曰：「適自相公家來，相公厚我，厚我！」且虛言狀。即所交識，亦心畏相公厚之矣。相公又稍稍語人曰：「某也賢！某也賢！」聞者亦心計交贊之。此世所謂「上下相孚」也，長者謂僕能之乎？

前所謂權門者，自歲時伏臘一刺之外，即經年不往也。閒道經其門，則亦掩耳閉目，躍馬疾走過之，若有所追逐者。斯則僕之褊哉，以此長不見悅于長吏，僕則愈益不顧也。每大言曰：「人生有命，吾惟守分爾矣！」長者聞此，得無厭其爲迂乎？

鄉園多故，不能不動客子之愁。至于長者之抱才而困，則又令我愴然有感。天之與先生者甚厚，亡論長者不欲輕棄之，即天意亦不欲長者之輕棄之也，幸寧心哉！

——宗臣《報劉一丈書》

魯迅先生在談到明代小品文時曾說：「明末的小品文雖然比較頹放，卻並非全是吟風弄月，其中有不平，有諷刺，有攻擊，有破壞。」❶宗臣的《報劉一丈書》正是這樣一篇充滿著憤懣不平的書信體諷刺小品。宗臣，字子相，號方域，江蘇興化人，是明代文壇的「後七子」之一，爲人剛正有節，曾因資助彈劾嚴嵩的行動而被貶。這篇小品對明代嘉靖年間的腐敗官場進行了淋漓盡致的揭露，對執政者的虛僞和謁者的逢迎進行了尖銳的嘲諷，抒

❶魯迅《南腔北調集・小品文的危機》。

發了作者對當時官場所謂「上下相孚」的腐敗之風的深沈感慨。

全文可分爲三個部分。

第一部分是書信中的常規格式，表示對自己父執的感激之情和尊重之意。然後扣住來信中所稱道的「上下相孚，才德稱位」八個字來抒發感慨。至於「才德稱位」，不在本文論及範圍之内，所以用「固自知矣」一筆帶過，而把重點放在「上下相孚」四個字上。

第二部分是全文的重心所在，他緊承上文的「上下相孚」四個字，用辛辣的語言形象地描繪出當時官場奔走者的搖尾乞憐之態，豪奴們的狐假虎威之狀和執政者的心驕氣浮、作威作福的情景，然後無限感慨地説：「世所謂『上下相孚』也」在具體的寫法上，作者按照拜謁的順序：拜謁前、拜謁時、拜謁後，從上者、下者、奴僕這三個方面有層次地勾畫出一幅封建官場醜行圖，拜謁前奔走者是「候、媚、忍」：「候」是進門前日夕策馬候權者之門，「媚」是進門時對門子甘言媚詞作婦人狀，「忍」是進門後立廄中僕馬間等候接見，不但惡氣襲人，而且飢寒毒熱諸般不可忍者皆要忍之。當然，這當中還要貫穿一個「賄」字，這是「候、媚、忍」的前提和基礎。具有諷刺意味的是經過一番「賄、候、媚、忍」的表演和折騰後，仍是一場空，門子報客：「相公倦，謝客矣，請明日來。」於是又要下一番等候忍耐的工夫。並且等候的時間更久，昨天是自日至夕，今天是「夜披衣坐」，雞鳴即起；耐性也更大，媚態也更足，因門子不光是索賄，還要加以羞辱，客心雖以爲恥，但需「强忍」，還要在奴才面前乞憐；「亡奈何矣，姑容我入。」這樣方能入門。當然昨日所受的立廄中僕馬間，受飢寒毒熱之苦今天仍需再嚐一遍。所以僅拜謁前這一幕，已把奔走者的奴顏卑膝、搖尾乞憐的無恥之狀淋漓盡致地表現了出來。另外拜謁前這一幕，執政者的作威作福也表現得很充分。下級來拜謁，輕易不讓進門；進門後又不讓坐，讓他立於廄中僕馬之間；而且又整日不予接見，讓他自日至暮受飢寒毒熱之苦。執政者雖未露面，但心高氣傲之狀已顯露在讀者眼前。奴才則是狐假虎威，專橫跋扈。先是不讓謁者進門，聽了奉承、受了賄賂後才答應通報。但一夜之後，又狗臉生六月之霜，不但翻臉不認人，而且表現得更爲貪橫，再次索賄外更加責罵，這就把奴才們的狐假虎威之狀充分地描繪出來，從而進一步暗襯出執政者的心驕氣浮。

如果說拜謁前還只是謁者醜惡的單獨表演的話，那麼拜謁時的戲劇性場面就變成了上下之間的雙簧了。謁者是三拜三請：先是匍匐階下；繼而再拜，故遲不起；最後又再拜，又故遲不起。而且在再拜之後就開始了赤裸裸的交易：「起則上所上壽金」，「主者故不受，則固請」，「主者故固不受，則又固請」，直到「命吏内之」，這個複雜而虛僞的行賄過程才算完成。作者通過三拜三請，尤其是通過「故遲不起」這個動作的反覆强調，把謁者的巴結逢迎之狀又一次生動地畢現出來。而主者的三次拒絕，最後命吏内之，也充分顯示出主者的虛僞矯情，外廉内貪。作者通過這段描寫形象地告訴人們：世上的所謂「上下相孚」，就是在這多次行賄中完成的，是建立在這種醜惡的巴結逢迎、貪污受賄的基礎上的，一旦完成了這個過程，上下之間就會心心相印，配合默契。謁者就可以逢人誇耀，出語驕人，高人一等，別人也立即會另眼相看；主者也就會對諂者下好的考語：「某也賢！某也賢！」從局外人看來，真是上下同心，互相信任，但這也正是當時官場的可恥可悲之所在。

文章的第三部分主要寫作者對權貴的態度，他除了伏、臘兩次大祭時去投一名片外，是「經年不往」，間或路過其門，也是「掩耳閉目，躍馬疾走過之」，不送禮、不恭候，更不去奴顏卑膝，奉旨承歡。這段是作者的正面表白，也是有意與諂者的巴結奉迎之態作一鮮明對比，表現了正直的士大夫文人對當時醜惡官場的無比憎惡之情。

魯迅先生說：「諷刺的生命是真實。」宗臣對明季官場的諷刺和揭露，是有其現實依據的。嘉靖年間，嚴嵩父子長期把持朝政，樹私黨、貪財貨，朋比爲奸、無所不爲。史載他「握權久，遍引私人居要地」，「凡文武升擢，不論可否，但衡金之多寡而異之」❷。後查抄其家產，有黃金 30 萬兩、白銀 200 萬兩，除霸佔家鄉江西袁州（宜春）十分之七的土地外，還廣置美宅良田於南京、揚州，多至數十處❸。《報劉一丈書》正是從文學的角度，反映了當時官場上下貪賄成風、狼狽爲奸的政治現實，對今天來說，也有一定的認識作用和教育意義的。

這篇諷刺小品在藝術上也有一些獨到之處。

首先，作者一反後七子的擬古主義文風，用通俗而形象的文筆，爲我們勾勒出一幅封建官場的醜行圖。宗臣是後七子之一，

---

❷《明史》卷三〇八《嚴嵩傳》，卷二〇九《楊繼盛傳》。

❸《明經世文》卷三二九《天水冰山錄・序》。

以王世貞爲代表的後七子，主張：「文必西漢、詩必盛唐，大曆以後書勿讀。」❹寫古題，用古調，以模仿剽竊古人作品爲能事。《四庫提要》指出：「自夢陽（前七子代表人物李夢陽）之說出，學者剽竊班、馬、李、杜；自世貞之集出，學者遂剽竊世貞。」但宗臣在《報劉一丈書》中，没有引一個典故，没有堆砌一句陳詞濫調，也没有去模擬剽竊，完全是用時語寫時文。他從當時的社會現實出發，用辛辣而形象的語言爲我們描繪出一幅「上下相孚」的醜行圖。其中像謁者的三拜「故遲不起」，主者的三拒後「命吏内之」等，把行賄、受賄雙方的心理、行爲、做作之態、虚僞之狀，都描繪得淋漓盡致，使人感到可恥可悲。作者滿懷憤懣，針砭時弊，無心擬古，卻傳誦至今。

其次，是結構上的嚴謹。本文的開頭和結尾是書信體的常規格式，多寒喧應酬之語。從表面上看與全文的中心部分，與表達作品的主旨似關係不大。但細加推敲卻不盡如此。第一部分中提到的劉一丈對作者的褒語：「才德稱位，上下相孚」這正是本文所要論及的中心問題，正因爲作者對社會上所謂「上下相孚」目睹甚多，感慨頗深，所以劉一丈一旦提及此語，猶如在炸藥桶上點燃了引信，久蓄的憤懣一下子爆發了出來。另外，作者强調劉一丈是自己的父執，對自己情意甚殷，所以久積於胸的憤懣才願向他傾訴。這段「訴衷情」才更顯得情真意切。第三部分在手法上换了一個角度，從形象描繪官場上下相孚的醜態變爲正面表白自己的潔身自好、不同流俗，情調上也由冷嘲熱諷變爲慷慨陳詞。

❹王世貞《藝苑卮言》。

文章的末段則又由表白自己變爲安慰對方，同情劉一丈的「抱才而困」，鼓勵他不要「輕棄之」。讀到這裡我們才明白，作者之所以向劉一丈訴衷情、發感慨，並不只因劉一丈是自己的父執，對自己情意甚殷；更重要的是他和作者的秉性相類，遭遇相近。作者把他引爲同調，共同抒發對當時官場腐敗的憤懣之情，既是表白自己，抨擊現實，也是安慰長者，激勵同類。在結構上使全文首尾相應，而且在情感上更深了一層。

第三，語言準確辛辣，一刺中的。

本文之所以成爲傳誦不衰的名篇，與它語言上的功力關係極大。它的語言形象準確又很辛辣，像一把鋒利的解剖刀，把封建官場的世態人情的外衣剝得乾乾淨淨。例如寫謁者第二天遭門子的斥罵後，作者用「客心恥之，强忍而與言」這九個字來描繪謁者的心理和行爲。謁者也感到這是羞辱，但爲了向上爬，就只好强咽下去，所以心雖恥之，但外表還要獻媚奉承。這樣就把一個不顧廉恥、巴結逢迎者的卑劣心理和無恥行爲刻劃得入木三分。再如形容謁者拜見時，「驚走匍匐階下」，「故遲不起」「又故遲不起」，把拜謁者的奴顏卑膝刻劃得維妙維肖，特別是兩個「故」字，使這個謁者在卑順中還透露出幾分狡詐。形容主者受賄時，也用了兩個「故」字——「故不受」，「故固不受」，同樣把主者既貪婪又虛僞的心理和行爲淋漓盡致地表現出來，在客觀上顯得形象準確、諷刺辛辣。

寓真情於瑣屑平淡之中
——談《項脊軒志》的選材

項脊軒，舊南閣子也。室僅方丈，可容一人居。百年老屋，塵泥滲漉，雨澤下注，每移案，顧視無可置者。又北向，不能得日，日過午已昏。余稍爲修葺，使不上漏。前闢四窗，垣牆周庭，以當南日。日影反照，室始洞然。又雜植蘭桂竹木於庭，舊時欄楯，亦遂增勝。借書滿架，偃仰嘯歌，冥然兀坐，萬籟有聲。而庭階寂寂，小鳥時來啄食，人至不去。三五之夜，明月半牆，桂影斑駁，風移影動，珊珊可愛。

然余居此，多可喜，亦多可悲。

先是，庭中通南北爲一。迨諸父異爨，內外多置小門牆，往往而是。東犬西吠，客踰庖而宴，雞棲於廳。庭中始爲籬，已爲牆，凡再變矣。家有老嫗，嘗居於此。嫗，先大母婢也，乳二世，先妣撫之甚厚。室西連於中閨，先妣嘗一至。嫗每謂余曰：「某所，而母立於茲。」嫗又曰：「汝姊在吾懷，呱呱而泣，娘以指扣門扉曰：『兒寒乎？欲食乎？』吾從板外相爲應答。」語未畢，余泣，嫗亦泣。余自束髮讀書軒中，一日，大母過余曰：「吾兒，久不見若影，何竟日默默在此，大類女郎也？」比去，以手闔門，自語曰：「吾家讀書久不效，兒之成，則可待乎？」頃之，持一象笏至，曰：「此吾祖太常公宣德間執此以朝，他日汝當用之。」瞻顧遺迹，如在昨日，令人長號不自禁。

軒東故嘗爲廚，人往，從軒前過。余扃牖而居，久之，能以足音辨人。軒凡四遭火，得不焚，殆有神護者。

項脊生曰：「蜀清守丹穴，利甲天下，其後秦皇帝築女懷清臺。劉玄德與曹操爭天下，諸葛孔明起隴中。方二人之昧昧於一隅也，世何足以知之？余區區處敗屋中，方揚眉瞬目，謂有奇景。人知之者，其謂與埳井之蛙何異！」

余既爲此志，後五年，吾妻來歸。時至軒中，從余問古事，或憑几學書。吾妻歸寧，述諸小妹語曰：「聞姊家有閣子，且何謂閣子也？」其後六年，吾妻死，室壞不修。其後二年，余久臥病無聊，乃使人復葺南閣子，其制稍異於前。然自後余多在外，不常居。

庭有枇杷樹，吾妻死之年所手植也，今已亭亭如蓋矣。

——歸有光《項脊軒志》

有一類作品，它沒有什麼驚心動魄的題材，也沒有什麼扣人心弦的結構和急風飄雨般的節奏，它只是擷取生活中的幾朵小小的浪花，充滿深情地慢慢訴說，細細描繪。但人們卻能從這瑣屑事件的敍述中感受到作者的真情，從這平淡情境的描繪中體味到作者的意趣，從而受到感染，引起共鳴。歸有光的《項脊軒志》就屬這樣一類作品。

《項脊軒志》中沒有反映什麼重大的事件，它所記載的都是發生在日常生活中的小事：塵泥滲漉的老屋，僅容一人居的斗室，諸父分居後雜處的庭院，這是每一個大族敗落時常見的景象；至於母親的關懷，妻子的依戀，祖母的愛撫與勉勵，這更是一般家庭常有的生活內容。這些內容經過作者漫不經心地娓娓而敘，使人們覺得彷彿就發生在自己的身邊，顯得那樣逼真，那樣感人。而作者對百年老屋的幾經興廢，對物在人亡、兩世變遷的深沈感慨以及對親人的深深懷念之情，也就從這瑣屑而平淡的生活小事中真切而自然地流露了出來。這一切，正像明代的後七子代表人物王世貞稱讚的那樣：「不事雕飾而自有風味，超然名家矣」❶。

應當指出，這裡强調的本文題材上的瑣屑平淡，並不意味著作者在選材上的漫不經心，相反地，這些生活細節雖貌似尋常，但實際上卻都經過作者的認真篩選和剔除。它細小，但很精當；它尋常，但很動人。這種選材上的精到之處，主要表現在以下三個方面：

第一，選取的細節，典型地表現了主人公的生活環境，爲表現作者的情趣﹑志向提供了依據。

作者筆下的項脊軒，修葺前後是兩種不同的情景。修葺前，作者突出它的室小——「室僅方丈，可容一人居」；屋漏——「百年老屋，塵泥滲漉，雨澤下注」；昏暗——「北向，不能得日，日過午已昏」。修葺後主要突出它的清幽、雅靜、室內不漏、不暗，而且有了滿架圖書；室外又雜植蘭桂竹木，白日庭階寂寂、萬籟有聲，夜晚桂影斑駁、風移影動，更覺珊珊可愛。爲了突出項脊軒的幽小，作者還有意把它與中庭的龐雜作一比較。中庭是

---

❶王世貞《藝苑卮言》。

諸父異炊共處之地，它雜亂——「內外多置小門牆，往往而是」；喧鬧——「東犬西吠，雞棲於廳」；煩憂——「客逾庖而宴」。相比之下，項脊軒更顯得清幽、雅靜、簡易，也更覺其可愛。作者著意突出項脊軒的清幽可愛，亦是大有深意的。因歸氏宗族，自湖州判官歸罕仁之後一直沒有顯達，也就是歸有光祖母所慨嘆的「吾家讀書久不效」❷，從罕仁之子道隆起即移居崑山之項脊涇。歸有光把閣子叫項脊軒，自稱爲項脊生，此文叫作《項脊軒志》，都有「慎終追遠」之意，是士大夫發揚祖宗遺德、重振門庭這種傳統思想的表現。所以他越是强調閣子的破敗狹小，諸父的異炊雜處、家境日下，就越能映襯出項脊軒的清幽，也越能反襯出自己肩上責任的重大。這種情緒在第二段「項脊生曰」中終於以一種壓抑不住的自負，正面抒發了出來。另外，他强調項脊軒的清幽，强調偃仰嘯歌，冥然兀坐的讀書之趣，也表現了作者鄙棄世俗繁華、甘於清貧自守的操守。

第二，選取的細節，生動地再現了親人不同的音容笑貌，爲抒發作者的情思提供了前提。

這篇散文的題目叫《項脊軒志》，實際上是通過記物來寫人和抒懷。作者描述的主要人物一共有三個：祖母、母親、妻子。作者注意選取不同的細節，通過不同的角度來表現他們不同的音容笑貌，顯得情態各別、栩栩如生。寫母親，主要是突出她對子女衣食的關懷，當她聽到女兒呱呱而泣時便以指扣扉：「兒寒乎？欲食乎？」寫的角度是通過老嫗的口中道出。因作者幼年喪母，

❷見《歸氏世譜》。

對母親的慈愛不可能有什麼記憶，由老嫗口中道出，顯得更爲真切，也更爲動人。寫祖母則又變換角度正面寫其言行，而且內容上也由單純的愛撫變成愛撫加上勉勵。作者描繪祖母在一日之間兩次來軒，第一次一見面就説：「吾兒，久不見若影，何竟日默默在此，大類女郎也。」表面上是責怪，實際上是憐愛，把祖母寵孫兒的心情描述得維妙維肖。臨走時，「以手闔門，自語曰：『吾家讀書久不效，兒之成，則可待乎？』」一個輕輕關門動作，幾句喃喃自言自語，把一個老祖母看到孫兒發憤時的喜悦、激動的情態刻劃得細緻入微。第二次進軒是在離開後的不久，祖母「持一象笏」，對孫兒進行一番勉勵和叮嚀，語雖平淡但分量極重，把一個老祖母的殷殷之情與一個官宦人家老長輩的持重之態表現得恰如其分。這種外表平淡但情感含蘊極深的叮嚀，隨著歲月的流逝和作者閱歷的加深，其懷念之情也愈加强烈：「瞻顧遺迹，如在昨日，令人長號不自禁。」不但作者長號，讀者也跟著淒惻。明人王錫爵稱讚歸文曰：「無意于感人，而歡愉、慘惻之思溢于言語之外，嗟嘆之、淫佚之，自不能已已」❸，正是道出了歸有光這種表現手法的動人之處。

寫妻子時，作者把時間往後推了五年，方法上也不再是具體、正面地描繪其言行，而是採取歸納概括的方法。作者於嘉靖七年娶魏氏，嘉靖十二年魏氏卒❹，這近六年的夫婦生活作者作了簡略的概述，主要是突出兩人之間的一往情深，寫妻子「時至軒中，

---

❸王錫爵《歸公墓誌銘》。

❹見歸有光《亡兒䎘孫壙志》、《先妣事略》、《祭外姑文》等文。

從余問古事，或憑几學書」，表面上看似乎輕描淡寫、平淡無奇，但少年夫婦的相依相伴、耳鬢厮磨之狀，卻簡潔、形象地勾勒了出來。特別是回憶妻子歸寧轉述諸小妹語，更表現出兩人間的一往情深，以至當年平淡至極的一言一行，現在回想起來也極有情趣。它牽扯起往日的情絲，也引起心靈深處的悸動。元稹《悼亡詩》云「昔日戲言身後事，今朝都到眼前來」，說的恐怕也就是這種情形吧！

第三，選取的細節，恰到地表現出作品的詩意和韻味，增加了作品紆除纏綿的氣氛。

《項脊軒志》中所選取的細節，還很注意物我交融的詩情畫意。如寫軒內白天是「庭階寂寂，小鳥時來啄食，人至不去」，顯得那麼寂靜；夜晚是「三五之夜，明月半牆，桂影斑駁，風移影動，珊珊可愛」，又顯得那麼清幽。這與主人兀然冥坐的身影，與主人遠離塵囂、安於貧賤的心情交融在一起，顯得那麼和諧，那麼富有詩意。又如，當作者抒發了與妻子的六年伉儷生活，如今形隻影單的感慨後，又加上個餘波作爲全文的收束：「庭有枇杷樹，吾妻死之年所手植也，今已亭亭如蓋矣。」這層似爲贅語，實則大有妙用：從內容上看，它使作者睹物思人，更好地反映出作者對亡妻絮絮不已、一往情深；從結構上看，它作爲全文的餘波，更顯得餘韻徐歇，悠悠不盡，增加了文章的詩意美。

另外，作者對細節的選擇和安排，還有意識地疏密相間，一張一弛，使文章顯得紆徐有致，悱惻纏綿。如在回憶了祖母對自己的愛撫和勉勵後，寫到「瞻顧遺迹，如在昨日，令人長號不自禁」，對親人的思念，對家世坎坷的慨嘆，感情上捲起了巨瀾。

但接下來，又來了個起伏迭宕，變爲舒緩的節奏，轉而敍述項脊軒的東面爲廚房，自己閉門而坐能憑足音辨人，這說明周圍的靜謐和自己的心境的安寧。這樣感情從昂揚又下抑到平靜，節奏從急驟又過渡到舒緩。同樣地，在敍述了妻子在軒中的笑語言談，一番熱烈歡暢之情後，又寫妻死室壞、自己久臥牀榻，出現了蕭疏冷落的場面。作者這樣有意識地選擇和安排情節，使全文忽張忽弛，顯得悱惻纏綿、一詠三嘆。

最後要提及的是，有的論者認爲歸有光在散文中多以家庭瑣事爲題材，這大概因爲「他一生困守鄉里，平常在這方面接觸特別多。加以家庭多故，感慨也特別深」❺。這樣的推斷可能失之偏頗。選擇生活瑣事作爲題材，這是歸有光一貫的文學主張，是他反對前後七子擬古主義文風的一種自覺舉動，不僅是由他的生活經歷所決定的。作爲明代唐宋派的代表作家，他有意識地把生活瑣事引入「載道」的「古文」中來，與前後七子「掇摭割裂、模效依仿」的擬古文風相對抗。他諷刺擬古主義者「頗好剪紙染彩之花，遂不復知有樹上天生花也」❻。他的《項脊軒志》、《先妣事略》、《寒花葬志》等散文名作，正是從生活的常青之樹上所採擷的一朵朵鮮花，是他文學主張的成功實踐。

---

❺逐言《歸有光的「項脊軒志」》，見《語文教學》1957 年 7 月號。

❻歸有光《與沈敬甫書》，見《震川文集》。

傳記文學的流風餘韻
——讀崔銑《記王忠肅公翺事》

公一女，嫁爲畿輔某官某妻。公夫人甚愛女，每迎女，婿固不遣。恚而語女曰：「而翁長銓，遷我京職，則汝朝夕侍母。且遷我如振落葉耳，而固恡者何？」女寄言于母。夫人一夕置酒，跪白公。公大怒，取案上器擊傷夫人。出，駕而宿于朝房。旬乃還第，婿竟不調。

公爲都御史，與太監某守遼東。某亦守法，與公甚相得也。後公改兩廣，太監泣別，贈大珠四枚。公固辭，太監泣曰：「是非賄得之。昔先皇頒僧保所貨西洋珠于侍臣，某得八焉。今以半別公，公固知某不貪也。」公受珠，内所著披襖中，紉之。後還朝，求太監後，得二從子。公勞之曰：「若翁廉，若輩得無苦貧乎？」皆曰：「然。」公曰：「如有營，予佐爾賈。」二子心計，公無從辦，特示故人意耳。皆陽應曰：「諾。」公屢促之，必如約。乃僞爲屋卷，列賈五百金，告公。公拆襖，出珠授之，封識宛然。

——崔銑《記王忠肅公翺事》

我國傳記文學源遠而流長，作爲傳記文學的開創者——傑出的史學家司馬遷，他在《史記》中通過一系列歷史人物形象的塑造和描述，不但生動地展示了廣闊的社會生活畫面，表現了作者對歷史和現實的遠見卓識，而且「善序事理、辨而不華、質而不俚」（班固《漢書·司馬遷傳贊》）。成爲歷史與文學互相結合的光輝典範。無論在文章的風格上和寫作技巧上，都給後代作家以極大的影響。

唐代倡導古文運動，成爲一代文宗的韓愈和柳宗元在人物傳記上更是發展了《史記》的文學傳統。他們的《張中丞傳後敍》、《段太尉逸事狀》等傳記文，選擇遺聞逸事來表現人物，結構上更加短小緊湊，手法上也更注重於人物內心世界的刻劃，這些都給後代的傳記文學以極大的影響。

崔銑的《記王忠肅公翺事》正是繼承了韓柳傳記文學的傳統，在選材、結構、人物形象、語言風格上都表現出鮮明的特色。

第一，在選材上，作者有意選取遺聞逸事來表現人物的品格，顯得既平凡又典型。

人物傳記的選材，可以選取能代表一生業績的重大事情來表現人物，如《史記》中的《項羽本紀》、《廉頗藺相如列傳》即是如此，但也可以「于細微處見精神」，通過一些遺聞逸事、片鱗隻羽來表現人物，所謂「窺一斑而見全豹，以一目盡傳全神」（魯迅《關於小說題材的通信》），韓柳的《張中丞傳後敍》、《段太尉逸事狀》、崔銑的《記王忠肅公翺事》皆是如此。

王翺，是明代的名臣。一生爲官的時間很長，從永樂十三年（西元一四一五年）中進士授庶吉士，到成化三年（西元一四六七年）以太子少保致仕，經歷了明成祖、仁宗、宣宗、英宗、代宗、憲宗六代帝王，在政界整整活動了五十二年，爲人剛正廉潔，多所建樹，先後擔任過大理寺正、御史、右僉都御史、提督遼東軍務、吏部尚書等多種職務。按說一生所敘之事甚多，《明史》上就曾撮其大要記錄了他的一生中整頓邊塞防務、平定松藩叛亂，謝絕請謁，懲治墨吏等十二件大事（見《明史・王翺傳》），但崔銑只節錄他擔任都御史和吏部尚書時所發生的兩件事，而且是名不見經傳的兩件平凡的逸事——拒絕將女婿調京和封還友人的禮品，通過這兩件事來極力讚揚王翺的廉潔品格。作者之所以這樣選材，是有一番獨特匠心的。

其一，這樣寫可使主題更加集中、突出。王翺一生雖多所建樹，但他之所以成爲名臣，主要卻不在才幹而在於剛正廉潔，所以李賢稱他是：「簡而廉、剛而塞、强而義」（見《明史》卷一七七，二四五五頁），崔銑選擇的兩件事正是突出反映他這方面的品格。第一件事情是身爲吏部尚書，卻不允許女婿藉機調京，當妻子爲這件事跪請時，竟發怒取器擊傷她的頭部，並且一怒而去，過了十多天方返回家門，這正是突出了王翺剛正不循私的品格；第二件事是友人臨別贈珠。這位朋友素常守法，此珠也是真宗所賜而非受賄所得，但王翺仍不願受贈，接納後仍想方設法把此珠封還給友人的後代，以此突出了他廉潔不受贈的高貴品格。全文只寫這兩件事，顯得結構緊凑，簡潔明瞭，主題也更加集中、突出。

其二，可以小見大，增强文章的說服力。這兩件事都是發生在王翺日常生活中的平凡小事，雖然不涉及到重大的國務活動和軍事活動，但正是這種請調小事，王翺可以爲此而大怒，以至擊傷夫人；而平常交往贈珠、王翺也如此慎重對待，以至友人逝去數年後還耿耿於懷，直至還珠後方心安。事越小，越平凡，便越是能小中見大，細微中見精神，就越能打動讀者，使讀者產生聯想：生活中的小事尚能如此認真對待，對親人尚能如此剛正廉潔，那麼在重大問題上更可想而知了，因此對主人公更加欽佩仰慕，這正是作者選材上煞費苦心的目的所在。

第二，結構上，作者讓兩個事件各具首尾，各有側重，貫穿成爲一個既獨立又統一的整體。

柳宗元的《段太尉逸事狀》通過段秀實治汾州亂軍，拒受賄賂等幾個事件來突出他的剛正，廉潔有操守，而且每個事件的敍述又各側重，各具首尾，可以獨立成篇，崔銑的《記王忠肅公翺事》即採用此法。

文章中的兩則故事是各有側重。前一個故事側重於王翺不徇私情，是從如何處理親人關係這個角度來寫的；後一個故事是側重於王翺不納贈品，是從他如何對待友人贈送這個角度寫的，這樣就能使讀者從不同側面、不同角度對王翺的剛正廉潔品格有全面的了解。

文中的兩個故事又是各具首尾的，各有其發生原因、發展經過和解決方法，特別值得一提的是爲了突出王翺的性格，作者在故事的展開前，都先作了大量的鋪墊和渲染。

在第一個故事中，爲了突出王翺的不循私情，在事前作了三方面的鋪墊：一是夫人甚愛女，二是女婿對其不能調京很恚怒，三是夫人在請求時態度很恭謹——「置酒，跪白公」。作者先作這三方面的鋪墊是大有深意的：正因爲夫人甚愛女，想朝夕相伴，所才會循私跪求。女婿正是看到翁丈掌吏部，「遷我如振落葉」

卻如此之吝，才會恚怒，使女寄言於母。這樣，越是在事前對親人的態度進行大量渲染，就越是能反襯出王翺不徇私情的高尚品格。

第二個故事結構上更加曲折一些，涉及了兩代人，但王翺廉潔品格卻貫穿前後、始終如一。作者在事前亦是作了三個方面的鋪墊：一是強調這位太監既守法，又是公的好友；二是強調贈品是先皇所賜並非贓物；三是強調公因推辭不掉才不得已收下，這就說明了：王翺對於別人的東西，即使是與賄賂毫不相干的贈品，甚至對方是自己的朋友，也不願接受，即使在推辭不掉情況下勉強接受，後來也會千方百計原物歸主。通過這些鋪墊，王翺的剛正廉潔品格就顯得更加突出。

第三，手法上，作者很注意細節描寫和人物內心活動的勾勒，因而使人物性格鮮明，形象生動。

《史記》中有些細節描寫是很生動的，很好地體現了人物的性格，如《項羽本紀》中項羽臨死前的一番話，《李斯列傳》中李斯見鼠和倉鼠而發的感慨，都使人讀後久久難忘，崔銑正是繼承了傳記文學這一優良傳統。

首先，他很注意細節的描寫，通過細節來刻劃人的性格，強化主題。例如他寫夫人為了調婿進京，居然「置酒，跪白公」。在家裡商量一件事，居然要置酒，還要跪白，這一細節一方面刻劃出夫人急於求成的急切心情，另一方面暗示出王翺平素在公與私上是界限分明，凜然不可犯的，而「公大怒，取案上器擊傷夫人」這個細節，不但描摹出王翺對不正之風的憤慨之狀，而且也隱喻了王翺對親人要求更嚴的這種正派作風。

第二段中也是兩個很生動的細節描繪：一是王翺在不得已受贈後，將珠「內所著披襖中，紉之」這個細節的作用有二：一是與結尾的「公拆襖，出珠授之，封識宛然」前後照應，說明王翺從受珠那天起，就已準備歸還對方，從未動用過；二是說明王翺從不受贈，現偶一爲之，所以對此事很慎重，很認真。這樣，王翺清廉的品格就顯得更爲突出，另一個細節就是王翺要友人的二從子有所營，以便以珠相贈。其中的「屢促之，必如約」六字，既形象地描摹出王翺受珠後如芒刺在背，朝夕不安之狀，又寫出了對方對王翺能以物佐賈的將信將疑，這樣就更加襯托出王翺素常的清廉。

另外，本文也很注意人物內心世界的刻劃。例如第一段中寫女婿不遣女歸並「恚而語女」，這其中就有一個很複雜的心理過程，身居外官的女婿一心想調京，究其動機固然是由於不安於位，但恐怕也與岳母愛女，屢遣迎歸造成了家室不安有關，特別是岳父又爲吏部尚書，在其婿看來，把自己升調一下就如「振落葉」一般容易，況且這於己於妻於岳家皆有利，但對這三方面皆有利而又如此易辦之事，岳父卻偏偏不辦，這樣就使他不解，由不解而產生憤怒，但其婿深知岳父的爲人，況且以女婿的身份也不好直接去請求，於是他就想了個辦法，利用岳母甚愛其女的心理，在迎女時偏不遣歸，又利用封建家庭中至高無上的夫權去責備其妻，讓她去轉告岳母，再通過岳母轉求岳父以達到自己的目的。由此看來，這段心理刻劃確實細膩，它不但形象地寫出了其婿當時的心理狀態，而且也暗示出王翺平時的爲人。

第二段關於太監二從子的心理描繪顯得更爲曲折細膩。當王翺找到太監二從子，詢問他們是否苦於貧時，二從子皆曰：「然。」這個「皆曰：『然』」就表明了二人當時的窘迫狀，但從心理狀態上看，他們只是如實地反映出當時的困境，並不對與他父親同樣清貧的王翺抱任何希冀，所以當王翺提出他們「如有營，予佐爾賈」時，他們把此理解爲父輩們在精神上的關心，並不是真正要在物質上給予資助。所以皆陽應之曰：「諾」，這句話既反映出二人不相信王翺真有錢資助的內心真實想法，也活畫出二人不忍拂公好意的勉强應付之態，所以在公的一再催促下，二人只好「僞爲屋卷，列賈五百金告公」。這個「僞爲屋卷」也非常形象地刻劃出二人在催迫之下自以爲無效卻應付塞責的心理狀態。這樣，作者通過「皆曰：「『然』」，「皆曰：『諾』」「僞爲屋卷」三次生動的心理描繪，把王翺平時在人們心目中廉潔清貧形象顯得異常鮮活。

第四，語言上，作者力圖做到準確形象，富有性格特徵，並帶上自己的感情色彩。

本文的一些對話是很富有性格特徵的，其婿的發怒，二從子的回話都反映了這方面的特色，因上段已從心理描寫角度分析過，這裡不再贅述。文中其他人物的語言也是很富有個性的，例如太監泣別贈珠的一段話，既有朋友間的深厚友誼，反映了他們在遼東確實「甚相得」，另外也解釋了珠的來源，剖白了自己，映證了上文的「某亦守法」。第二段中寫王翺找到了太監的二從子，開頭就説：「若翁廉，若輩得無苦貧乎？」這句話，既表現了王翺對太監後輩的關心，又表現了王翺時時注意表彰廉潔，即使是處理受贈之珠，也注意抑富救貧的性格特徵。

本文的敍述性語言也相當簡潔生動。實詞自不待說，就連虛詞也不例外，如：「婿固不遺」的「固」一是表示次數，老是不遺，另外也含有「故意」的成份在內。而其婿就是在這個「固」字上做文章，以期達到自己的目的。另外，像二從子皆曰的「皆」字，在對話中出現了兩次，它既反映出二從子是一樣的心理狀態，也暗示出王翺的形象在人們心中是一致的。

另外，作者在本文的字裡行間也滲進了自己的主觀情感，這更是我國傳記文學的可貴傳統。司馬遷在《魏公子列傳》中親切地用了一百四十七個「公子」，從而傾吐他對「仁而下士」的信陵君無限仰慕之情。崔銑在《記王忠肅公翺事》中也是這樣，對王翺不稱其名而稱「公」，在一百七十四字的短文中竟出現了十三次之多，以此來表達作者對王翺無限仰慕之情。據史載，崔銑本人也是剛正有節，「立朝自有則」的，他任南京國子監祭酒時，曾不畏明世宗震怒，上書彈劾權貴張璁、杜萼而被削職（據明史卷《儒林傳》）。因此王翺的剛正清廉自然引起他的共鳴，溢之於言表。由此看來，無論在選材、結構，還是在表現手法上、人物語言上，崔銑都能繼承我國傳記文學的優良傳統，流風餘韻，賴以不墜。《記王忠肅公翺事》堪稱傳記文學中的一篇上乘之作。

狀若行雲流水　秀如清水芙蓉
——談袁宏道的《滿井遊記》

燕地寒，花朝節後，餘寒猶厲。凍風時作，作則飛沙走礫，局促一室之內，欲出不得，每冒風馳行，未百步輒返。

二十二日，天稍和，偕數友出東直，至滿井。高柳夾堤，土膏微潤，一望空闊，若脫籠之鵠。於時，冰皮始解，波色乍明，鱗浪層層，清澈見底，晶晶然如鏡之新開，而冷光之乍出於匣也；山巒爲晴雪所洗，娟然如拭，鮮艷明媚，如倩女之靧面而髻鬟之始掠也；柳條將舒未舒，柔梢披風，麥田淺鬣寸許。遊人雖未盛，泉而茗者，罍而歌者，紅裝而蹇者，亦時時有。風力雖尚勁，然徒步則汗出浹背。凡曝沙之鳥，呷浪之鱗，悠然自得，毛羽鱗鬣之間皆有喜氣。始知郊田之外，未始無春，而城居者未之知也。

夫能不以遊墮事，而瀟然於山石草木之間者，惟此官也。而此地適與余近，余之遊將自此始，惡能無紀？己亥之二月也。

——袁宏道《滿井遊記》

袁宏道是明代公安派的代表人物，他强調作文要充分發揮自己的個性去獨創，去「獨抒性靈，不拘格套，非從自己胸臆中流出，不肯下筆」（《小修詩序》）。從表現自己內心真趣這個創作目的出發，在文章結構上則不要求固定格式，「只要發人所不能發」（《答李元善》）。袁宏道的這個文學主張，對掃蕩當時文壇上「文必秦漢、詩必盛唐」的模擬因襲之風，廓清前後七子的復古主義影響起了一定的作用。他的創作，尤其是他的遊記，也較好地體現了他的文學主張。在他那千姿百態、各具特色的山水遊記中，無論是秀色可餐的吳越山水，還是風清氣爽的京都風物，作者都能自出胸臆、信筆直抒。文章結構像行雲流水般的舒卷自如，語言風格又像清水芙蓉那樣清新俊美。這篇《滿井遊記》就是如此。作者記他在萬曆二十七年（西元一五九九年）早春，在北京郊外一次春遊的前後經過及其內心感受。作者似乎是信筆寫來，不擇筆墨，但京郊的早春風光和作者喜悅而恬淡的情懷卻表現得那樣的細膩逼真、真摯感人，實在是一篇不可多得的山水小品。

文章的開頭就不俗，充分反映了作者「不拘格套」和「發人所不能發」的文學主張。作者在文中是寫春遊，但一開頭卻寫不能遊；作者在文中要表現的是早春時節那將舒未舒的柳條和如淺鬣寸許的麥苗，但開頭卻大寫氣候惡劣，「餘寒猶厲，凍風時作，作則飛沙走礫」。在這種氣候下，即使有心去郊遊也無法成行「每冒風馳行，未百步輒返」。作者用惡劣氣候和不能出遊作一篇遊記的開頭，在立意和結構上有兩個作用：其一，是用城內枯燥單調的室居生活與後面將要描述的城外春色春意形成對比，從而得出作者要得出的結論：「始知郊田之外，未始無春，而城居者未之知也。」當然，結論之外又有深意，它實際上是反映了作者對城市、官場的厭棄和投身於大自然懷抱的欣喜之情。如沒有第一段的飛砂走礫、枯坐一室，這個創作意圖就不能很好地表現出來。其二，在結構上更能體現出作者「不拘格套」、「發人所不能發」的創作主張。這段文字作爲遊記開頭卻大寫其不能遊，這種出人意料的新奇筆法當然不同於常格，既反映出作者信筆寫來、興之所至的性靈和意趣，也在新奇之中看出作者不同於常規的文學追求。

第二段開始，作者筆鋒一轉去寫春遊，這中間没有過渡性的語句，顯得很突兀，反映了作者思緒上的跳躍：「二十二日，天稍和，偕數友出東直，至滿井。」短短一句之中，交待了出遊日期、地點及行走路線，顯得乾淨利落。下面即進入對滿井春色的正面描繪。作者描繪的步驟是按遊人的觀賞習慣由遠及近、由面及點。作者先寫遠景「高柳夾堤，土膏微潤，一望空闊，若脫籠之鵠」，這是對郊外早春的總體印象，也是對滿井一帶的泛寫和綜覽。作者雖未提早春，但早春景色自現。正因爲春天到了，冰雪消融，春雨濛濛，大地才會變得滋潤，但春天畢竟才剛剛開始，所以又是「微潤」。同樣地，正因爲是早春，草木尚未繁茂，人的視線無遮無攔，才會「一望空闊」。作者駕馭語言的功力，於此可見一斑。另外，作者又用「脫籠之鵠」來形容他乍見郊外早春景色的感奮和擺脫了城中侷促的歡欣，也顯得生動傳神，使景和情交融爲一體。下面，轉入近景的描繪，作者選擇三組優美的鏡頭來表現早春二月滿井一帶的旖旎風光。首先寫水：「於時，冰皮始解，波色乍明，鱗浪層層，清澈見底，晶晶然如鏡之新開，而冷光之乍出於匣也。」「始解」與「乍明」，說明春天已到，但又是剛到；「鱗浪層層」，既明寫春風，又暗示河冰已經消融；「晶晶然如鏡之新開」，是形容春天到來時河水之清澈，而「冷光之乍出於匣」，則又清澈之中加上寒意，更準確地形象道出二月春水的典型特徵。作者正是通過這形象的比喻和特別準確的副詞寫出了二月春水的形態、顏色、甚至溫度的。寫山時，作者則又變換手法，用擬人的方法來表現。春天來了，山上的積雪消融了，但作者不說積雪消融，而說「山巒爲晴雪所洗」。積雪由被動地消融變爲主動地爲山川梳妝打扮，山峯也由一個沈寂的靜物變成一個正在梳洗打扮、髻鬟始掠的美女。這種擬人手法不但生動形象地描繪出春臨大地、山峯轉翠這個變化過程，而且也使積雪和山峯在擬人的手法中顯得更加嬌艷動人，充滿春的氣息。寫田野，則抓住柳條和麥苗，柳條是將舒未舒，麥苗像野獸身上淺淺的鬣毛。我們讀後不能不嘆服作者觀察的細緻和比喻的生動準確。「將舒未舒」和「淺鬣寸許」，不但準確地寫出了柳條和麥苗在早春二月時的形狀，而且也把它們時時變化著的動態表現了出來：時時在吐芽，這才會將舒未舒；時時在拔節，這才會像獸身上不時生長著的鬣毛。這樣的比喻更能體現出春天是個生長、向上的季節這個典型的季節特徵。

唐代畫家張彥遠在談水山畫技法時說：「夫畫物特忌彩貌採章，歷歷俱足，甚謹甚細而外露巧密。」（《論畫體》）也就是說畫山水時要「以少總多」，以點帶面，切忌全面而細密。看來，袁宏道是深諳此道的。他寫滿井之春，並沒有全面地去細描密繪，而是抓住水、山、田野這三組鏡頭，通過冰皮、水波、山巒、晴雪、柳條、麥苗這幾個典型事物來以點帶面，從內在氣質上把滿井初春的氣息寫活了。

如果只一味地描景，即使景物寫得再逼真，也算不上山水小品的上乘。更爲重要的還要融情入景、情景交融，正像黑格爾所說的那樣，必須把「人的心靈的定性納入大自然物理」（《美學》），讓山水景物都帶上作者的主觀感情，成爲王國維所稱讚的「有我之境」。袁宏道在這篇遊記中就是這樣做的。在作者的筆下，不但那些泉而茗者、罍而歌者、紅裝而蹇者的遊人都是興之所至、自得其樂，而且曝沙之鳥，呷浪之魚，也悠然自得，都有一種擺脫拘牽，放情於春光中的喜氣。這種情志，實際上是作者厭棄官場、欣慕大自然的主觀感覺的折射，而這種主觀感覺又隨著草木向榮，禽鳥的歡叫，春風的鼓蕩變得更濃更深。情與景、主觀與客觀便渾融到一起，分不清孰賓孰主了。

按說，一篇記遊文寫到這裡，也就可以結束了。但作者是位抒寫性靈的大家，他的文章常常是「行所當行，止於不可不止」。行與止，完全取決於他是否興盡。所以在大段的春色描寫之後，作者又加了一小段議論和感慨。議論中說，「此官」能很好地處理政事與遊玩的關係，既「不以遊墮事」，又能「瀟然於山石草木之間」。這表面上是在稱讚「此官」，實際上是作者的夫子自道。作者爲官時，曾在力所能及的範圍内爲民做了些好事，如在吳縣任知縣時就被當地百姓譽爲二百年來沒有過的好官。但他的本性又瀟灑不羈，對爲官作宦又有種本能的厭惡，特別是在當時那種「吏情物態，日巧一日；文網機構，日深一日；波光曳影，日幻一日」（《與何湘潭書》）的政治氣候下，他更加厭棄官場、嚮往大自然。一旦投身到大自然的懷抱中，就有一種解脫感和無比欣悅之情，正如他在吳縣時告訴友人的那樣「丘壑日近，吏道日遠，弟之心近狂矣！」正因爲如此，他才在《滿井遊記》中極力寫城內的拘囚感,極力表現郊外大自然的美景和萬物的欣悅之情,也正如他在文章結尾時所道破的:「始知田郊之外,未始無春,而城居者未之知也。」這段話不但在結構上回應了開頭,而且也暗含著「城中桃李愁風雨,春在溪頭薺菜花」式的人生哲理。所以說,這篇山水遊記與其說是在描繪滿井一帶的二月春色,還不如說作者藉遊春在抒寫性靈,反映他對官場、對大自然、對人生的態度。關於這點,他的弟弟袁中道有過十分中肯的評價,他稱讚乃兄之文是「出自靈竅,蕭蕭泠泠皆是蕩滌塵情,消除熱惱」。也就是說對那些眷念塵俗,熱中利祿的人來說,袁宏道的教文無疑是一帖清涼劑。

一幅幽默而辛辣的社會風俗畫
——張岱《西湖七月半》賞析

西湖七月半，一無可看，止可看看七月半之人。看七月半之人，以五類看之。其一，樓船簫鼓，峨冠盛筵，燈火優傒，聲光相亂，名爲看月而實不見月者，看之；其一，亦船亦樓，名娃閨秀，攜及童孌，笑啼雜之，還坐露台，左右盼望，身在月下而實不看月者，看之；其一，亦船亦聲歌，名妓閒僧，淺斟低唱，弱管輕絲，竹肉相發，亦在月下，亦看月，而欲人看其看月者，看之；其一，不舟不車，不衫不幘，酒醉飯飽，呼羣三五，擠入人叢，昭慶、斷橋，嘄呼嘈雜，裝假醉，唱無腔曲，月亦看，看月者亦看，不看月者亦看，而實無一看者，看之；其一，小船輕幌，淨几煖爐，茶鐺旋煮，素瓷靜遞，好友佳人，邀月同坐，或匿影樹下，或逃囂里湖，看月而人不見其看月之態，亦不作意看月者，看之。

杭人遊湖，巳出酉歸，避月如仇。是夕好名，逐隊爭出，多犒門軍酒錢，轎夫擎燎，列俟岸上。一入舟，速舟人急放斷橋，趕入勝會。以故二鼓以前人聲鼓吹，如沸如撼，如魘如囈，如聾如啞，大船小船一齊湊岸，一無所見，止見篙擊篙、舟觸舟、肩摩肩，面看面而已。少刻興盡，官府席散，皂隸喝道去。轎夫叫船上人怖以關門，燈籠火把如列星，一簇擁而去。岸上人亦逐隊趕門，漸稀漸薄，頃刻散盡矣。吾輩始艤舟近岸。斷橋石磴始涼，席其上，呼客縱飲。此時月如鏡新磨，山復整妝，湖復頮面，向之淺斟低唱者出，匿影樹下者亦出，吾輩往通聲氣，拉與同坐。韻友來，名妓至，杯箸安，竹肉發。月色蒼涼，東方將白，客方散去。吾輩縱舟，酣睡於十里荷花之中，香氣拍人，清夢甚愜。

——張岱《西湖七月半》

《西湖七月半》是明代散文家張岱所寫的一篇小品文，選自他的文集《陶庵夢憶》。在這篇文章中，作者用簡潔而優美的文筆，精妙而獨到的議論，評品了杭州一帶士庶僧俗七月十五之夜賞月遊湖的種種情態。通過這幅幽默而辛辣的社會風俗畫，有力地嘲諷了達官顯貴和所謂風雅之士附庸風雅、忸怩作態的可笑行徑，表達了作者不慕繁華、避世離塵的思想情趣。因爲這篇文章是明亡後寫的，所以從作者傾心描摹的良辰美景之中，也隱隱地流露出不肯屈節的士大夫文人對故國山河的眷念之情。

一、

《西湖七月半》在內容上可分爲兩大部分，第一部分從「西湖七月半，一無可看」至「亦不作意看月者，看之」，概括介紹七月十五之夜遊湖賞月的五類人，以議論和評品爲主，通過三言兩語表達出作者的憎愛褒貶；第二部分從「杭人遊湖，巳出酉歸」至結束，描述杭人在七月十五夜賞月遊湖的情形，以記敘描寫爲主，從中表明自己的生活情趣和志向。

在第一部分，作者開篇就是議論：「西湖七月半，一無可看，止可看看七月半之人。」按說，西湖七月，景色異常秀美，可看者也非常之多。可看「三秋桂子，十里荷花」（柳永《望海潮》），亦可以「山寺月中尋桂子，郡亭枕上看潮頭」（白居易《憶江南》）。作者爲什麼說「一無可看」呢？我想其意大概有二：一是山川雖美卻爲附庸風雅者所玷污，到處是亂哄哄的人流，所以感到一無可看；二是作者要通過此文來評品人物，並不是篇模山範水的遊記，所以摒棄山水，集中寫人，故曰只可看看七月半之人。接著作者就用博觀約取、高度概括的文筆把成千上萬的遊客歸納爲五類來逐一評品。

第一類是達官顯貴，作者寫他們是：「樓船簫鼓，峨冠盛筵，燈火優傒，聲光相亂。」妙就妙在作者表面上是在描述，而實際上卻是在評品。描述之中略加點撥，就使讀者覺察其言外之意、弦外之音。因爲既是看月，就要立於月下，而且周圍越暗就越顯得月光之皎潔，人聲愈靜也愈襯出湖山之美，可是這類人卻在室內，又加上燈光輝煌、人聲嘈雜，所以作者評他們是「名爲看月而實不見月」。賞月的人居然連月亮都未見到，這是多麼大的諷刺啊！

第二類是名娃閨秀。作者寫她們坐在露台之上，而且還「左右盼望」，這似乎是在看月了。但這些閨秀們卻又帶著美童，且不時地在調笑——「笑啼雜之」。那麼這個「左右盼望」究竟在盼什麼、望什麼，也就不言而喻了。所以，作者給她們下斷語：「在月下而實不看月」。身在月下而又不見月，這表面上是矛盾的，但實際上正是這類借看月之名來調情者精神世界的真實表現。

第三類是名妓閒僧。作者對這類人的態度是有保留的：一方面他們有風致、有情韻，能淺斟低唱，弱管輕絲、竹肉相發，作者願與他們「往通聲氣」並引爲同類；另一方面他們又有點招搖、有點賣弄，不如作者能做到摒棄世俗、人物兩忘。所以作者對此等人又感到大醇微疵、親中有疏，評他們爲「亦在月下，亦看月」，同時又指出他們「欲人看其看月」的招搖之狀。

第四類是一些市井無賴、浪蕩公子。作者對這類人是極端厭惡的「不舟不車，不衫不幘」，是肖其浪蕩之狀；「酒醉飯飽，呼羣三五，擠入人叢，昭慶、斷橋，嘄呼嘈雜」是敍其無賴之相；「裝假醉」一句道出他們借酒裝瘋的真情；「唱無腔曲」則又點破他們胸無點墨，冒充斯文的行當。所以作者嘲諷他們是「月亦看，看月者亦看，不看月者亦看」。這樣亂窺亂竄的結果，當然是一無所見了。

第五類是一些鄙棄世俗、厭惡繁華的高潔之士。這顯然是作者的同類，作者以滿腔感情對他們著意加以描摹；寫他們輕裝簡從、小舟雅潔——「小船輕幌，淨几煖爐」；寫他們食精器美，情趣高雅——「茶鐺旋煮，素瓷靜遞」；寫他們避世棄俗，不慕繁華——「或匿影樹下，或逃囂里湖」；寫他們真心賞月，無意沽名——「人不見其看月之態，亦不作意看月者」。當然，我們從作者傾心嚮往、著意描摹之中，也可以看出作者消極避世、自視清高的思想。

文章至此是第一段，主要是評品人物。作者能把成千上萬的西湖遊人歸成五類，而且又是這樣準確、形象，我們不能不佩服作者深刻細密的洞察能力和簡潔形象的語言概括能力。當然這種概括與作者的藝術天份有關，也與作者熟悉這種生活有關。作者雖出身於官宦之家，卻無心於仕進，年輕時代「爲紈袴子弟，極愛繁華」（《西湖尋夢》），長期的生活積累和觀察，給他留下了終生難忘的印象。所以即使到了晚年，作者回憶起來，仍然歷歷在目，敍述起來也栩栩如生。

第一段雖然寫了五類人，但歸結起來只有兩類：真心賞月之人和借賞月之名追歡買笑或沽名釣譽之徒。作者將前者引爲同類，對後者則加以嘲諷鄙棄。爲了進一步表現前者的可佩可敬和後者的可鄙可棄，作者又寫了第二段，把兩種人在七月十五之夜的不同行爲作一對比，從中表現作者的志向和情趣。如果說第一段是論，第二段則是證；第一段是以議論爲主，第二段則是以敍述和描寫爲主。

第二段一開始，作者就來個對比，把杭人平素的行爲與七月十五之夜的行爲來個對照。杭人平時遊湖是巳出酉歸，避月如仇，而今夜卻是一反常態，爭去賞月了。作者描摹杭人爭相遊湖時著重以下四點：一是「爭」。逐隊爭出，爭先恐後，各不相讓。作者寫這些人賄賂城門守者，讓轎夫擎燎以待，都是爲了這個「爭」。二是「急」。匆匆忙忙，只想趕入盛會，無暇他顧，因此「一入舟，速舟子急放斷橋」。三是「鬧」。人聲鼓吹，鬧哄哄、亂糟糟，作者用了一連串的比喻和排比來形容這個「鬧」：「如沸如撼，如魘如囈，如聾如啞」，「篙擊篙、舟觸舟、肩摩肩，面看面」。這樣鬧哄哄、亂糟糟的結果，必然是「一無所見」。四是「短」。這是由「爭、急、鬧」而帶來的。興致來得快，去得也快，所以「少刻興盡」。官府是撤席散宴，皂隸喝道而去；船上人是燈籠火把如列星，一一簇擁而去；岸上人亦逐隊趕門，頃刻散盡。爲什麼杭人賞月遊湖的場面這麼「爭、急、鬧、短」呢？作者在第二段的開頭就點明原因：「是夕好名。」他們並不是真心賞月遊湖，而是在爭虛名、趕熱鬧。所以一旦虛名到手，熱鬧看過，當然就興致闌珊、匆匆而散了。

與上述情形相反的是一些真心賞月而無意沽名的高潔之士。他們遊湖是在衆人散盡之後，縱宴於始涼的石磴之上，盡情地欣賞此夕的湖光山色，七月十五之夜的湖山之美也到此刻才顯露出來：「月如鏡新磨，山復整妝，湖復頮面。」此刻不但是良辰美景，還有好友嘉賓：那些淺斟低唱的名妓閒僧，那些曾隱匿樹下、逃囂里湖的高潔之士也慢慢地聚攏過來，在蒼涼的月色下通宵達旦地開懷暢飲、聲歌相諧，作者的美學理想和生活情趣也從這段描寫之中充分表現了出來。值得指出的是：作者在寫了「東方將白，客方散去」後，又加上「吾輩縱舟，酣睡於十里荷花之中，香氣拍人，清夢甚愜」這一段文字作爲結尾，這是很值得玩味的：一方面暗示包括作者在內的吾輩比那些淺斟低唱者，匿影樹下者格調更高，情趣更濃，東方將白仍不肯返舟，要享受那種荷香十里、清夢甚愜的佳境；另一方面寫出了吾輩與名妓閒僧們還有段思想距離，這樣就與第一段中所寫的對他們有所保留的態度相呼應。再者以這樣的形式結尾，與蘇軾的《後赤壁賦》也有異曲同工之妙：既表現了作者對故國的無限懷念之情，又給人留下無限的韻味和詩情。

二、

張岱的散文在明末自成一家，文筆清麗優美，簡潔形象，有議有敍。議論時精到而簡潔，往往一字一詞，就能準確、形象地勾勒出人物內心世界；描述時又細緻生動，往往寥寥幾筆就把山川風物描繪得維妙維肖、栩栩如生。《西湖七月半》正很好地體現了張岱散文的這種特色：

第一，議論和描述能有機結合，又各有側重。

《西湖七月半》在結構上可以明顯地分成兩大部分。兩部分在內容和形式上各有側重。第一部分以評品議論爲主，第二部分以敍述描寫爲主；第一部分是作者提出自己的觀點，第二部分是這一觀點的論證。没有第一部分的議論，就不能對杭人遊湖的各種情態進行概括，全文就没有了綱目；没有第二部分的描述，第一部分也就失之空泛，缺乏說服力。

但議論和描述又能有機地結合。兩大部分雖各有側重，但在具體表達時往往議論中雜以描述，描述中又雜以評品。作者往往是通過議論來探其內心，通過描述來摹其行狀。在寫法上，作者或是先描述一下人物的行爲、語言，然後再用議論來點破行爲、語言的動機；或是先道出人物行爲的目的，然後再描摹在這樣目的下的必然行爲。例如在第一部分，作者用「樓船簫鼓，峨冠盛筵，燈火優傒，聲光相亂」來描述達官顯貴看月時的情景，然後再用議論來點出這樣情景是「名爲看月而實不見月」；在第二部分，作者先道出杭人遊湖的目的是「是夕好名」，然後再描摹在這樣目的下的必然行爲：逐隊爭出，趕赴盛會，嘈雜喧鬧和興致短暫。

第二，語言上簡潔準確、優美生動。

本文的語言異常簡潔、準確，往往用一字一詞就能維妙維肖地勾勒出人物的內心世界。例如在描繪一羣市井無賴、浪蕩公子七月十五之夜呼朋引伴、趕趟起哄時，作者評道：「月亦看，看月者亦看，不看月者亦看。」通過三個副詞「亦」，把這類人閒遊浪蕩、無目的、無操守、胡闖亂撞之狀，形容得淋漓盡致。而且從句式上看，一句之內就在「看、不看、月」這幾個字上翻動，也可以看出作者駕馭語言的功力。

另外，本文的語言也異常細膩生動。作者在描繪一個場面、渲染一種氣氛時，善於調動排比、比喻、誇張、烘托等多種藝術手法，把要描繪的場面形容得維妙維肖，把要渲染的氣氛烘托得如火如荼。例如在描寫七月十五之夜杭人遊湖的情景時，作者用「如沸如撼，如魘如囈，如聾如啞」這幾個排比、比喻句來形容人聲的喧鬧；又用「篙擊篙、舟觸舟、肩摩肩，面看面」來描述遊人的擁擠，而且這些句式都大體上整齊對稱，節奏上也較短促，因此更強烈地渲染了急促喧鬧的氣氛，增加了文章詩的韻味。

冰雪世界　孤高情懷
——談張岱的《湖心亭看雪》

崇禎五年十二月，余住西湖。大雪三日，湖中人、鳥聲俱絕。

是日，更定矣，余拏一小舟，擁毳衣爐火，獨往湖心亭看雪。霧凇沆碭，天與雪、與山、與水，上下一白；湖上影子，惟長堤一痕，湖心亭一點，與余舟一芥，舟中人兩三粒而已。

到亭上，有兩人鋪氈對坐，一童子燒酒罏，罏正沸。見余，大驚，喜曰：「湖中焉得更有此人！」拉余同飲。余強飲三大白而別。問其姓氏，是金陵人，客此。

及下船，舟子喃喃曰：「莫說相公癡，更有癡似相公者！」

——張岱《湖心亭看雪》

俄羅斯作家契訶夫在談創作體會時說過這樣一句話：「簡潔是才力的姊妹，寫得有才華就是寫得短。」（《俄羅斯古典作家論》）明代散文家張岱正是通過簡潔來顯露他的藝術才華的，這篇《湖心亭看雪》就是最好的證明。全文不過一百六十來字，卻把湖心亭的夜間雪景寫得氣象渾茫、恍惚迷離，把作者擁毳圍爐、深夜觀雪的孤高性格和落寞情懷顯現得栩栩如生。而且，我們從作者對湖山勝事悠悠不盡的追憶中，還可以體察出他那深沈的故國之思和沮喪的滄桑之感。能把如此闊大的世界和深長的情感納於一百多字的小品之中，而且給人留下悠悠不盡的餘韻和遐想，這樣的人，當然稱得上是一位文章高手。下面，我們就對《湖心亭看雪》作些具體分析。

「崇禎五年十二月，余住西湖。」開頭兩句，即將時間、地點、人物和盤托出、包舉無遺。這是用史筆來寫小品，司馬遷寫《項羽本紀》，劈頭就是「項籍者，下相人也，字羽，初起時，年二十四」；杜甫史詩《北征》也是一開頭就點出人物、地點和事件「皇帝二載秋，閏八月初吉。杜子將北征，蒼茫問家室」。張岱在這裡亦用此法。表面上看這兩句話平淡無奇，實際上從時間、地點兩個方面不著痕迹地引逗出下文的大雪和湖上看雪。另外，作者開頭用明崇禎年號也是別有深意的。這篇小品選自《陶庵夢憶》，此書是作者在明亡後避居浙江剡溪山中所著，書中主要是追憶當年的風月繁華、故國舊事，凡記述過去行蹤時皆用明朝紀年。《湖心亭看雪》也是如此，作者以此來寄托自己的故國之思。

本文題爲看雪，其寫法則是欲寫看雪，先寫雪景；欲寫雪景，先寫下雪；欲寫下雪，先寫時、地。所以，作者在交待時、地後就開始寫下雪：「大雪三日，湖中人、鳥聲俱絕。」這句在結構上可謂橫空出世，突兀而來，使人陡然而生荒寒之感。儘管這時作者還沒有描繪雪景，但已可以想見大雪封湖之狀，讀之使人遍體生寒了。唐代詩人柳宗元有首《江雪》：「千山鳥飛絕，萬徑人蹤滅。孤舟蓑笠翁，獨釣寒江雪。」詩中也是渲染大雪的威嚴，它斷絕了萬物的行蹤，造成了宇宙的空漠。詩人利用空間不斷縮小時物體會不斷放大這個視覺原理，把空間由空中的千山縮至地面萬徑，再由萬徑縮到江上一葉孤舟，又由孤舟縮至一披蓑漁翁，最後集中到垂於江上的釣竿之上。張岱這兩句也是突出一個「絕」字，但卻是從聽覺上著眼的，大雪後的湖山是一個靜寂的世界，鳥不敢飛，人不敢行，連空氣也彷彿被凍結了。雪落之猛、雪後之寒都從這「人鳥聲俱絕」中表現了出來。如果說，柳宗元的《江雪》是用冰雪的威嚴來反襯漁父孤高的品格，用天地的潔淨來烘托漁父寧靜的心緒；那麼《湖心亭看雪》同樣是爲了達此目的，只不過他把詩行化成了散句罷了。「是日，更定矣，余拏一小舟，擁毳衣爐火，獨往湖心亭看雪」。要看雪，偏偏選擇夜深人靜、寒氣倍增的時刻，寧可披著皮袍、帶著火爐也要一人獨往，不願看見人，也不願被人看見，這在常人眼中當然是一種痴舉，但這個「癡」中包含了多少避世的幽憤和孤傲的情懷啊！如果說《江雪》和《湖心亭看雪》都是用「絕」來形容大雪的威嚴和天地的渾茫，那麼此處又都是用「獨」來强調主人公孤高自賞的情調和獨抱冰雪的操守。當然，深夜觀雪，也反映了作者不同流俗的美學趣味。因爲白晝看雪，一覽無餘，缺乏含蘊，「更定」後出遊，使渾茫的琉璃世界中更增添一種朦朧和神祕感，更有一種白晝所看不到的光線與色彩，這從第二段對雪景的描繪中就可以得到證實。這是一幅絕妙的湖山夜雪圖。「霧淞沆碭」是形容湖面上雪花水氣混濛不分，茫宕一片之態。霧，是由天空向下飄的雲氣；淞，是由湖面向上湧的水氣；沆碭，是飄蕩、渾茫之態。這句把大雪蓋地的靜穆與水氣、雲霧的上下混融揉爲一體，做到動靜相承，既寫出雪的精神也寫出了雪的氣象。然後，作者疊用三個

「與」字，把天空、雲層、湖水之間渾茫莫辨的壯闊雪景生動地表現了出來。這是作者觀雪時的第一眼印象，也是對湖心亭雪景的總體感覺。接著，作者選擇四個鏡頭來精心描畫雪中景物，這就是「長堤一痕」、「湖心亭一點」、「余舟一芥」、「舟中人兩三粒」。這四個鏡頭，與上面的「上下一白」形成比襯和照應。「上下一白」給人一種天水相混的蒼茫闊大感，而這四個鏡頭則是在渾茫之中給人一種依稀的形態區別。如果說「上下一白」强調的是統一、共性，這四個鏡頭則强調單一、個性。這樣更能給人一種似有若無、依稀恍惚之感，這是對夜間湖山雪景的實際觀察，也是一種心理上的幻覺和忖度。在這裡，作者使用了四個不同的數量詞：「一痕」、「一點」、「一芥」、「兩三粒」，通過這些高度準確而形象的數量詞，暗寫出視線的移動、景物的變化，讓人覺察出小船正在夜色中緩緩前進，空間正在不斷地位移，這樣既創造出一種夢幻般的朦朧意境，又使人感到在這個混沌一片的冰雪世界中，人只不過渺如一粟，這正是作者極力要抒發的人生感慨。此段的表現手法，作者是虛實並用。長堤一痕、湖心亭一點，是實寫，是作者在舟中遠眺所見；余舟一芥、舟中人兩三粒卻是虛擬，是作者假設自己站在湖心亭上，懸想自己剛才在舟中行進時的情形。這樣虛虛實實，更給人一種朦朧蒼茫的夜間觀雪感受。

以上是寫夜間所見的湖山雪景，主要是描景。第三段是記夜觀雪景時的感受，手法轉爲抒情。作者之所以選擇更定後獨往觀雪，是因爲不願見人，也不願被人看見，也因爲此時的雪景更妙。叵料此時此刻卻有兩人鋪氈對坐，而且「童子燒酒爐，爐正沸」，可見已觀雪多時了，這出乎作者的意料，也使讀者感到驚詫。但作者不寫自己的驚奇，反寫二客「見余大驚，喜」，不說自己超俗脫塵，卻讓客人來發此感慨。劉熙載說：「文如看山不喜平」（《藝概》），看來，張岱是頗精於此道的。既然雙方都視對方爲知己，於是就會有「酒逢知己千杯少」之舉。一方是「拉余同飲」，另一方是「強飲三大白」。強飲，是說自己本不會飲酒，但逢此時，觀此景，對此人卻不可不飲，「大白」是大酒杯。「拉余同飲」是明寫對方視己爲知己，「強飲三大白」是暗寫自己也視對方爲同調。「強飲」這個動作外似粗豪，實則淒清，就像李白的《花下獨酌》一樣，詩人爲了表現「獨酌無相親」的孤獨淒冷，卻來了個粗豪、興奮的動作：「舉杯邀明月，對影成三人。」對月而歌，伴影而舞，孤寂的情懷表現得更爲深沈。況且，雙方在飲酒中除剛見面時的一句驚嘆外更無別辭，甚至連雙方的姓名也不知道。這也反映了作者不同流俗、但得莫逆爲快的作風和性格。

從結構上來看，這段同上段文意綰合得異常巧妙，如果說上段是欣賞湖中之雪景，那麼此段則是欣賞湖中賞雪之人；如果說上段是寫雪的精神和氣象，此段則是表現作者的主觀精神和性格。作者的高超手法在於他不僅借景生情，而且借知音同好以助其情。如果沒有這段敍事和抒情，則上段的景物描繪充其量不過是一幅略具特色的風景畫而已。通過後一段使我們看到了作者的真實意圖之所在，那就是湖上的雪夜奇景固然值得夢憶，而奇景背後超塵脫俗的情致和夜逢知己的奇遇則更值得欣喜。這種布局謀篇的功力，實在是大家的手筆。

文章寫到這裡，在我們看來也就淋漓盡致了。但作者並不就此擱筆，卻在長河迢遞處又生波瀾，文章的最後一段又蕩開一層，通過舟子之口道出對這次夜遊的看法。大雪奇寒，人鳥聲俱絕，相公卻要出外觀雪；要觀雪，又偏揀「更定」之後擁毳衣爐火獨往，這在船家看來，是不可理解的「癡」舉。但「癡」舉亦更有人在：二客早煮酒賞雪於湖心亭上，這在舟子看來，更是「癡」舉。通過他的喃喃自語，把世人與作者情感上的隔膜，把作者別有懷抱、孤高冷寂的品格都生動地表現了出來。由此看來，所謂「癡」，正是一般「俗人」所不能理解的清高、超逸的情懷。這種不理解既使作者引以自矜、自得，又使作者深深地感到孤獨和傷感。從這個角度來說，也許這篇小品正是要表現這種「癡」勁吧！

就義前的慷慨悲歌
——讀夏完淳的《獄中上母書》

不孝完淳今日死矣，以身殉父，不得以身報母矣。痛自嚴君見背，兩易春秋。冤酷日深，艱辛歷盡。本圖復見天日，以報大仇，卹死榮生，告成黃土。奈天不佑我，鐘虐先期。一旅才興，便成齏粉。去年之舉，淳已自分必死，誰知不死，死于今日也！斤斤延此二年之命，菽水之養無一日焉。致慈君托迹于空門，生母寄生于別姓，一門漂泊，生不得相依，死不得相問。淳今日又溘然先從九京，不孝之罪，上通于天。

嗚呼！雙慈在堂，下有妹女，門祚衰薄，終鮮兄弟。淳一死不足惜，哀哀八口，何以爲生？雖然，已矣。淳之身，父之所遺；淳之身，君之所用。爲父爲君，死亦何負于雙慈？但雙慈推乾就濕，教禮習詩，十五年如一日；嫡母慈惠，千古所難。大恩未酬，令人痛絕。慈君托之義融女兄，生母托之昭南女弟。

淳死之後，新婦遺腹得雄，便以爲家門之幸；如其不然，萬勿置後。會稽大望，至今而零極矣。節義文章，如我父子者，幾人哉？立一不肖後，如西銘先生，爲人所詬笑，何如不立之爲愈耶？嗚呼！大造茫茫，總歸無後，有一日中興再造，則廟食千秋，豈止麥飯豚蹄、不爲餒鬼而已哉？若有妄言立後者，淳且與先文忠在冥冥誅殛頑嚚，決不肯捨！

兵戈天地，苟死後，亂且未有定期。雙慈善保玉體，無以淳爲念。二十年後，淳且與先文忠爲出塞之舉矣。勿悲勿悲！相托之言，慎勿相負。武功甥將來大器，家事盡以委之。寒食盂蘭，一杯清酒，一盞寒燈，不至作若敖之鬼，則吾願畢矣。新婦結褵二年，賢孝素著，武功甥好爲我善待之。亦武功渭陽情也。

語無倫次，將死言善。痛哉痛哉！人生孰無死，貴得死所耳。父得爲忠臣，子得爲孝子，含笑歸太虛，了我分內事。大道本無生，視身若敝屣。但爲氣所激，緣悟天人理。惡夢十七年，報仇在來世。神遊天地間，可以無愧矣。

——夏完淳《獄中上母書》

夏完淳是明末著名的少年愛國英雄，他字存古，號小隱，松江華亭人。他的父親夏允彝和老師陳子龍也都是當時有名的學者和愛國志士。在這樣的環境薰陶下，他十四歲就跟隨父親起兵太湖，參加抗清活動。父親犧牲後，又隨老師繼續與清兵作戰，終於一六四七年七月兵敗被俘，不屈而死，年僅十六歲。在獄中他寫了三篇遺書：《獄中上母書》、《遺夫人書》、《土室余論》，以此來表達壯志未酬、英雄遺恨。其中的《獄中上母書》是臨刑前寫給他生母和嫡母的信。信中回顧了兩年來起兵抗清的坎坷經歷，抒發了國難家仇集於一身、死不瞑目的英雄遺恨，表現了堅貞不屈的民族氣節和視死如歸的大無畏精神，文章呑聲泣血，悲壯淋漓，是一篇千古不朽的愛國傑作。

《獄中上母書》在結構上可分爲三個部分。第一部分是回顧起兵以來的坎坷經歷，抒發他爲報家仇國難的必死之志。文章開頭一句就點出自己即將赴義，以身殉父而不得報母。這種開門見山的寫法不但再現了臨刑之前時間上的緊迫感，更加引起讀者對這位少年英雄命運的關注和情感上的敬佩，更爲重要的是爲這封絕筆書定下了一個基調、確定了一個前提：面對著生與義的抉擇，家與國的矛盾，一個人應該如何對待、怎樣行動。事實上，全文也就是圍繞家與國、生與義這兩種矛盾來抒發烈士爲國忘家、捨生取義的愛國之情、英雄之志的。接著，作者就滿懷悲痛地回顧了兩年來父子二人爲國奔波的坎坷經歷。據《明史》記載：一六四五年六月，夏氏父子起兵松江，以吳志葵的水軍爲骨幹，聯絡各處義軍攻打蘇州，以圖切斷清軍在南京與杭州間的聯繫，阻其南侵。但陳兵城下四十五天，圍城失敗，清軍大舉反攻，八月攻陷松江，吳志葵遇害。九月十七日，夏允彝投水自殺以身殉國，這就是文中所提及的「嚴君見背，兩易春秋」的背景。由此看來，夏完淳所說的以身殉父，實際上就是以身殉國。一六四六年春，夏完淳繼承父親遺志，與老師陳子龍、岳父錢旃再次起兵，不久又爲清浙閩總督張存仁擊潰，陳子龍投水自殺，夏完淳與岳父錢旃被俘。這就是《獄中上母書》中所說的「一旅才興，便成齏粉」。作者把這種不屈不撓、前仆後繼的抗清經歷概括爲八個字：「冤酷日深，艱辛歷盡。」從這八個字中不但可以體察到烈士以身赴難、泣血吞聲的愛國情感，也可以想像到這羣志士爲挽救危亡經歷了何等的難辛。特別是文中强調的「自分必死」四字，說明了這位少年英雄早把爲國赴難看成了自己的必然歸宿。

以上是寫爲國，下面再寫忘家。既然兩年來爲拯救國家危亡獻出了全部精力，甚至是自己的生命，家庭的安定飽暖自然是無暇顧及了。那麼，是不是夏完淳對家庭缺乏感情、對母親不孝順呢？不是的。作者滿懷感情、用負疚的筆調書寫自己家門的不幸。當時作者的嫡母盛氏已出家做了尼姑，作者的生母陸氏此時也寄居在外地的親戚家中，所以作者感慨說：「一門漂泊，生不得相依，死不得相問。」而這種狀況又都是由於自己無暇顧家而導致的，所以作者自責說：「不孝之罪，上通于天。」當然，我們讀後都會感到，作者越是自責，讀者就越是感到他爲國忘家精神的難能可貴，就越能激起對他的敬佩之情。爲國忘家這個舉動是作者在反覆思索之後才作出的，所以在第二段中，就集中抒發了爲國忘家、捨生取義的愛國之情。作者分三個層次來寫：首先寫自己是怎樣處理家與國矛盾的。一開頭，便是强烈的感慨：「嗚呼！雙慈在堂，下有妹女，門祚衰薄，終鮮兄弟。淳一死不足惜，哀哀八口，何以爲生？」表現了自己對家門不幸的感慨，爲親人生活無著而焦慮。但這些不幸畢竟是個人的，與國家、民族的危難相比，又要捨家而爲國，所以作者轉而寫到：「雖然，已矣。淳之身，父之所遺；淳之身，君之所用。爲父爲君，死亦何負于雙慈？」這幾句，把家與國的關係剖析得異常清楚，表現了這位英雄爲國忘家的强烈愛國之情。接下去的幾句是寫母親十五年來的教養之恩，再次表達自己對雙慈的惦念和感激。如此，不但反覆表現了他對雙慈的深情，從而使上段中作者自云的「不孝」罪名化爲烏有，更重要的是通過這段抒情也說明了「忘家」之難，一心爲國之不易，從而反襯出這位少年英雄毀家紓難品格的崇高。

其次，作者對妻子反覆交待說：「如遺腹子是個男孩，這是家門之幸。」這個「幸」，也不能單純理解成香煙有續、家門有幸；而應看成父志有人繼承，這才值得慶幸。如果遺腹子是個女孩，則千萬不要過繼男孩，這一點作者的態度異常堅決：「若有妄言立後者，淳且與先文忠在冥冥誅殛頑嚚，決不肯捨！」作者爲什麼如此堅決反對立後呢？從文中看來有兩個原因：一是由當時現狀所決定，作者認爲在當時滄海橫流的情況下，像夏氏父子那樣堅持民族氣節的人是極少的。如果過繼者今後氣節有虧，反會辱没夏氏父子。作者舉張溥之後作爲例證。明末復社領袖張溥，死後無嗣，錢謙益等人代爲立後，但錢後來卻降清成爲民族敗類，這在客觀上是對張溥名節的污没，所以作者堅決不准別人爲己立後，這不是在自矜，而是對當時士大夫中苟且偷生的可卑行徑表示鄙棄。二是從國家與夏家利害的一致性上來考慮。夏氏父子是國家的烈士，他們家族的命運與國家民族的命運是緊緊連在一起的。如果明朝不亡，縱使自己無後，也萬古千秋受人祭祀；如明朝覆亡，國仇家恨不能報，立後又有什麼用呢？由此看來，夏完淳在立後這個問題上已把家族命運與國家前途扭結在一起。

再次，作者從自己的生前身後、生與義的關係上進一步抒發自己死而不已的愛國之情。一般說來，表現一個人的獻身精神總是說「鞠躬盡瘁，死而後已」，而夏完淳在此表現的卻是死而不已：「二十年後，淳且與先文忠爲出塞之舉矣！」我們不應將此遺言簡單地理解成「過二十年又是一條好漢」之類的豪言壯語，而應看成是烈士死不瞑目、不屈不撓爭鬥精神的再現。烈士在抒發了身後之志後，還交待了兩件私事：一是請外甥侯檠（字武功）春秋奠祭，二是托其善待新婦。作者在此交待武功每逢寒食盂蘭奠上一杯清酒、一盞寒燈，免作苦熬之鬼，這也並非單從個人身後考慮，而是另有所指。作者在被捕後，曾寄信給侯檠說：「大仇俱未報，仗爾後生賢。」要侯檠繼承遺志，完成抗清復明大業。在《獄中上母書》中雖未說得如此明顯，但稱讚他「將來大器」，將「家事盡委之」，内中含義也是相當清楚的。至於後面提及的善待新婦，不光是表現了英雄氣短、兒女情長，也是要武功看顧烈士遺孀，不忘國恨家仇之意。所以兩件私事，實際上也是以國事爲重、以節義爲先的愛國精神的體現。

以上是文章的第二段，也是文章的主幹，從國家與雙慈安危、國家與家庭前途、個人生前與身後這三個方面抒發了作者爲國忘家、捨生取義的愛國深情和壯志未酬、死而不已的英雄之志。文章的最後一段，則是把這種情感反覆加以强調、加以詩化，使這種愛國之情、英雄之志表現得更加充分、更爲强烈。文中提到的「語無倫次」，就是指這封絕筆信中一再提到的對雙慈的掛念，再三表白的志向。這當然反映出作者在臨刑時激蕩的思緒，更重要的是通過這樣反覆的申述和表白，作者的爲國忘家之情也就表現得更突出、更充分。作者正是通過這種感情的再三抒發和表白，把自己死得其所的大無畏精神和死而不已的復仇決心表現得更加慷慨激昂，同時也使讀者從這反覆的抒懷中更加感到作者品格的偉大、精神的崇高。因此最後這段在内容上不是對上兩段簡單的重複，而是作者情感進一步的昇華和拓深，在藝術風格上也顯得蒼涼悲壯、蕩氣迴腸，更增添了這封絕筆信的感人力量。

刪繁就簡三秋樹
標新立異二月花
——談《柳敬亭傳》的選材

余讀《東京夢華錄》、《武林舊事記》，當時演史小說者數十人。自此以來，其姓名不可得聞。乃近年共稱柳敬亭之說書。

柳敬亭者，揚之泰州人，本姓曹。年十五，獷悍無賴，犯法當死，變姓柳，之盱眙市中爲人說書，已能傾動其市人。久之，過江，雲間有儒生莫後光見之，曰：「此子機變，可使以其技鳴。」于是謂之曰：「說書雖小技，然必句性情，習方俗，如優孟搖頭而歌，而後可以得志。」敬亭退而疑神定氣，簡練揣摩，期月而詣莫生。生曰：「子之說，能使人歡咍嗢噱矣。」又期月，生曰：「子之說，能使人慷慨涕泣矣。」又期月，生喟然曰：「子言未發而哀樂具乎其前，使人之性形不能自主，蓋進乎技矣。」由是之揚，之杭，之金陵，名達于縉紳間。華堂旅會，閒亭獨坐，爭延之使奏其技，無不當于心稱善也。

寧南南下，皖帥欲結歡寧南，致敬亭于幕府。寧南以爲相見之晚，使參機密。軍中亦不敢以說書目敬亭。寧南不知書，所有文檄，幕下儒生設意修詞，援古證今，極力爲之，寧南皆不悅。而敬亭耳剽口熟，從委巷活套中來者，無不與寧南意合。嘗奉命至金陵，是時朝中皆畏寧南，聞其使人來，莫不傾動加禮，宰執以下俱使之南面上坐，稱柳將軍，敬亭亦無所不安也。其市井小人昔與敬亭爾汝者，從道旁私語：「此故吾儕同說書者也，今富貴若此！」

亡何國變，寧南死。敬亭喪失其資略盡，貧困如故時，始復上街頭理其故業。敬亭既在軍中久，其豪猾大俠、殺人亡命、流離遇合、破家失國之事，無不身親見之，且五方土音，鄉俗好尚，習見習聞，每發一聲，使人聞之，或如刀劍鐵騎，颯然浮空，或如風號雨泣，鳥悲獸駭，國之恨頓生，檀板之聲無色，有非莫生之言可盡者矣。

——黃宗羲《柳敬亭傳》

柳敬亭，明末一位技藝精湛的說書藝術家，也是一位急公好義、富有愛國熱情的古道直腸之士。他的一生行狀，在當時就引起了一些文人的興趣，紛紛爲他作贊立傳。王士禎在《分甘餘話》中記載了柳敬亭在南京說書時引起轟動的情形；張岱寫了《柳敬亭說書》，竭力推崇柳敬亭精湛的說書技藝；孔尚任在《桃花扇》中也專爲柳寫了《修札》、《投轅》兩齣戲，讚揚柳敬亭在國難當頭時爲國分憂、急公好義的俠肝義膽；對柳最爲傾倒的要算當時的戲劇家和詩人吳梅村了。他不但寫了《柳敬亭傳》、《柳敬亭贊》，介紹了這位說書藝術家不平凡的一生，在明亡後甚至還寫了《爲柳敬亭行乞文》，幫助窮愁潦倒的柳敬亭籌措生活費用。在這衆多的傳贊中，黃宗羲的《柳敬亭傳》可算是佼佼者，它獨樹一幟，儕入優秀傳記之列，受到後人多方譽揚，究其原因固然很多，主要恐怕還在於它選材上的高超。

它不同於吳梅村的《柳敬亭傳》，不是全面地記敍柳敬亭的一生，而是著重圍繞柳敬亭的精湛書技來選材；但是它又不同於張岱的《柳敬亭說書》，不是著力於柳敬亭精湛技藝本身的描繪，而是著重敍述他獲得成功的原因。在敍述的過程中，它又不是單純地把柳作爲一個說書藝術家來敍寫，而是把他放在時代的風雲之中，綜合寫他明末之際的種種際會和活動。因此可以說，黃宗羲的《柳敬亭傳》在選材上兼有各家之長，堪稱柳傳的代表，從下面的分析中就可略見其大端。

全文圍繞柳敬亭說書技藝這個中心,在結構上可以分成四段。

第一段，從「余讀《東京夢華錄》」至「乃近年共稱柳敬亭之說書」，是介紹寫這篇傳記的緣起。作者劈頭就點出南宋的《東京夢華錄》和《武林舊事》，是在於指出柳敬亭書技的歷史淵源。作者慨嘆歷史上這些演史小說家的泯沒無聞，也正是暗示要給今天的藝術家柳敬亭作傳的原因。其中「共稱柳敬亭之說書」一句，不但指出了柳敬亭高超的書技得到了當時人們的廣泛承認這一事實，而且也告訴讀者他這篇傳記的主要內容將圍繞柳敬亭說書來進行。

第二段從「柳敬亭者，揚之泰州人」至「蓋進乎技矣」，介紹柳敬亭是如何通過刻苦學習掌握高超的說書技巧的。這段在結構上又可分成三個層次：

第一層，介紹柳敬亭的姓名、籍貫及少年時代的情況，這是傳記文學在內容上不可缺少的一部分。但由於作者在選材上是要突出柳敬亭精湛技藝，所以與此没有關係或關係不大的，他就少寫或不寫。例如柳敬亭本姓曹，爲什麽又變姓柳呢？吳梅村的《柳敬亭傳》就説得很詳細：柳敬亭在殺人逃亡之後「休大樹下，生攀條泫然，已撫其樹，顧謂同行數十人曰：『嘻！吾今氏矣！』」但在本文中卻只用「變姓柳」三字就交待了過去。由此可見，作者在選材上是很集中的。此層最後一句「爲人説書，已能傾動其市人」，一方面指出了柳敬亭有較好的藝術素質，這是後來深造的基礎和前提；但從「已能傾動」四字中也反映出柳敬亭要想達到爐火純青的藝術境地，也還有個艱苦努力的過程。

第二層，敍述柳敬亭的書技經過莫後光的指點和自己的刻苦努力飛速提高的經過。這層是本文的重心所在，也是此傳與張岱、王士禎等文的區别所在。對柳敬亭的技藝，王士禎、張岱都作過介紹，特别是張岱，他通過柳敬亭説書時的聲音、眼神、動作以及周圍的反映，把這位口頭藝術家精妙的技藝描繪得栩栩如生，使讀者如見其人，如聞其聲。而黃宗羲的《柳敬亭傳》則似乎更勝一籌，他不但寫出了柳敬亭高超的技藝（這是張、王等人都已做到了的），而且還進一步分析了他獲得成功的原因。作者告訴我們，柳敬亭的書技，經過了三個發展階段：第一階段是在「凝神定氣，簡練揣摩」一個月後，達到了「能使人歡咍嗢噱」的境界，也就是説可以打動聽衆，使聽衆歡快大笑了。又經過一個月的努力後，他達到了第二步：可以使人「慷慨涕泣」了，能使觀衆感憤並爲之涕下，這當然比只能把自己的歡悦傳給觀衆前進了一步。又經過一個月的努力，他終於能「言未發而哀樂具乎其前」了。説書，是一門口頭表演藝術，要想打動聽衆，當然首先必須打動自己；要想言辭富有感情，首先必須心中貯滿感情，因爲「情動于中而形于言」啊！柳敬亭經過刻苦學習，終於攀上了表演藝術的頂峯，做到了言語未發而形神已備，把聽衆完全掌握控制在自己的表演之中，使他們神魂顛倒，「不能自主」。

探究一下柳敬亭獲得成功的原因，固然主要是自己的努力，但與名師的指點也是不無關係的。所以作者在寫柳的努力學習前，先交待了雲間儒生莫後光對柳的啓發與指點「此子機變，可使以其技鳴」，是寫莫後光善於發現人才，爲柳敬亭指出今後人生道路；「說書雖小技，然必句性情、習方俗」等句，是爲柳指出達到勝利彼岸的具體途徑。其中「句性情、習方俗」六字，可以說是言簡意賅，深得表演藝術真諦的。吳梅村的《柳敬亭傳》中也有類似的一段話：「莫後光之言曰：『夫演義雖小技，以其辨性情，考方俗，形容萬類，不與儒者異道。故取之欲其肆，中之欲其微；促而赴之欲其迴，舒而適之欲其安，進而止之欲其留，整而歸之欲其法，非天下至精者，其孰與斯矣。』」比較一下，黃宗羲的《柳敬亭傳》在語言上似乎更爲通俗簡潔，可以看出作者在剪裁上的功力。

作者從柳敬亭一生所接觸到的衆多人物中單單相中了莫後光，這在選材上也是很有一番匠心的。因爲一來莫後光是柳敬亭的啓蒙老師，柳的書技經過莫的指點方由野到文，由粗到精，由盲目摸索到掌握內在規律，這對柳敬亭一生事業成就具有決定性的意義；二來莫後光既是書技專家，又是柳的知己，通過他的嘴來三次評論柳敬亭表演技巧的進步，就顯得更有說服力，而且這又爲後來柳的技藝更進一層，達到「有非莫生之言可盡者」留下伏筆，做到前後照應。

第三層，是寫柳敬亭學成後遊歷江南所引起的轟動。如上所述，本文的著力點並不在於對柳敬亭精湛技藝進行描繪，而是在於介紹他成功的經過及其原因。但既要寫柳的成功，就離不開聽衆的反映和客觀實踐的檢驗。作者在處理這一關係時，採用側面烘托之法，不像張岱、吳梅村那樣去正面描繪柳敬亭精湛的表演技巧，而是通過「名達於縉紳」、「華堂旅會爭延」、無不「于心稱善」幾個小鏡頭側面去寫柳的技藝所引起的舉國若狂的情景。這樣既節約了筆墨又達到了目的，在選材上有一石二鳥的作用。

如果說第二段是全文的重心，著重介紹柳敬亭精湛的技藝取得原因的話，那麼緊接而來的第三段卻並不是循此線索繼續鋪寫下去，而是節外生枝，轉而去介紹柳敬亭的政治生涯，敘述他在風雨飄搖的明亡前夕如何受到左良玉的賞識，和因而受到南明朝廷的優待。在選材上，作者通過左良玉、南明朝廷、市井小人三類人對柳的態度，表現了柳敬亭在明亡前急風飄雨的政治氣候中特異的地位，也反映出作者對柳這種不正常地位的不滿。作者寫寧南王對柳敬亭是「相見恨晚，使參機密」，並且不把柳敬亭看成一個說書藝人，而是當作行軍謀劃的心腹，幾乎所有文檄都出自柳敬亭之手。爲什麼會造成寧南獨任敬亭這種情形呢？作者認爲這是由於「寧南不知書」的緣故，所以「幕下儒生設意修辭，援古證今，極力爲之，寧南皆不悅」，而柳敬亭「耳剽口熟，從委巷活套中來者」，卻能正中下懷。正因爲寧南王信任敬亭，這就必然影響到南明朝廷對敬亭的態度。因當時左良玉軍權在握，擁兵自重，同復社的關係又很密切，小朝廷中的權奸馬士英、阮大鋮之流對他是既忌又畏，逢迎唯恐不及。所以當敬亭作爲左良玉的使者來到金陵時，他們給柳敬亭過份優渥的禮遇：讓他坐北朝南，宰執等一品大員反坐此之下，並且稱他爲將軍（儘管柳當時没有任何爵位和封號）。這在黃宗羲看來，是一種倫理關係的顛倒，是朝廷制度混亂的表現，是一種亂世之態、亡國之象。在這段描敘中，我們不但可以看出作者對朝廷羣小及擁兵自重的左良玉的不滿，而且我們從「稱柳將軍，敬亭亦無所不安也」的感慨中、從市井小民的道旁私語「此故吾儕同説書者也，今富貴若此」的評論中，可以看出作者對柳敬亭也是略有微辭的。必須指出的是，作者所持的這種態度是與作者當時的創作思想，與作者一生的政治態度密不可分的。明亡後，一些進步的思想家和一些愛國作家們痛定思痛之際，都在紛紛探索明亡的原因；民族革命家夏完淳認爲明朝的內部分裂是明亡的主要原因，所謂「朝堂與外鎮不和，朝堂與朝堂不和，外鎮與外鎮不和，朋黨勢成，門戶大起，虜寇之事，置之蔑聞」（《續幸存錄》）。吳梅村基本上也是持這種觀點，他認爲「甲申之變，留都立君。國是未定，顧乃先朋黨、後朝庭，而東南之禍亦至」（《清忠譜序》）。作爲進步的思想家黃宗羲，他的探索更爲深入。他從這場「天崩地解」的大動盪中，看到了封建制度的腐敗，寫下了《原君》、《原法》等閃爍著民主主義思想光輝的篇章，對這個制度的本身作了多方面深刻的批判。但作者又畢竟是一個封建士大夫文人，他所處的時代，他所隸屬的營壘又使他不可能徹底全面地解答這一歷史的課題，特別是在對待市井小民的態度上，就暴露出他正統文人的局限。

在原文的後兩部分（本書未錄），他把左良玉之敗歸咎於倚重了柳敬亭之輩，認爲「寧南身爲大將，而以倡優爲腹心，其所攝官，皆市井若已者，不亡何待乎？」甚至，連吳梅村把柳敬亭參寧南軍事比之魯仲連之排難解紛，他也大搖其頭，認爲比附不當，失之輕重。這些評論都失之偏頗，暴露了作者的偏見。所以我們在分析這一段時，要了解作者的創作動機，不能對作者的偏見曲意迴護，更不能把這段說成是作者在「誇讚柳敬亭既能講又能寫」，「讚揚左良玉惜真才」，或是說「作者在誇獎柳敬亭在南明時代重要的政治地位」。我們認爲，這些解釋與作者的創作意圖都是相悖的。

儘管作者此處創作意圖有一定局限，但從傳記文學的角度來看，這段在選材上亦是頗有匠心的。

第一，歷史上的柳敬亭不但是位出色的說書藝術家，而且也是位傑出的政治活動家。他辨忠奸，明大義，詼諧、機智而又有謀略。孔尚任在《桃花扇》中通過左良玉之口讚他是「句句譏誚俺的錯處，好個舌辯之士」（《桃花扇・投轅》）。作爲一篇文學傳記，黃宗羲不但寫出了柳敬亭的藝術道路，也同時顧及到他的政治生涯，並且把他藝術道路放到時代的風雲中去表現，這樣就使讀者對柳敬亭的一生有個全面的了解。

第二，從表現手法來看，在第二段寫了柳的說書技藝後，來個異軍突起，轉而寫柳的政治活動。這樣章法上不顯得平板呆滯，使人一覽無餘，而是峯迴路轉，文勢波俏，有一種曲折掩映之美。

第三，也是最重要的一點，這段政治生活對柳敬亭說書技藝的提高也是至關重要的。因爲藝術水平的提高不單是個技巧問題，更重要的還得有豐富的生活歷鍊，而柳敬亭這一段軍中生活，一方面使他廣泛地接觸了各種人物和事件「豪猾大俠、殺人亡命、流離遇合、破國失家之事，無不身親見之」，另一方面又使他了解了各地不同的風俗人情，「五方土音，鄉俗好尚，習見習聞」爲他的創作提供了不同的鄉土素材。因此，這段明寫柳的政治活動，暗中卻是繼續介紹柳技藝提高的原因，正因爲有了這一段不平凡的生活遭遇，柳的説書技藝才能達到一種至善至美的境地。由此看來，這段也是《柳敬亭傳》不可缺少的一部分。

第四，集中描寫柳敬亭絕妙的表演技藝。描寫時，作者一反前面側面烘托映襯的寫法，直接進行正面描摹。形容柳鏗鏘的聲調如「刀劍鐵騎，颯然浮空」，哀怨之處又如「風號雨泣，鳥悲獸駭」。柳在表演時還能融進時代的氣氛，激起聽衆强烈的民族感情：「亡國之恨頓生，檀板之聲無色。」這種高超的、無與倫比的藝術造詣已遠遠超過了莫生當年對他的評價：「有非莫生之言可盡者矣。」全文就在這精彩而熱烈的正面描繪之中，在這公允的評價之中結束。由於文章是在高潮之處戛然而止，所以更顯得餘味無窮，這也是作者在選材上的高明之處吧。

對比照應　層層推進
——談《原君》的論證方法

有生之初，人各自私也，人各自利也；天下有公利而莫或興之，有公害而莫或除之。有人者出，不以一己之利爲利，而以天下受其利；不以一己之害爲害，而使天下釋其害。此其人之勤勞，必千萬倍于天下之人。夫以千萬倍之勤勞，而己又不享其利，必非天下之人情所欲居也。故古之人君，量而不欲入者，許由、務光是也；入而又去之者，堯、舜是也；初不欲入而不得去者，禹是也。豈古之人有所異哉？好逸惡勞，亦猶夫人之情也。

後之爲人君者不然。以爲天下利害之權皆出于我，我以天下之利盡歸于己，以天下之害盡歸于人，亦無不可。使天下之人，不敢自私，不敢自利，以我之大私爲天下之公。始而慚焉，久而安焉。視天下爲莫大之產業，傳之子孫，受享無窮。漢高帝所謂「某業所就，孰與仲多」者，其逐利之情，不覺溢之于辭矣。此無他，古者以天下爲主，君爲客，凡君之所畢世而經營者，爲天下也。今也以君爲主，天下爲客，凡天下之無地而得安寧者，爲君也。是以其未得之也，屠毒天下之肝腦，離散天下之子女，以博我一人之產業，曾不慘然，曰：「我固爲子孫創業也。」其既得之也，敲剝天下之骨髓，離散天下之子女，以奉我一人之淫樂，視爲當然，曰：「此我產業之花息也。」然則爲天下之大害者，君而已矣！向使無君，人各得自私也，人各得自利也。嗚呼！豈設君之道固如是乎？

古者天下之人愛戴其君，比之如父，擬之如天，誠不爲過也。今也天下之人，怨惡其君，視之如寇讎，名之爲獨夫，固其所也。而小儒規規焉以君臣之義無所逃于天地之間，至桀、紂之暴，猶謂湯、武不當誅之，而妄傳伯夷、叔齊無稽之事。乃兆人萬姓崩潰之血肉，曾不異夫腐鼠！豈天地之大，于兆人萬姓之中，獨私其一人一姓乎！是故武王，聖人也，孟子之言，聖人之言也；後世之君，欲以如父如天之空名禁人之窺伺者，皆不便于其言，至廢孟子而不立，非導源于小儒乎？

雖然，使後之爲君者，果能保此產業，傳之無窮，亦無怪乎其私之也。既以產業視之，人之欲得產業，誰不如我？攝緘縢，固扃鐍，一人之智力，不能勝天下欲得之者之衆，遠者數世，近者及身，其血肉之崩潰在其子孫矣。昔人願世世無生帝王家，而毅宗之語公主，亦曰：「汝何爲生我家！」痛哉斯言！回思創業時，其欲得天下之心，有不廢然摧沮者乎？是故，明乎爲君之職分，則唐、虞之世，人人能讓，許由、務光非絕塵也；不明乎爲君之職分，則市井之間，人人可欲，許由、務光所以曠世後而不聞也。然君之職分難明，以俄頃淫樂，不易無窮之悲，雖愚者亦明之矣！

——黃宗羲《原君》

《原君》是清初思想家黃宗羲晚年的一篇政論傑作，位列其學術專著《明夷待訪錄》之首。文中，作者結合自身經歷，總結歷史經驗和晚明覆滅的教訓，對封建君主專制獨裁作出尖銳的批判，表現了極爲鮮明的民主意識。特別是文中的結論「天下之大害者，君而已也」，在當時真是振聾發聵之論。其卓識遠見不但超越了前人，也超越了同時代人，並對後來的改良運動、民族、民主革命，皆有啓蒙之功。所以梁啓超稱讚《原君》「真極大膽之創論也……於晚清思想之驟變，極有力焉」（《清代學術概論》）。又說：「實爲刺激青年之最有力之興奮劑。」（《中國近代三百年學術史》）有人乾脆把它比成中國的《民約論》和《人權宣言》。《明夷待訪錄》在清乾隆年間列爲禁書，亦可從反面看出它對統治者產生的巨大震懾作用。

這篇文章之所以能產生如此巨大的震動，當然首先是因爲作者的遠見卓識，超越時代的「大膽創論」，但也與該思想的表達方式即論證方法不無關係。作者運用正面立論、層層推進，對比照應、點面結合等邏輯論證方法，把作者的觀點表述得既充分又縝密，從而產生巨大的說服力。下面，我們對此論證方法略加賞析。

第一，作者首先擺出正面論點，然後運用比較法層層推進，進而產生一種無可辨駁的邏輯力量。

這篇政論文的題目叫《原君》，就是說明爲君的道理。文章一開頭，作者就直截了當地提出爲君的責任：「不以一己之利爲利，而使天下受其利；不以一己之害爲害，而使天下釋其害。」圍繞這一正面論點，他從三個方面進行闡述。首先指出君主產生的原因是「有生之初，人各自私也，人各自利也。天下有公利而莫或興之，有公害而莫或除之」，這樣就必然要有人來帶領大家興利除害，這就是人君；其次是人君責任辛苦繁重，「此其人之勤勞，必千萬倍于天下之人」；由此再推論下去，既然人君如此辛勞，就必然導致如下結果——人人都不願當人君：有的是量而不欲入；有的是入而又去；有的是初不欲入而又不得去。而產生這一現象的唯一原因就是作者對人性的解釋：「好逸惡勞，亦猶夫人之情也。」

在擺出正面論點和對論點作出上述解釋後，作者再運用比較法層層推進，進行論證。他先把古今人君作一比較：古之人君是不以一己之利爲利，而使天下受其利；不以一己之害爲害，而使天下釋其害。這樣一來，此人之勤勞，必千萬于天下之人。今之人君則是以天下之利盡歸于己，以天下之害盡歸于人，以我之大私爲天下大公。正因爲古今人君對利害的態度相反，所以天下人對古今之君的態度也截然相反：古者天下人愛戴其君，比之如父，擬之如天，誠不爲過也；今也天下人怨惡其君，視之如寇仇，名之爲獨夫，固其所也。正因爲今之人君失去天下人的擁戴，而天下的巨大財富又引動了許多欲以天下爲私產者的野心，因此「遠者數世，近者及身」，今之人君的悲慘下場指日可待。第三步，作者又進一步把今之人君成功之日和滅亡之時的不同境況作一對比：成功之日志滿意得，「敲剝天下之骨髓，離散天下之子女，以奉我一人之淫樂」；一旦土崩瓦解，則血肉橫飛、懊喪不已。作者把宋順帝、明崇禎末日來臨時的慘狀與懊喪之言與劉邦成功之日洋洋自得的神態和語言加以對比：成功之日是把天下財產視爲己有，「某業所就，孰與仲多」；崩潰之時則痛心疾首，願世世無生帝王家。作者通過今之君主得勢、失勢時的不同狀況，說明今之人君以敲剝天下而換取的個人淫樂只能是短暫的，終歸不會有好下場的。作者採用這種層層推進的比較法，不但使古今之君誰是誰非，誰值得仰慕，誰應該唾棄，很清楚地擺在讀者面前，顯得觀點鮮明，說理透闢，而且還使得全文環環緊扣，邏輯性很强。

值得一提的是，作者在使用對比法時，還有意使用了一些構詞方式相同、結構相似但意思卻相反的句子，把它們整齊地排列在一起來增强對比的力度。如在進行古今之君對比時，作者寫道：「古者以天下爲主，君爲客，凡君之所畢世而經營者，爲天下也；今也以君爲主，天下爲客，凡天下之無地而得安寧者，爲君也。」兩組句子結構完全相同，僅把「主」、「客」等幾個詞調換了一下位置，意思就完全相反。這樣的句式結構整齊對稱，音調鏗鏘，使對比度更加鮮明和强烈。

第二，論證中把一般論述與典型事例結合起來，既有規律性的高度概括，又有鮮明生動的形象，既增强了感染力又增加了說服力。

清代文論家劉熙載論文時曾指出：「語忌直，意忌平，味忌淡。」（《藝概》）《原君》在論證中爲了避免平直和空泛，採取一般議論與典型事例相結合的方法，來增强其結論的普遍意義和感染力量。如在論述古之人君對天下態度時，舉了許由、務光、舜、禹等例子；在論述今之人君得天下時的態度，舉劉邦爲例；在論述今之人君失天下時的可悲下場舉了宋順帝和明毅宗的例子。作者在舉例論證時，有以下兩個特點。一是每段都結構完整、首尾俱備，幾乎可以獨立成篇。《原君》在內容上可分爲三大段，每一段都是先從正面加以闡述，講清道理，中間再插入一段事例作爲證據，最後再從證據引伸開來，得出作者要得出的結論。如第二段論述今之人君對天下的態度時，作者首先提出論點：「後之爲人君者不然。以爲天下利害之權皆出于我，我以天下之利盡歸于己，以天下之害盡歸于人，亦無不可。」然後舉出具體事例——劉邦與其父的對話，證明後之人君是如何把天下當作自己私產的。最後再分析這種天下爲私的思想形成原因是由於主僕關係的顛倒。並從中得出結論：「爲天下之大害者，君而已矣。」有論點，有論據，有結論，獨立而完整。當然，我們說每段獨立完整，是就每段本身來說的。從段與段之間和文章的整體來說，它們又是互相關連、緊緊扣在一起的。仍以第二段爲例。此段是論述今之人君對天下的態度。它與上一段論述古之人君對天下的態度構成鮮明的對比，與下一段今之人君的可悲下場又互爲因果關係。這樣每段既自成體系，相互之間又緊密關連。第二個特點是在處理一般論述與典型事例關係上，偏重於議論。所舉的事例很簡潔，往往把事例的前後經過都略去，只選取最精粹、最有說服力的一句話來作爲例證。如在引用《史記・高祖本紀》時只選了漢高祖對其父說的一句話「某業所就，孰與仲多」；在引用《明史・公主列傳》時，也只選了崇禎殺長平公主時說的一句話「汝何爲生我家？」這樣既簡潔精鍊，又體現了論說文以論爲主的特點。

當然，《原君》的論證方法也不是盡善盡美的。由於作者是在肯定君主制的前提下來批判君主制的種種弊端，因而決定了他的論證方法也是不完備的。思想上的矛盾必然導致論證上的矛盾，例如第二段中，作者著力解釋後之人君以天下爲私的所作所爲是由人類私有觀念而導致的，所以一旦大權在握，就把敲剝天下之骨髓，離散天下之子女視爲當然，認爲是「此我產業之花息也」。但緊接著，作者又把這種行爲的產生解釋爲「小儒規規焉」。認爲「後世之君，欲以如父如天之空名禁人之窺伺者，皆不便于其言，至廢孟子而不立，非導源于小儒乎？」其實，後之人君視天下爲己有，是封建專制的必然結果。小儒的主張只不過投合了獨裁者的政治需要，爲其所用罷了。作者的本義是想站在王陽明學說之立場，對主張「君臣之義無逃于天地之間」的程朱之學進行批判。但客觀上卻爲今之人君減輕了罪責，同時在證論上也造成了與前面闡述的互相牴牾。再如，第一段裡，作者指出人君應承擔的責任是不符人的本性的，所以許由、務光「量而不入」，堯舜「入而又去」，禹「初不欲入而又不得去」。因爲「好逸惡勞，亦猶夫人之情也」。但在最後一段，作者又告訴人們，只要「明乎爲君之職分，則唐、虞之世，人人能讓，許由、務光非絕塵也」。這又與第一段的結論產生了內在矛盾。

總之，《原君》在論證方法上是有得有失，得多失少。而這個「失」，又是由作者思想上的局限性所造成的。

含蓄深沈的故國之思
——談顧炎武《復庵記》的主題

舊中涓范君養民，以崇禎十七年夏，自京師徒步入華山爲黃冠。數年，始克結廬于西峯之左，名曰復庵。華下之賢士大夫多與之遊，環山之人皆信而禮之。而范君固非方士者流也。幼而讀書，好《楚辭》；諸子及經史多所涉獵。爲東宮伴讀。方李自成之挾東宮二王以出也，范君知其必且西奔，于是棄其家走之關中，將盡厥職焉。乃東宮不知所之，而范君爲黃冠矣。

太華之山，懸崖之巔，有松可蔭，有地可蔬，有泉可汲，不稅于官，不隸于宮觀之籍。華下之人或助之材，以創是庵而居之。有屋三楹，東向以迎日出。

余嘗一宿其庵，開戶而望，大河之東，雷首之山蒼然突兀，伯夷叔齊之所採薇而餓者，若揖讓乎其間，固范君之所慕而爲之者也。自是而東，則汾之一曲，綿上之山出沒于雲煙之表，如將見之，介之推之從晉公子，既反國而隱焉，又范君之所有志而不遂者也。又自是而東，太行、碣石之間，宮闕山陵之所在，去之茫茫，而極望之不可見矣，相與泫然！作此記，留之山中，後之君子登斯山者，無忘范君之志也。

——顧炎武《復庵記》

清順治十八年，南明桂王在緬甸被俘，長達二十餘年的抗清鬥爭終於止息了它的最後一圈波瀾，除隔海相望的台灣外，滿洲貴族已在全國有效地建立起自己的統治。抗清復明，這曲曾響遏行雲的慷慨悲歌這時也漸漸消歇。士大夫中有的變節，有的退隱，有的消沈。而顧炎武，這位錚錚鐵骨的民族志士，卻在此時寫下了《復庵記》，公開讚揚隱居華山、不屈節仕清的明末遺民范養民，流露出含蓄深沈的故國之思，從而表現出作者不從流俗、不懼高壓的民族氣節。《復庵記》中這個主題是通過以下幾個方面表現出來的：

第一，全文圍繞不肯屈節、不忘復明這個主題來選擇材料，顯得重點突出、主線分明。

《復庵記》在內容上可分爲三個部分：第一部分是寫人，記范養民的生活經歷，爲人品行；第二部分是記物，記復庵的所在位置、地理環境及其創建的過程；第三部分是抒情，寫自己開戶東望所見之景以及由此而產生的對明代宮闕山陵的思念之情。作者無論是寫人、記物還是描景、抒情都是緊緊圍繞不肯屈節、不忘復明這個主題來選擇材料。

第一部分，作者記范養民的生活經歷，並不是從頭敘起，也不是從眼前的修築復庵寫起，而是選擇崇禎十七年夏作爲本文的開頭。這一年夏，正是明王朝風雨飄搖之時：三月，李自成入北京，明思宗自縊於煤山；四月，吳三桂引清兵入山海關；五月，清兵攻入北京，李自成向山西轉移。作者選擇這個時間作爲全文的開頭，一下子就把讀者帶入那個天下分崩、滄海橫流的動亂歲月中去，時代氣息很濃。然後，作者再補敘范養民走關中、入華山的原因是打算毀家紓難，「以盡厥職」，後因東宮不知所向，方徒步入華山爲道士的。作者强調范養民爲明太子和二王「棄其家」西入關中，是在强調范對明王室有著深厚的感情。寫他在清廷控制中原後「徒步」入華山，則意在表現他不肯屈節的意志之堅決，當然也暗示了當時形勢的倉皇、緊迫。這樣，文章一開始就把一個不肯屈節、不忘明室的士大夫形象凸現了出來，點明了了主題。

第二部分記物,在材料的選擇上也是緊緊圍繞上述這一主題，如强調復庵在懸崖之巔，有松可蔭，有地可蔬，有泉可汲，這不只是在交待復庵的位置和得天獨厚的地理環境，而且也是在强調這裡人迹罕至，萬物不仰求於市，這正是「不求聞達」、「恥食周粟」的遺民們的理想之居。至於説復庵「不稅于官，不隸于宮觀之籍」則是强調范養民同清政府没有交往，無隸屬關係，這樣就把范養民與清廷堅決不合作的決絕態度和堅貞的民族氣節突出地表現了出來。

第三部分對所描之景的選擇和在此基礎上的抒情，更是有力地表現了主題。他所選擇的景物是蒼然突兀的雷首山和出没於雲煙之表的綿上之山。雷首山即首陽山，是殷末遺民伯夷、叔齊「義不食周粟」採薇絕食的地方。綿上之山即介山，是晉國大臣介子推功成身退隱居之所。作者寫雷首山與復庵相揖讓，是暗示范養民與伯夷、叔齊一樣，都是不肯屈節、不忘故國的堅貞有志之士。寫介山「如將見之」，是慨嘆范養民有介之推之志而未能有介之推之果。這樣就把本文不忘故國、不肯屈節這個主題和力圖復明但又不能如願所産生的惋惜和慨嘆盡情地渲泄了出來。至於作者東望明室宮闕山陵這一段，則正面抒發了作者對山河易主、昨是今非的無限感慨和對明王朝的無限眷念之情，內中的無盡哀戚和難言之痛是感人至深的。

第二，全文圍繞明末遺民故國之思這個中心來安排結構，環環緊扣，顯得集中而又緊湊。

在結構上，全文的三個部分各有側重，首段寫人、中間記物、末段抒懷。這三個部分又都緊緊圍繞明末遺民故國之思這個中心，是反映這個中心思想的三個不同的側面，它們之間互相映襯、互爲表裡、環環緊扣。例如一、二段間就是圍繞中心互相照應的。在第一段中，作者强調范養民不同於一般的方士者流，他博覽羣書，而且有政治遠見，料到李自成裹挾東宮和二皇子必西奔，故自己先行一步，正因爲這樣「華下之賢大夫多與之遊，環山之人皆信而禮之」。這就爲第二段中寫「華下之人或助之材，以創是庵而居之」預先交待了原因：華下之人出力出料助其建庵，並不因爲范是個道士，而是敬重他的爲人，佩服他不肯屈節仕清的民族氣節。第二段中記復庵地處懸崖之巔，自給自食，不稅於官，不隸於宮觀之籍，這種高蹈遺世，與清廷斷絕聯繫的生活方式也正是他棄家赴難、忠於明室的思想行爲所發展的必然結果。由此看來，無論是寫人或記物，都是圍繞抗清復明這個中心來進行的。他們之間互相補充、互爲表裡，使主題表現得更集中、更充分。

第三段與上述兩段間的關係也是如此。此段的抒情是建立在一、二段寫人與記物基礎之上的。正因爲一、二段的寫人、記事集中而緊湊，所以第三段的抒情也顯得淋漓而充分。反過來，這種難言之痛的盡情傾訴，又使我們加深了對范君爲人和復庵建造意義的理解，也就是加深了對主題的理解。例如我們在第一段中了解了范養民不肯屈節、不忘明室的堅貞品格，在第二段中又了解了他的高蹈遺世、不同清廷往還的生活環境後，再讀第三段「大河之東，雷首之山蒼然突兀」這一節，就會把范養民與「恥食周粟」不忘故國的伯夷、叔齊自然地聯繫到一起，就會信服作者得出的結論：他們都是謙謙君子、高潔之士，彼此之間互相敬重「揖讓乎其間」。同樣地，當讀到作者感慨范養民有介之推之志而又不能如願時，我們馬上便會記起范西迎東宮、二王而不果，以及徒步入華山爲黃冠這段經歷，就會和作者一道扼腕而嘆。

另外，作者在第二段中著意交待復庵的門戶是「東向以迎日出」，這就爲第三段開戶東望提供了前提，而我們從作者東望太行、碣石之間的宮闕山陵所在，極望而不見的悲泣之狀，又可領悟到這三間復庵的開門東向亦大有深意。總之，全文的三段之間互相照應、環環扣緊，從結構上很好地表達了抗清復明的這個主題。

第三，全文在表現手法上或顯或隱，使主題顯得哀婉悲憤，感人至深。

抗清復明、故國之思這個主題，在全文中就像個穿雲渡霧的夭矯神龍忽顯忽隱。一般來說「思明」的感情顯得較露，反清則較含蓄。如第一段中寫范養民棄家盡職、忠於明室；第三段寫東望故國河山，盡灑遺民之淚，都較直露；其感情像解凍的江河，像噴發的火山，盡情地傾瀉和噴吐。而接觸反清這一主題時，作者的感情又像冰下幽咽的泉流，地殼下奔突的岩漿，顯得極爲隱晦。如第一段强調范養民「固非方士者流」，不是方士又是什麼？

賢大夫爲什麼多與之遊？環山之人爲什麼皆信而禮之？作者都没有直接告訴我們，而只是掀開帷幕的一角給我們透露兩點信息：一是范養民把所居之處號爲「復庵」，復庵含義是什麼？作者没有點破，我們也不能指實，但有一事可以觸類旁通，那就是顧炎武曾參加過明末的「復社」。「復社」的宗旨是要恢復古學、振興明室❶。由此看來，范養民在明亡後把居處叫復庵，意思也是不言自明的。另一是作者介紹范養民從小博覽羣書，著意指出其「好《楚辭》」，《楚辭》的主要作者屈原是個「顧眷楚國、心繫懷王」❷的忠君愛國之士，他甚至以身投汨羅的壯烈之舉來表示他對祖國的愛。作者在明室傾頽，國破家亡之際特別提出范養民「好《楚辭》」，這不但是交待了他忠君守節的思想淵源，而且也暗顯了他以後的必然行爲和歸宿。當然，這也間接回答了華下賢大夫多與之遊，環山之人皆信而禮之的真正原因。

第二段記復庵的環境位置，收束處特意指出這三楹屋是「東向以迎日出」，這也是大有深意的。一般的房屋多爲坐北向南，范養民開戶東向，他的真實意圖並不是要「迎日出」，而是要東望太行碣石間的宮闕山陵，以寄托其故國之思。這同文天祥的「臣心一片磁針石，不指南方誓不休」，與杜甫的「葵藿傾太陽，物性固莫奪」❸是同一個意思，這從下一段作者東望，泫然涕下中也可得到印證。但作者並不直接道破真意而以迎日出作掩飾，

---

❶見杜春登《社事始末》。

❷司馬遷《史記・屈原賈生列傳》。

❸文天祥《指南錄》，杜甫《自京至奉先咏懷五百字》。

更使人體察到作者憂憤內結的難言之痛，也使作品的主題表現得更哀婉動人。

那麼，作品中思明之情爲什麼可以直露，反清之意則要隱晦呢？這與清初的政策有關。滿州貴族入關後，爲了籠絡漢族士人，在北京以皇帝禮爲崇禎發喪，並宣布清兵入關是爲漢人「雪君父之仇」❹，是專爲剿滅「闖寇」的。所以思明和懷念故國是清初統治者所允許的，但反清思想則嚴加禁止，自順治九年（西元一六五二年）便不斷有禁止文人結社的明令，又藉《明史》一案對江南文士進行血腥鎮壓，企圖消滅他們的反清意識，這是顧炎武所親眼目睹的❺。就是顧炎武本人，在昆山領導抗清失敗後，化裝成商賈到處逃亡，也倍嘗受迫害之苦，所有這些決定了本文關於反清復明的主題，只能用含蓄的方式表達出來。

最後要指出的是：《復庵記》中范養民的經歷和節操正是作者本人的寫照，作者稱讚范君的不忘故國、不肯失節的高尚品格，也正是在抒發本人的感慨。作者早年曾參加「復社」。清兵南下後，他以「國家興亡，匹夫有責」爲號召，參加昆山、嘉定一帶的抗清起義。失敗後，他又遍遊華北各省，考察邊塞山川形勢，墾荒於雁門之北，不忘反清復明大業。晚年卜居華陰，拒絕出仕清廷。所以他記范養民、記復庵，實際上是要藉此人、此物來表白自己不屈節、不仕清的堅貞節操和抒發他對明王朝的深切懷念之情，這正是《復庵記》主旨之所在。

❹見《明季稗史初編》卷二六。

❺顧炎武《書潘吳二子書》。

撲朔迷離　超羣脫俗
——談魏禧《大鐵椎傳》的人物描寫

庚戌十一月，予自廣陵歸，與陳子燦同舟。子燦年二十八，好武事，予授以左氏兵謀兵法，因問「數遊南北，逢異人乎？」子燦爲述大鐵椎，作《大鐵椎傳》。

大鐵椎，不知何許人，北平陳子燦省兄湖南，與遇宋將軍家。宋，懷慶青華鎮人，工技擊，七省好事者皆來學，人以其雄健，呼「宋將軍」云。宋弟子高信之，亦懷慶人，多力善射，長子燦七歲，少同學，故嘗與過宋將軍。

時座上有健啖客，貌甚寢，右脅夾大鐵椎，重四五十斤，飲食拱揖不暫去。柄鐵摺疊環複，如鎖上鍊，引之長丈許。與人罕言語，語類楚聲。問其鄉及姓字，皆不答。

既同寢，夜半，客曰：「吾去矣！」言訖不見。子燦見窗戶皆閉，驚問信之。信之曰：「客初至時，不冠不襪，以藍手巾裹頭，足纏白布，大鐵椎外，一物無所持，而腰多白金。吾與將軍俱不敢問也。」子燦寐而醒，客則鼾睡炕上矣。

一日，辭宋將軍曰：「吾始聞汝名，以爲豪，然皆不足用。吾去矣！」將軍彊留之，乃曰：「吾嘗奪取諸響馬物，不順者，輒擊殺之；衆魁請長其羣，吾又不許；是以讎我。

久居此，禍必及汝。今夜半，方期我決鬥某所。」宋將軍欣然曰：「吾騎馬挾矢以助戰。」客曰：「止！賊能且衆。吾欲護汝，則不快吾意。」宋將軍故自負，且欲觀客所爲，力請客。客不得已，與偕行。將至鬥處，送將軍登空堡上，曰：「但觀之，愼弗聲，令賊知汝也。」

時雞鳴月落，星光照曠野，百步見人。客馳下，吹觱篥數聲。頃之，賊二十餘騎四面集，步行負弓矢從者百餘人。一賊提刀縱馬奔客曰：「奈何殺吾兄？」言未畢，客呼曰：「椎！」賊應聲落馬，馬首盡裂。衆賊環而進，客從容揮椎，人馬四面仆地下，殺三十餘人。宋將軍屏息觀之，股栗欲墜。忽聞客大呼曰：「吾去矣。」地塵且起，黑煙滾滾東向馳，後遂不復至。

論曰：子房得力士，椎秦皇帝博浪沙中，大鐵椎其人與？天生異人，必有所用之。予讀陳同甫《中興遺傳》，豪俊俠烈魁奇之士，泯泯然不見功名於世者，又何多也？豈天之生才，不爲人用與？抑用之自有時與？子燦遇大鐵椎爲壬寅歲，視其貌當年三十，然則大鐵椎今四十耳。子燦又嘗見其寫市物貼子，甚工楷書也。

——魏禧《大鐵椎傳》

《大鐵椎傳》是清初著名散文家魏禧所寫的一篇人物傳記。傳中描繪出一個有見識、有氣節，但卻所遇不合、才能得不到施展的大力士形象，從中抒發了作者對明朝覆亡的感慨。全文只有五百來字，但寫人敍事卻突兀生動，簡潔遒勁，把大鐵椎的形象刻劃得來去無蹤，撲朔迷離，很富有傳奇色彩。大鐵椎這個人物形象，作者是怎樣刻劃的呢？

第一，用層層設疑之法來引人入勝，使大鐵椎的形象帶有撲朔迷離的傳奇色彩。魏禧是很講究文章法度的，而且很欣賞一種層層設疑、曲折流注之法。他曾說：「予少時喜議論，後乃更好講求法度……故嘗譬之江河，秋高水落，隨山石爲曲折，盈科次第之迹，可指而數也。」（《魏叔子文集卷八・彭躬庵文集序》）他的傳記散文《大鐵椎傳》正是這一文學主張較爲出色的實踐。作者善於製造懸念，而且層層設疑，使讀者時刻保持對大鐵椎這個傳奇人物的好奇心。此傳的題目是《大鐵椎傳》，但開頭卻寫道：「大鐵椎，不知何許人也。」爲人立傳，卻不知傳中人爲何許人，這可謂奇之又奇，使人疑團頓生，迫不及待地要披花入徑，尋找下文。這就爲作者在下文層層釋疑做好了蓄勢。

緊接著，作者交待了他的消息來源：是北平陳子燦省兄湖南，在宋將軍家的所見所聞。其中提及的宋將軍「工技擊」、「七省好事者皆來學」、「宋弟子高信之……多力善射」，也大有深意：一是指出大鐵椎躋身的周圍都是一些武藝高强的不凡人物；二是暗示了大鐵椎也屬好事者之列，這實際上是交待了大鐵椎所處的環境。下面就直接對大鐵椎從三個方面進行描繪：

一是勾勒他的形象。作者寫他是個「健啖客」，這顯示出他吃喝時旁若無人、盡醉方休的豪放性格；寫他相貌醜陋，正是要與他的武藝高强形成對比；寫他「不冠不襪」，是要突出他「大行不顧細謹」的俠士之風。從大鐵椎的「藍手巾裹頭，足纏白布，大鐵椎外，一物無所持」來看，他似乎是一個貧民或流浪漢，但這個貧民或流浪漢卻又偏偏「腰多白金」，因此整個形象有點不倫不類，使人難以判明他究竟是什麼身份。因此在一番肖像描寫之後，讀者對他既有所了解但又仍感陌生，這正是作者善於設疑的結果。

二是描繪他的武器。文中不厭其詳地敘述了大鐵椎武器的重量、形狀和大鐵椎對自己武器的態度。鐵椎不但很重，有四、五十斤；而且樣式也很奇特：柄鐵摺疊環複，如鎖上練，引之長丈餘。大鐵椎對自己的武器又異常愛惜：「飲食、拱揖不暫去。」作者細細地描繪這件武器有兩個作用：第一，大鐵椎本人就是以這件武器而聞名的，作者又是以這件武器作爲此傳傳名，因此不可不細細描繪，以加深讀者的印象；第二，這件武器很奇特，大鐵椎又對它異常愛惜，可以說人怪武器也怪，這樣無疑會給讀者一種很新奇的感覺，從中產生許多懸想。

三是介紹他的言行。他的話很少：「與人罕言語，語類楚聲，問其鄉及姓字，皆不答。」這不光是在介紹大鐵椎的口訥，更重要的是突出他的不妄與人交的高傲心性，暗示他並不把周圍的人看做同類，這爲下文他對周圍人的評價和執意要走埋下伏筆。作者寫他的行爲，則主要是突出他來去無迹、神奇詭祕的特徵，爲此人塗上一層撲朔迷離的傳奇色彩。你看他與人同寢，到了夜半時分，突然說了一聲「吾去矣」，言訖不見，而且窗戶皆閉，真不知從何處而出；等到人們一覺醒來，則又見他鼾睡炕上，又不知他何時從何處而入。因此通過上面兩段人物形象的描繪，讀者對大鐵椎的相貌、性格、武器可以說是有所了解但又知之不多，而且舊疑稍釋又生新疑：大鐵椎究竟是一個什麼樣的人？深更半夜來去無蹤，究竟在幹什麼？

下面的第三段就是對設疑的回答。

如果說一、二段中所表現的人物性格特徵還是通過人物的肖像、言行來側面暗示的話，那麼這段則是通過主人公之口來正面表達。「吾始聞汝名，以爲豪，然皆不足用。吾去矣！」大鐵椎告別前的這句話，反映了他對宋將軍及周圍人們的看法，表現了他不務虛名、只求知音的務實作風和不苟且取安的正直品格。而下面的「吾嘗奪取諸響馬物」一段話，一方面是通過本人之口補敍了大鐵椎過去一段生活經歷，另一方面也回答了他常常夜去明來、出沒無常，究竟在幹什麼這個疑問。通過「奪響馬物」「不願長其羣」等句反映出大鐵椎嫉惡如仇、潔身自好的高貴品格，通過「久居此，禍必及汝」。這句，又可看出他一人作事一人當，不願牽連他人的可貴精神。「今夜半，方期我決鬥某所」這句又引起下文，使讀者產生新的懸念，急切地想了解後事如何？

「夜戰」是大鐵椎傳中描寫最精彩的部分，也是大鐵椎形象表現得最充分的部分。這部分可以分成三個層次：

一是夜戰前。主要是突出大鐵椎臨危不懼、關心他人的孤膽英雄形象。當宋將軍自恃其勇、主動要求助戰時，大鐵椎卻不同意，因爲「賊能且衆」，擔心宋將軍會有不測。在危急時刻尚能爲他人著想，可見其品格之高。而「吾欲護汝，則不快吾意」一句，則表現了他把這場衆寡懸殊的生死搏鬥看成個可以逞才顯技的獻藝場，可見其膽氣之豪。當他勉强同意宋將軍偕行時，也只是把宋送至空堡之上，要他慎勿聲，讓他徒作壁上觀。通過兩人的對話，大鐵椎在臨陣前的豪宕之氣、從容之狀、必勝之念，已展現在人們眼前，而且也誘使讀者急切地想了解這場衆寡懸殊的搏鬥結果如何？

二是夜戰時。作者通過景色的描寫和戰鬥過程的敍述，極力給讀者一種神祕詭異、撲朔迷離的印象，語言上顯得很簡潔，也很傳神。「雞鳴月落，星光照曠野，百步見人」，不單是交待了決鬥的時間、地點，而且給決鬥場所也披上了一層蕭疏空曠的神祕色彩，這時召喚決鬥的數聲觱篥突然響起，使人們的心弦頓時繃緊。戰鬥的陣容是一方爲二十餘騎再加以百餘名步卒，另一方卻是孤身一人。但戰鬥的形勢卻是只聽客大呼一聲「椎」，賊就應聲落馬，人馬盡裂。這就造成了一種奇特的戰鬥場面：一邊是孑然一身，一邊卻是一百多人四面圍上；一邊是客從容揮椎，另一邊卻是人馬四面撲地，倒斃三十餘人。這樣描寫的結果無疑是增加了作品的傳奇色彩。

三是夜戰後。正當戰鬥場面渲染得十分熾熱時，作者卻來個意外的收束，只聽客大呼一聲「吾去矣」。緊接著就只見「地塵起，黑煙滾滾，東向馳去」。留在戰場的只有流賊們驚恐欲絕的面孔和在皎潔月光下橫陳於地的三十多具屍體……。

值得一提的是，這個「吾去矣」在作品中出現了三次：前兩次，一次是夜半，一次是與宋將軍告辭，每次都顯得很突兀神祕；而這次更是奇特，說了就走，而且「後遂不復見」。可以說是來無影、去無蹤，這樣就使作品在解答了一系列疑問，可以收束的時候又頓生波折，給讀者留下無限懸想的餘地。因此可以說，整個作品是起自疑，也結自疑的，很富有撲朔迷離的傳奇色彩。

第二，用對比、映襯之法，把大鐵椎寫得超俗離羣、不同凡響。《大鐵椎傳》中的人物描寫主要採取對比映襯之法，使大鐵椎的形象表現得更加鮮明生動。

首先，用宋將軍及周圍的人同大鐵椎作對比映襯。在宋將軍周圍聚集著的一羣「好事者」，都是一些技藝高强的人。如宋的弟子高信之就是以「多力善射」著稱。但他們與大鐵椎一比，卻顯得那麼平凡庸碌，儘管與大鐵椎同處一室，對大鐵椎的行蹤卻茫然不知，對大鐵椎的身世更是「俱不敢問」；而大鐵椎對他們也很鄙薄，不願互通聲氣，問及自己姓氏時「皆不答」，最後甚至發展到不願與他們爲伍的地步：「皆不足用，吾去矣！」這樣，就把一個不同凡響、心氣高傲、落落寡合的傳奇式的人物形象從平庸中烘托了出來。

二是用宋將軍本人同大鐵椎作對比映襯，這是作者著力要進行的一種對比。寫法上是對宋將軍先揚後抑，開頭大力渲染宋將軍有本領：「工技擊」；有威風：「人以其雄健，呼宋將軍」；也有威望：「七省好事者皆來學」。當他聽說大鐵椎要獨戰羣寇時也很仗義，很有膽量，不顧大鐵椎的再三勸阻堅持偕行。但正是這樣一個平素威風凜凜又有高超技藝的宋將軍，卻被一個從未見過的險惡搏鬥場面弄得驚恐欲絕，緊張得連氣也不敢透：「屏息觀之」；而且渾身發抖：「股栗欲墜」。這種驚恐欲絕之狀固然是對衆寡懸殊、敵勢過强的恐懼，但更多的恐怕還是對大鐵椎如入無人之境的强悍之氣和衆敵應聲而倒的高超之技的驚絕和震慄。相反地，對大鐵椎的描寫卻是先抑後揚。開頭寫他相貌醜陋，爲人迂訥，穿著也很平常，甚至於「不知何許人也」，連姓氏藉貫都不知，就更談不上像宋將軍那樣名揚四海、威震八方了。但正是這樣一位默默無聞、名不見經傳的平凡人物，在强敵面前卻顯得那麼從容鎮定、充滿必勝信念。特別有意思的是正當大鐵椎「從容揮椎、人馬四面仆地下」時，那位平素威名赫赫的宋將軍卻躲在一旁「屏息觀之，股栗欲墜」。通過這個生動的對比和映襯，把大鐵椎的神勇之態和精湛之技刻劃得維妙維肖。

第三，是用衆寇與大鐵椎作對比映襯。作者首先把雙方的思想行爲作一對比：諸響馬是奪人之物，而大鐵椎卻是專奪這些以奪人爲生的響馬之物，而且「不順者則擊殺之」。而當這些響馬想擁戴他作首領時，他又不許。這一對比就把大鐵椎嫉惡如仇、潔身自好的高貴品德映襯了出來。

在描述搏鬥場面時，作者又進行了兩方面的對比：一是人數之比，衆賊是二十餘騎再加以百餘名負弓矢的步卒，而大鐵椎卻獨身一人，唯一的一個幫手他還嫌其礙事，讓他到空堡之上去作壁上觀；二是聲勢之比，衆賊是「提刀縱馬」、「四面集」、「環而進」，顯得氣勢洶洶，而大鐵椎卻鎮定自若，從容揮椎，衆賊應聲落馬。一衆一孤，一急一緩，一洶洶一從容，相比之下更顯得大鐵椎的技藝高超。

第四，是把古代豪傑之士同大鐵椎作一對比映襯。這主要是通過作者的議論來進行的。作者把大鐵椎同椎秦皇帝於博浪沙的滄海君相提並論，並就南宋陳亮的《中興遺傳》發一通感慨。這樣一方面使大鐵椎的形象擠入力挽狂瀾的古代豪傑義士之列，更有一種時代風雨之感；另一方面也包含著作者更深一層的意圖：探討明亡的原因，透露出他對明代君臣不識人才、昏庸誤國的不滿，從而希望此文能起到陳亮《中興遺傳》的作用，有人起來抗清復明。因爲從作者的生活經歷和爲人來看，他不光是清初「頗有才力」

（包世臣《再與楊季子書》）的詩文作家，而且也是一個頗有民族氣節的士大夫文人，由明入清後，他拒絕仕進，多年在山中教書，深受弟子們的愛戴。因此，他著意爲大鐵椎立傳，並有意把大鐵椎同古代那些爲國效命的豪傑之士作一比較，就使大鐵椎的形象站的角度更高，也更富有時代的意義。

清代的馮桂芬曾稱讚魏禧爲「昭代名家」、「文可祧韓柳」（見《顯志堂集》）。從本文對大鐵椎的人物形象的描寫來看，作者確是深得我國傳記文學寫法之妙的。

壯難寫之景　如在目前
——談蒲松齡的《山市》

奐山山市，邑八景之一也。數年恆不一見。孫公子禹年，與同人飲樓上，忽見山頭有孤塔聳起，高插青冥。相顧驚疑，念近中無此禪院。無何，見宮殿數十所，碧瓦飛甍，始悟爲山市。未幾，高垣睥睨，連亙六七里，居然城郭矣。中有樓若者，堂若者，坊若者，歷歷在目，以億萬計。忽大風起，塵氣莽莽然，城市依稀而已。既而風定天清，一切烏有；惟危樓一座，直接霄漢。五架窗扉皆洞開；一行有五點明處，樓外天也。層層指數，樓愈高，則明愈少；數至八層，裁如星點；又其上，則暗然縹緲，不可計其層次矣。而樓上人往來肖屑，或憑或立，不一狀。逾時，樓漸低，可見其頂；又漸如常樓；又漸如高舍，倏忽如拳如豆，遂不可見。又聞有早行者，見山上人煙市肆，與世無別，故又名「鬼市」云。

——蒲松齡《山市》

提起蒲松齡，人們會很自然地想起他筆下的那些花妖狐鬼。是的，他很會寫小說，富於想像力，能把現實世界加以荒誕改造，變得撲朔迷離。但是，我們不要忘記他也很會寫散文，善於把撲朔迷離的幻相描繪得維妙維肖、細膩而逼真。這篇《山市》就是個很好的例證。「山市」就像「海市蜃樓」一樣，也是大氣中光線折射而形成的幻景。「海市」似爲常見，而「山市」則罕見，有人連聽都未聽說過。因此，要把這種光怪陸離、世人罕見的幻景表現得真切可見、如在目前，這就需要不凡的手筆；再要讓人屏息凝神、心旌搖搖，就更需要非凡的才能。宋代的梅聖俞評歐陽修的散文是：「含不盡之意，見于言外；狀難寫之景，如在目前。」用此語來稱讚這篇《山市》，也誠不爲過。

那麼，《山市》是怎樣做到這一點的呢？

第一，它以奇爲線，通過觀賞者眼中之奇觀和胸中之奇感來狀難寫之景。

文章高手在處理情與景關係時，往往被稱之爲「情景交融」。那麼，情與景究竟是如何交融的呢？我以爲不外有兩法：一是融情入景，通過客觀畫面來透露人物之情感，這就是古代文論家們所說的「景語」。另一種是借景抒情，配合人物的情感變化不斷地更換畫面，這就是所謂「情語」。《山市》就是通過這種「情語」來捕捉和勾勒這個飄忽不定「山市蜃樓」的。

文章一開頭就製造懸念，藉以引起讀者的神祕感和好奇心。奐山，在山東省淄川縣西十五里。它的北面是明山，南面是禹王山。四周羣巒疊翠，山間亭台掩映。有「奐山晚晴」、「松壑映雪」等八景。但作者在八景之中獨獨挑出「數年恆不一見」的「山市」著於文，這是爲什麼？什麼是「山市」？它美在何處？爲什麼數年才一見？這會在讀者中造成一連串的懸念，也給「山市」罩上一層神祕莫測之氛圍。當然，這也使讀者迫切地想探個究竟，揭開「廬山真面目」。

懸念造成後，作者就通過公子孫禹年的眼中所見和情緒變化來捕捉和勾勒山市奇景，描繪它不斷變化著的幻象。孫公子與同人飲於酒樓上，這是淡敍一筆，交待人物、地點。先平後奇，接著便陡起波瀾：「忽見山頭有孤塔聳起,高插青冥。」一個「忽」字，寫出了孤塔來的突兀，也寫出了觀者毫無心理準備。飲酒之中，高塔突現，固是一奇。「近中無此禪院」，何來此塔，則是更奇。無何，塔下又有「宮殿數十所，碧瓦飛甍」，則是奇中之奇。這一連串驟然突至的奇景，使孫公子等人「相顧驚疑」，也使讀者莫名其妙，疑竇叢生。在這一連串的設疑後，作者方輕筆點破——「始悟爲山市」。這時觀者大悟，讀者釋然，再回過頭看題目，不由得會心一笑，佩服作者構思上的高妙。試想，如果不通過孫公子之眼來捕捉，不通過孫公子之驚愕、頓悟來渲染，只是客觀地描繪，機械地記敍，「山市」就不能顯得如此神祕莫測，讀者心旌就不會如此搖曳不定。所以說，這種借人狀物、以情寫景之法正是這篇散文獲得成功的竅訣之一。

第二，講究構圖設色，畫面有主有次、有濃有淡，把飄忽不定、變幻莫測的山市描繪得井然有序、生動逼真。

宋代畫家韓純全談山水畫的佈局時說：「山有主客尊卑之序，陰陽逆順之儀。衆山中高而大也，有雄氣敦厚。傍有輔峯，大小岡阜，朝揖于前。陰陽者，用墨取濃淡也。下有岡嶺相連、林泉掩映。路宜斷續相繼，水宜曲折盤旋。」（《山水純全集》）也就是說，構圖要講究佈局、主從、虛實。既能突出主體，又能兼顧全局。蒲松齡的《山市》，在構圖上是深得繪畫之旨的。首先，他筆下的「山市」是幅完整的城鎮集市圖。讀後，我們對「山市」

的規模、景象皆有一個整體的印象。你看，這座翠巒中浮現出的集市，上有孤塔高聳，下有碧瓦飛甍；有城廓，有樓台。城外是高垣睥睨，連亙六七里；城內是樓台廳堂、作坊。樓中有人，人又各具情態。有的憑欄，有的站立，有的來來往往，確實像個活生生的山間集市。其次，這幅畫中主次分明、詳略得體，使人觀後對「山市」的主要特徵有鮮明突出的印象。作者在此採取的是愈寫愈細、漸入佳境的手法。一開始寫「山市」只用九字：「宮殿數十所，碧瓦飛甍。」讓人頓生疑竇，頗覺奇特。至於山市的規模、景象皆一句未提。進入第二層後，開始對「山市」作整體介紹。山市周圍有城牆，城內有樓台、廳堂。手法上則是張皇幽渺，一以當百。以粗、虛、略的筆意勾畫出山市的概貌和輪廓，給人以「歷歷在目，以億萬計」的宏大聲勢。第三層則由面到點、由次到主，瞄準一座「危樓」來詳寫、細寫、集中寫。爲了突出此樓的高大，作者採用了多種藝術手法。先用「直接霄漢」虛誇一筆，然後用天空作爲反襯細寫樓台之高：透過洞開的窗扉可以看到五點明處，這就是樓外天。作者不說樓在半天之外，而說半天進入樓中。就像李白不說蜀道高入雲霄，而說天空幾乎壓在蜀道行人的胸膛之上——「捫參歷井仰脅息」（《蜀道難》），這更能反襯出樓的高峻。作者又運用越高越遠所見物體越小這個視覺原理，用手指著一層層數上去，樓愈高則明愈少。數到第八層，明處就像星點一樣，再往上則連星點也看不見，連層數也數不清了。我們隨著觀者的手指和目光，彷彿真的看見了一座越高越暗、越高越模糊、漸漸隱於雲霄之中的層樓，我們也會隨著驚愕、恍惚，讚嘆不已。作者能把一座虛幻中的蜃樓寫得如此逼真動人，顯然是得力於這種有主有次、遞進層深、漸入佳境的寫法。它類似現代電影手法中的搖景。先是一個局部，慢慢淡出一個粗略的全景，然後再定格於一個特寫鏡頭——一座拔地而起的層樓。對這個特寫鏡頭的處理又是由下而上，慢慢推進，讓它越來越朦朧，越來越暗淡，漸漸化入無限深邃的天宇之中。給人的感覺既深邃虛幻，又逼真細緻。

第三，作者在構圖時還注意虛實相生、動靜相承，使畫面顯得似幻似真、亦幻亦真。

這篇散文寫的是「山市」。它既具有現實生活中城鎮集市的特徵，又具有「蜃樓」縹渺變幻的特色。如不具體地描繪城廓樓台、人物市肆，就不像個「市」，就不能使人如見其形，如聞其聲，給人生動逼真之感；但如只是一味地細描城廓市肆，又不像個「山市」，不能給人神奇虛幻之感。這個分寸是很難掌握的。作者爲了兼而有之，採取了以下兩個手法。

首先，構圖時注意虛實相生。作者筆下的山市，有城廓、有樓台、有廳堂、有市肆，同現實生活中的集市並無二致。作者爲了增加真實感、可信程度，連城垣的長度，樓的層數、門窗，人的表情動作都交待得清清楚楚。但到頭來，這一切畢竟又是虛幻的假象，它虛就虛在來無蹤、去無影，又變化莫測。你看，山頭的孤塔在人們飲酒時突然在無有之地，瞬間又添上碧瓦飛甍的宮殿數十所。接著樓台、城廓、廳堂相繼浮現，且綿延六、七里。但一陣狂風後，一切又化爲烏有，彷彿未曾發生過。風定天晴，山市又生於眼前。不過，城廓、樓堂、街坊不見了，又幻化成危樓一座。窗戶層層洞開，人影綽綽，往來幢幢。正當觀者在層層指數時，它又變了：樓漸低，可見其頂；又漸如常樓、漸如高舍，倏忽如拳如豆。越變越小，越變越遠，漸漸消逝於眼前。這種倏忽變化、來去無蹤，又是「山市」所獨有的特徵，此又是幻。作者用此虛實相生之法達到似幻似真、亦幻亦真的藝術效果。

其次，作者構圖時還注意動靜相承。作者筆下的城廓是靜的，風卻是動的。一陣大風、莽然的塵氣使歷歷在目的城廓變得依稀，遂至消失；作者筆下的層樓是靜的，樓上的人物卻是動的。他們往來屑屑，或憑或立，千姿百態，使這座虛幻的危樓增添了盎然生氣，也增添了神祕感。就是城廓樓台的本身，也是由動到靜又由靜到動，從無到有又從有到無，從而使讀者產生一種似幻似真、亦幻亦真的心理感覺，而這正是作者力圖要達到的藝術效果。

文章的最後，作者還故意安排了一個頗帶神祕感的結尾：「又聞有早行者，見山上人煙市肆，與世無別，故又名『鬼市』云。」結尾中的景象並不是孫公子等眼中所見，似是題外話，卻豐富了「山市」的內涵，擴大了傳播的範圍。因爲此文開頭就已交待，「山市」是「數年恆不一見」，孫公子等人所見要獲社會認可，尚須數年等待。有了結尾這幾句就足以證明，「山市」之景不是一時，不止一地，所見者也不止孫公子一伙。另外，孫公子等只見城廓街坊、來往人影，而早行者卻見「人煙市肆」，這也豐富了「山市」的形態。而這一切，又同孫公子所見一樣皆是虛幻之景，所以給這個「山市」又加了個名稱「鬼市」。「鬼市」二字更增添了這種景致的神祕感和虛幻感，也更能引起讀者的聯想和揣測。作者真不愧是個善寫花妖狐鬼的聊齋主人。

報告文學的前驅傑作
——談方苞的《獄中雜記》

康熙五十一年三月，余在刑部獄，見死而由竇出者，日四三人。有洪洞令杜君者，作而言曰：「此疫作也。今天時順正，死者尚稀，往歲多至日十數人。」余叩所以。杜君曰：「是疾易傳染，遘者雖戚屬不敢同臥起。而獄中爲老監者四，監五室，禁卒居中央，牖其前以通明，屋極有窗以達氣。旁四室則無之，而繫囚常二百餘。每薄暮下管鍵，矢溺皆閉其中，與飲食之氣相薄，又隆冬，貧者席地而臥，春氣動，鮮不疫矣。獄中成法，質明啓鈅，方夜中，生人與死丈並踵頂而臥，無可旋避，此所以染者衆也。又可怪者，大盜積賊，殺人重囚，氣傑旺，染此者十不一二，或隨有瘳。其駢死，皆輕繫及牽連佐證法所不及者。」余曰：「京師有京兆獄，有五城御史司坊，何故刑部繫囚之多至此？」杜君曰：「邇年獄訟，情稍重，京兆、五城即不敢專決；又九門提督所訪緝糾詰，皆歸刑部；而十四司正副郎好事者及書吏、獄官、禁卒，皆利繫者之多，少有連，必多方鈎致。苟入獄，不問罪之有無，必械手足，置老監，俾困苦不可忍，然後導以取保，出居于外，量其家之所有以爲劑，而官與吏剖分焉。中家以上，皆竭資取保；其次，求脫械居監外板屋，費亦數十金；惟極貧無依，則械繫不稍寬，爲標準以警其餘。或同繫，情罪重者，反出在外，而輕者、無罪者罹其毒。積憂憤，寢食違節，及病，又無醫藥，故往往至死。」余伏見聖上好生之德，同于往聖。每質獄詞，必于死中求其生，而無辜者乃至此。儻仁人君子爲上昌言：除死刑及發塞外重犯，其輕繫及牽連未結正者，別置一所以羈之，手足毋械。所全活可數計哉？或曰：獄舊有室五，名曰現監，訟而未結正者居之。儻舉舊典，可小補也。杜君曰：「上推恩，凡職官居板屋。今貧者轉繫老監，而大盜有居板屋者。此中可細詰哉！不若別置一所，爲拔木塞源之道也。」余同繫朱翁、余生及在獄同官僧某，遘疫死，皆不應重罰。又某氏以不孝訟其子，左右鄰械繫入老監，號呼達旦。余感焉，以杜君言泛訊之，衆言同，于是乎書。

凡死刑獄上，行刑者先俟于門外，使其黨入索財物，名曰「斯羅」。富者就其戚屬，貧則面語之。其極刑，曰：「順我，即先刺心；否則，四肢解盡，心猶不死。」其絞縊，曰：「順我，始縊即氣絕；否則，三縊加別械，然後得死。」惟大辟無可要，然猶質其首。用此，富者賂數十百金，貧亦罄衣裝；絕無有者，則治之如所言。主縛者亦然。不如所欲，縛時即先折筋骨。每歲大決，勾者十四三，留者十六七，皆縛至西市待命。其傷于縛者，即幸留，病數月乃瘳，或竟成痼疾。余嘗就老胥而問焉：「彼于刑者、縛者，非相仇也，期有得耳；果無有，終亦稍寬之，非仁術乎？」曰：「是立法以警其余，且懲後也；不如此，則人有幸心。」主梏撲者亦然。余同逮以木訊者三人：一人予三十金，骨微傷，病間月；一人倍之，傷膚，兼旬瘉；一人六倍，即夕行步如平常。或叩之曰：「罪人有無不均，既各有得，何必更以多寡爲差？」曰：「無差，誰爲多與者？」孟子曰：「術不可不慎。」信夫！

部中老胥，家藏僞章，文書下行直省，多潛易之，增減要語，奉行者莫辨也。其上聞及移關諸部，猶未敢然。功令：大盜未殺人及他犯同謀多人者，止主謀一二人立決；余經秋審皆減等發配。獄詞上，中有立決者，行刑人先俟于門外。命下，遂縛以出，不羈晷刻。有某姓兄弟，以把持公倉，法應立決。獄具矣，胥某謂曰：「予我千金，吾生若。」叩其術，曰：「是無難，別具本章，獄同無易，取案末獨身無親戚者二人易汝名，俟封奏時潛易之而已。」其同事者曰：「是可欺死者，不能欺主讞者，倘復請之，吾輩無生理矣。」胥某笑曰：「復請之，吾輩無生理，而主讞者亦各罷去。彼不能以二人之命易其官，則吾輩終無死道也。」竟行之，案末二人立決。主者口呿舌撟，終不敢詰。余在獄，猶見某姓，獄中人羣指曰：「是以某某易其首者。」胥某一夕暴卒，衆皆以爲冥謫云。

凡殺人，獄詞無謀故者，經秋審入矜疑，即免死。吏因以巧法。有郭四者，凡四殺人，復以矜疑減等，隨遇赦。將出，日與其徒置酒酣歌達曙。或叩以往事，一一詳述之，意色揚揚，若自矜詡。噫！渫惡吏忍于鬻獄，無責也；而道之不明，良吏亦多以脫人于死爲功，而不求其情。其枉民也亦甚矣哉！

奸民久于獄，與胥卒表里，頗有奇羨。山陰李姓，以殺人繫獄，每歲致數百金。康熙四十八年，以赦出。居數月，漠然無所事。其鄉人有殺人者，因代承之。蓋以律非故殺，必久繫，終無死法也。五十一年，復援赦減等謫戍，嘆曰：「吾不得復入此矣！」故例，謫戍者移順天府羈候，時方冬停遣，李具狀求在獄候春發遣，至再三，不得所請，悵然而出。

——方苞《獄中雜記》

清代散文大家方苞的《獄中雜記》是一篇出色的報告文學。它以耳聞目睹的真人真事爲題材，用一種雅潔平實的語言，揭露了清代司法制度和司法機構的種種弊端，掀開了三大治世之一「康熙盛世」的華麗帷幕，現出了黑暗齷齪的社會一角，發揮了報告文學正視現實、輔正生活的社會功能。同時，它在藝術上又能選擇典型的事件、生動的細節，從緝捕、辦案、管理等方面來揭發清代監獄中聞所未聞的黑暗狀況，勾畫了上至部吏，下至禁卒乃至奸民的奸詐嘴臉和狠毒手段，顯得雜而不亂，繁而有序，又具有報告文學所特有的形象性和說服力。

方苞的這篇報告文學是以他親身經歷作爲依據的。康熙五十年（西元一七一一年），作者因《南山集》一案被株連入獄。《南山集》是方苞的鄉友戴名世所作，因集中引用了禁書《滇黔紀聞》中關於南明桂王抗清的史實，觸犯了清廷忌諱而被凌遲處死，其親友被株連達數十人。方苞也因名列「南山集序」中和家中藏有《南山集》的木版而株連下獄。從康熙五十年入獄到康熙五十二年獲釋，方苞在獄中蹲了一年零五個月。這段監獄生活給方苞留下了終生不可磨滅的傷痛。出獄後，儘管他仕途順利，官至內閣學士禮部右侍郎，但他並沒有去「鼓吹休明，潤色鴻業」，而是痛定思痛，以他的親身遭遇、親眼所見和親耳所聞的鐵的事實來揭發清代司法制度的黑暗。

第一層，作者從見聞入手，揭露刑部監獄由於設備惡劣、管理混亂，造成犯人的大量死亡，以及給獄吏貪污受賄造成可乘之機。作者先寫親眼所見：「死而由竇出者，日四三人」。繼而寫親耳所聞，通過杜君之口詳細介紹了造成犯人大量死亡的原因：一是由於設備簡陋，室無窗牖，陰暗潮濕，貧者又席地而臥，這樣瘟疫容易流行；二是由於管理上的積弊，薄暮下管鍵，質明方啓鑰，矢溺皆閉其中，與人飲食之氣相薄，在夜間生人只好與死人並踵頂而臥，無可旋避，所以染疫者衆；三是司法上的混亂。京城雖有三處監獄，但案情重一點的都轉到了刑部，這樣每室要囚二百多人，造成極易傳染。作者揭露的深刻之處在於，他並不把囚犯大量死亡的原因僅僅歸罪於上述的設備簡陋和管理混亂，而是進一步指出執法者的貪贓枉法才是造成此禍的更爲直接、也是更爲重要的原因。刑部監獄本來就是人滿之患，而這些獄官胥吏爲了貪賄，「少有連，必多方鈎致」，然後根據行賄多寡，決定犯人在監獄內的待遇：或取保在外，或脫械居監外板屋，或械繫不稍寬，以警其餘。於是，罪重者只要賄多反可在外，罪輕者甚至是無罪者因沒有賄賂反罹其毒，因此，一些無錢賄賂的貧者「積憂憤，寢食違節，及病，又無醫藥，故往往而死」。作者認爲這是導致囚犯大量死亡的更爲重要的原因。

第二層，作者由監禁寫到行刑和判決，從獄內寫到獄外，通過具體事例，揭露獄吏和禁卒種種傷天害理、聞所未聞的罪行。

首先寫行刑。作者對行刑者、主縛者、主梏撲者種種駭人聽聞的勒索手段逐一加以介紹，揭露他們連死者頭顱也要賣錢的貪婪齷齪行爲，劊子手在索賄時的一段話：「順我，始縊即氣絕；否則，三縊加別械，然後得死。」讀起來真是讓人觸目驚心，對清代監獄制度的黑暗，對執法者的貪婪與狠毒體會得更加深刻。另外，作者通過一個老胥竟然瞞天過海替殺人犯掉包這件使人咋舌之事，使我們了解獄吏們的胡作非爲、目無法紀到了何種程度，同時也使我們認識到獄吏們的大膽妄爲是由主讞者的貪戀祿位、姑息養奸造成的。老胥正吃準了這一點，才敢放心大膽地僞造公章，私受千金，使兩個無辜者李代桃僵、死於非命。作者爲了强調這個荒誕得使人不敢相信的事件的真實性，在敍述之後還特意說明「余在獄，猶見某姓」，而且獄中人人皆知，是個公開的祕密「獄中人羣指曰：『是以某某易其首者』」。作者的反覆强調，更無可置疑告訴人們：這是一個賄賂公行、鬼域無忌的魍魎世界。

第三層，寫獄吏、禁卒與奸民相勾結，把監獄變成牟利之所。這是從另一個角度來揭露清代監獄的腐敗及其辦案的流弊。作者選擇了山陰李姓這個殺人犯爲例。此事狀類傳奇，如果不是作者親眼所見，親口道出，別人簡直不敢相信。此人雖係殺人犯，但由於「與胥卒表里」，竟然靠坐牢賺錢，「每歲致數百金」。赦出不久，又代人坐牢，竟然把坐牢作爲終生職業。後遇赦遠謫，坐牢不成，居然深感惋惜，發出「吾不得復入此矣」的慨嘆。真是件讓人不敢相信的怪事！借此讓讀者看清清代司法制度和監獄的黑暗，從而發揮報告文學針砭時弊的功能。

其次，這篇報告文學的出色之處還在於它在敍事準確、明晰，重點突出，真正做到雜而不亂、繁而有序。

《獄中雜記》篇幅不長，只有一千七百多字，但記載的時間卻很長——一年零五個月；題材又很重大——以整個清代司法制度和監獄機構作爲揭露對象；場面既廣，材料也極繁雜——從獄內到獄外，僅各類人物就有二十多個。作者如何把漫長的時間、重大的題材、紛繁的事件和衆多的人物壓縮在這較小的篇幅之中，形成一股力量，給清代的司法和監獄制度以致命的一擊，靠的是作者在組織材料上的功力。

作者以揭露獄中的黑暗弊端爲著眼點，用縱橫兩條線把全文交織起來。縱線是記自己在獄中的總體感受，向我們揭開清代監獄的總體狀況和窮囚們在此的必然結局：不死於刑訊即死於瘟疫。橫線是從胥吏、禁卒、奸民這三個方面逐一剖析這些監獄的執法者和一些不法之徒們是怎樣内外勾結、貪贓枉法的。作者寫縱線時主要是一般地概述，並逐層深入，由現象到根源，最後點出問題的實質所在。如文章一開始，先寫自己在獄中看到的慘象「死而由竇出者，日四三人」，然後借杜君之口說明這是由於「疫作」，最多時每天要死數十人，這就增加了問題的嚴重性，引起讀者對這一事件的關注和對產生根源的探究。這時再通過作者與杜君的問答，指出瘟疫之所以流行，是由於獄中繫囚太多和管理上的積弊，這就接近了問題的核心，然後再通過杜君之口揭露導致繫囚太多的原因是由於十四司正副郎以及書吏、獄官、禁卒等濫捕無辜，借此勒索錢財所致，這就使問題的真相大白於天下。作者爲證明這個結論的可靠性，又用和他同監的犯人朱翁、余生及僧某皆不應重罰而遭疫死的事實和衆人的衆口一詞——「衆言同」來加以證實。這樣由現象到本質，逐層深入下去，使讀者由表及裡逐步認清了導致這個人間悲劇的真正原因所在。

作者寫橫線時主要採用分類列舉和典型事例相結合的方法。如在揭露胥吏和皂隸如何貪贓枉法、草菅人命時，主要用分類列舉之法來寫皂隸。作者根據皂隸的行當把他們分爲行刑者、主縛者和主梏撲者三類，再分別介紹他們不同的勒索手段。行刑者對處極刑、處絞刑和大辟者又有不同的勒索辦法，如處絞縊者，給賄賂，則「始縊即氣絕」，不給賄賂，則「三縊加別械，然後得死」。對主梏撲者，作者則列舉他們如何根據行賄多寡來施刑的：行賄三十金，則骨微傷；賄金加一倍，則只傷皮膚，十來天就好了；賄金加至六倍，則受刑的當晚就恢復得同常人一樣。作者通過分類列舉，把皂隸們貪贓枉法的種種手法一一展覽示衆，從而把清代監獄這最低層的執法人員貪婪且狠毒的行徑，準確而明晰地暴露出來，告訴人們，清代的監獄機構從最低層起就爛掉了。

作者分類列舉皂隸之弊時爲避免枯燥平板，在敍述方式上也注意形式多樣：對行形者敍述較詳，主縛者、主梏撲者敍述較略，只用兩個「亦然」作簡單交待。後兩者雖同爲「亦然」，角度上也仍有變化。前者從不行賄的後果來介紹「不如所欲，縛時即先折筋骨」；後者從行賄得到的好處來敍述「一人予三十金，骨微傷，病間月；一人倍之，傷膚，兼旬癒；一人六倍，即夕行步如平常」。之後再引孟子之言加以議論，使章法上更富有變化。

寫胥吏，作者則通過一個老胥爲死刑犯掉包這個駭人聽聞的典型事例，來揭露這個階層執法人員的奸詐和傷天害理。作者選擇的是個老胥，正因爲是老胥，所以他洞悉清代司法制度的種種弊端，能夠尋隙以售其奸。他也非常熟悉主讞者的心理狀態，抓住對方的弱點公然貪贓枉法。作者對這個典型刻劃得非常細緻「家藏僞章」，這是他得以舞弊的條件；「文書下行直省，多潛易之，增減要語，奉行者莫辨也」，多次作案而不被發覺，他才敢更加胡作非爲作此大案，選擇無親屬的囚犯作替身，看準封奏前的瞬間潛易姓名，這是他得精細和狡詐之處；主讞者明知其弊，卻「口吧舌把，終不敢詰」，則是交待這個駭人聽聞舞弊事件得以成功的根本原因，在於官吏的貪戀祿位，以私害公；最後寫獄中人的反應，是在表露這個事件所造成的社會影響，反映刑部衙門在人民心目中的地位。作者從以上的描繪，使我們更加看清了清代監獄的黑暗狀況。

值得指出的是，本文章法上縱橫交錯，謹嚴有序、敍述上雅潔明暢，簡勁有力，這是桐城文風的基本特徵，也是作者文學主張的有效實踐。方苞在文學理論上繼承了歸有光等「唐宋派」的古文傳統，提出「古文義法」，即「以義爲經，而法緯之，然後爲成體之文」。要求文章一要有內容，二要有章法，條理要清楚，結構要嚴謹。《獄中雜記》能把一年多的獄中見聞、清代整個司法機構的弊端，紛繁的頭緒、衆多的人物、曲折的事件，敍述的如此雅潔明暢，簡健有力，確實是難能可貴的。

再次，這篇報告文學不但真實而深刻地揭露了清代司法制度和監獄的黑暗，發揮了報告文學抨擊現實的社會功能，而且還以文學的筆調爲我們勾畫了一幅幅各具特徵的羣醜圖。充分體現了報告文學的形象性。

一是通過人物的表情動作來反映獄吏和奸民卑劣的內心世界和狠毒奸詐的性格特徵。如寫老胥爲死刑犯掉包時，同事們擔心主讞者發覺後如「復請之」，作弊者就會把自己的性命也搭上，而老胥卻笑著講出一番道理來。這個「笑曰」既反映了老胥的老謀深算，早已洞察主讞者的心思，成竹在胸，也反映了他多次作弊，已練得心狠手辣，視人命爲兒戲。刑部的批復下來後，主讞者「口呿舌撟，終不敢詰」這個既震驚又膽怯的表情動作，不但證實了老胥判斷準確，也意在揭露封建官僚爲己私利、草菅人命極其卑劣的心理狀態。作者在勾畫奸民形象時也是如此，郭四這個殺人犯，四次殺人竟被赦出獄。作者寫他出獄前，「日與其徒置酒酣歌達曙」，並把自己殺人經歷當作驕傲資本到處炫耀，「意色揚揚，若自矜詡」。作者通過他的表情動作，刻劃出這個殺人犯在清代法律的庇護下得意驕縱之態，從而把清代司法制度的混亂和所謂「良吏」的顛倒黑白深刻地揭露了出來。

二是通過人物間的對話或獨白來表露獄吏、奸民的內心世界，刻劃他們貪婪狡詐的性格特徵。作者寫行刑者對處極刑者的面語：「順我，即先刺心；否則，四肢解盡，心猶不死。」既是威脅也是事實，其凶狠毒辣，讓人讀起來不寒而慄。當作者勸老胥對勒索對象放寬一點時，老胥 說出一番堂而皇之的話：「立法以警其余，且懲後也；不如此，則人有幸心。」勒索受賄，居然也奢談立法，也要懲前毖後，這批胥吏們無恥到什麼程度也就可想而知了。同樣地，主梏撲者對作者勸其「何必更以多寡爲差」後反而反問一句：「無差，誰爲多與者？」貪污受賄還如此理直氣壯，振振有詞，短短一句反問，把皂隸們的橫行無忌，監獄的暗無天日刻劃得淋漓盡致。

作者在寫一個以坐牢爲職業的獄中奇聞時，也主要是通過人物的獨白來進行刻劃的。這個職業坐牢者姓李，當他聽到自己要獲赦減等時，不但不慶幸，反而嘆到：「吾不得復入此矣！」這句獨白真叫人啼笑皆非，它把囚犯借坐牢以漁利這種聞所未聞的怪事，表現得異常生動逼真。當然，清代監獄的黑暗，作者對此的感慨，也就從李姓的這句獨白中暗暗地表露了出來。

當然，我們也不能不注意到，作者勾勒的羣醜圖，是以獄吏、皂隸這些下層執法者或奸民爲對象的，寫獄官只有一句，而且是被動地接受既成的事實，不是主動地貪贓枉法。至於最高統治者皇帝他不但没有揭露，相反還進行了歌頌：「余伏見聖上好生之德，同于往聖，每質獄詞，必于死中求其生。」有人把此解釋成方苞罹於文網，不敢揭露最高統治者，這種説法恐怕也未免妥當。因爲從方苞所受的思想薰陶和道德觀念出發，他不去揭露、批判皇帝，倒不一定是他不敢批判，反曲意去美化，而是他確實認爲「天皇聖明，臣罪當誅」，皇上是好的，天下的事情都被官吏，尤其是被下層官吏辦壞了。我想這也許是這篇文章把批判矛頭指向下層獄吏的主要原因。但不管其動機如何，以本文的客觀效果來看，無論在內容、結構或文學的形象性上來看，它確實是一篇承前啓後的出色的報告文學。

桐城「義法」的一次成功實踐
——讀方苞的《左忠毅公逸事》

先君子嘗言，鄉先輩左忠毅公視學京畿，一日，風雪嚴寒，從數騎出，微行，入古寺。廡下一生伏案臥，文方成草。公閱畢，即解貂覆生，爲掩戶。叩之寺僧，則史公可法也。及試，吏呼名，至史公，公瞿然注視，呈卷，即面署第一。召入，使拜夫人，曰：「吾諸兒碌碌，他日繼吾志事，惟此生耳。」

及左公下廠獄，史朝夕窺獄門外。逆閹防伺甚嚴，雖家僕不得近。久之，聞左公被炮烙，旦夕且死，持五十金，涕泣謀於禁卒，卒感焉。一日，使史公更敝衣，草屨，背筐，手長鑱，爲除不潔者，引入。微指左公處，則席地倚牆而坐，面額焦爛不可辨，左膝以下，筋骨盡脫矣。史前跪，抱公膝而嗚咽。公辨其聲，而目不可開，乃奮臂以指撥眥，目光如炬，怒曰：「庸奴！此何地也，而汝來前！國家之事，糜爛至此，老夫已矣，汝復輕身而昧大義，天下事誰可支拄者？不速去，無俟奸人構陷，吾今即撲殺汝！」因摸地上刑械，作投擊勢。史噤不敢發聲，趨而出。後常流涕述其事以語人，曰：「吾師肺肝，皆鐵石所鑄造也。」

崇禎末，流賊張獻忠出没蘄、黄、潛、桐間，史公以鳳

> 廬道奉檄守禦。每有警，輒數月不就寢，使將士更休，而自坐幄幕外。擇健卒十人，令二人蹲踞，而背倚之，漏鼓移，則番代。每寒夜起立，振衣裳，甲上冰霜迸落，鏗然有聲。或勸以少休，公曰：「吾上恐負朝廷，下恐愧吾師也。」
>
> 史公治兵，往來桐城，必躬造左公第，候太公、太母起居，拜夫人於堂上。
>
> 余宗老塗山，左公甥也，與先君子善，謂獄中語，乃親得之於史公云。——方苞《左忠毅公逸事》

方苞，作爲清代中葉影響最大的一個古文流派——桐城派的奠基者，爲了扭轉和清除當時文壇上的「絺章繪句，順以取寵」的形式主義文風，倡導了以「義法」爲原則的桐城文法。所謂「義」，即要求「言有物」，反對空談性靈、以文害義；所謂「法」，即要求「言有序」，這是爲更好地表現義而在剪裁、結構、語言等方面提出的一些要求。「義」與「法」的關係是「義以爲經，而法緯之，然後爲成體之文」（《望溪先生文集·又書貨殖傳後》）。他的《左忠毅公逸事》很好地體現了這一主張。在内容上，他置清代思想上的高壓政策於不顧，對明代諸君子的「志節之盛」縈繞於懷並彰之以文，甚至以抗清英雄史可法爲陪襯，讚頌左光斗愛護人才、激勵人才的憂國憂民精神和以國家民族爲重、不顧個人安危的高尚品格，表現了作者不苟且、不懼禍、一心彰明大義的節操。在表現手法上，以忠毅公的「忠毅」爲主線，以史可法的言行爲陪襯，著意選擇細節，用簡潔洗錬的語言生動地表現出忠毅公的性格和精神面貌，真正做到了「以義爲經、以法爲緯」。下面我們就來談談這篇文章是怎樣做到這一點的。

一、結構上一線串珠，虛實並行。

這是篇記人的散文，題目是「逸事」，也就是說，它雖是以人物言行爲主要敍述內容，但又不是全面完整地去記述左光斗的一生行狀。在這方面，方苞吸收了《史記・廉頗藺相如列傳》和柳宗元《段太尉逸事狀》等傳記文學的成功經驗，不求記敍完整而是突出人物精神上的閃光點；不求全面展示人物的身世、經歷，而是從中擷取幾個片斷，從而把主題集中鮮明地表現出來。《左忠毅公逸事》是通過事件來表現人物的，表現人物的主旨即是「忠毅」二字。全文在結構共分爲四段，前兩段是寫左光斗，後兩段是寫史可法。寫左光斗只集中記述了兩件逸事，一是視學京畿，二是下廠獄，又都是爲了突出左的「忠毅」。「視學」著意表現左光斗的愛惜人才、忠於職守。當時的政治氣候是閹黨專權、廠衛橫行、朝政昏暗，正直之士朝不保夕，而視學時的自然氣候又正值「風雪嚴寒」。在這樣惡劣的環境下，左光斗居然不顧個人安危，微服出行，爲國家選拔人才，其「忠毅」之心顯而易見。他「解貂覆生」、「面署第一」、「使拜夫人」都出於這樣一個動機：「他日繼吾志事，惟此生耳。」也就是說，史可法將作爲左的唯一後繼者擔起復興國家與民族的重任，這是左愛才的政治內涵和動機所在。後來，史可法以身殉節的事實也說明了左光斗確實是很有眼力的。「下廠獄」則著重表現了左光斗臨難之際堅毅不屈，仍以國事爲重的凜然大義。寫左在廠獄中「筋骨盡脫」猶「倚牆而坐」，絕無狼藉委頓之態，爲的是見其剛强不屈的性格；「目不可開」之際仍能「目光如炬」，則見其精神上的矍鑠和頑强；痛責冒死探監的門生並逐之「速去」，更加表現了他不顧個人安危，時時以國事爲重的忠貞品格。所以這兩件逸事都意在突出左光斗的「忠」和「毅」。

三、四兩段是寫史可法的逸事，作者採用的是虛實並行之法，落筆於史可法，而歸意於左光斗。讓左光斗的「忠毅」通過史可法的言行「旁見側出」。第三段是寫史可法征討張獻忠時，勤於職守、身先士卒的忘我表現，藉此來突出史可法以國事爲重、公而忘身的忠貞品格。這種品格正是他從左光斗身上繼承下來並進一步加以發揚的。作者爲了强調這兩者間的聯繫，有意在記史公逸事之前，寫史可法對左公的感佩之狀，流涕喟嘆道：「吾師肺肝，皆鐵石所鑄造也。」記述史公逸事之後，又再次寫史公的自白：「吾上恐負朝廷，下恐愧吾師也。」這樣一頭一尾，把逸事夾在其間，既表現了史可法對老師的敬佩，也交待了史可法忠毅行狀產生的淵源是直接來自左光斗。這實際上也是在以虛筆補寫左公識才有眼力，育才有成效，照應了左光斗開頭的預言：「他日繼吾志事，惟此生耳。」第四段的手法也是如此，明寫史可法對左光斗家屬的態度：「往來桐城，必躬造左公第，候太公、太母起居，拜夫人於堂上。」以此來虛寫左公對史可法影響之深以及這位老師在學生心目中的地位。同時也與第一段「使拜夫人」相照應，當年「拜夫人」是老師對學生的寵愛和獎掖，今天「拜夫人」是學生對老師的懷念與尊崇。這樣一虛一實，互相補充照應，更有力地表現了左光斗的忠毅之節和深遠影響。清人在編史可法文集時，附錄了方苞的這篇文章，擅改題目爲《左史逸事》，把左與史相提並論，實際上違背了作者「旁見側出」、以虛襯實的寫作匠心。

二、選材上多用細節，傳其精神。

方苞這篇散文的成功之處也在於他選用了一些蘊含豐富、最能表現人物特徵的細節，如「視學京畿」一段幾乎全由細節組成。「解貂覆生，爲掩戶，叩之寺僧」這幾個細節使左公對人才的愛惜和無微不至的體貼，從中生動而形象地體現了出來。在「面試第一」這一場面中，作者選取了左公眼睛表情這個細節——「瞿然注視」這當中既包含了左公由司吏唱名引起的猛然回憶，也表現了他對人才既愛惜又關注的驚喜之情，蘊蓄很深。

第二段「冒死探獄」的細節刻劃更爲生動傳神。我們可先看一下其它關於左光斗的文章在涉及這一情節時是怎樣表現的，便能體會此篇對細節的描繪是如何深刻動人。左宰（左光斗曾孫）的《左光斗年譜》記左公切責探獄的史可法時說：「此地何地，此時何時，子來見我何益！我望子擔當宇宙，子何不知保身之道？」「自是戒勿再至。」左光斗當時在給兒子的家書中寫道：「汝昨日叫史大哥進來，我心甚不快。他做他的事，何必來看我？此時何時，此地何地，禍出不測！窺伺者眈眈，從今後勿讓他來，添我悶惱。」大概史可法探監是同左的兒子商量過並徵得左的家屬同意的。方苞把此改爲「史朝夕窺獄門外。逆閹防伺甚嚴，雖家僕不得近」，這樣更能表現出史對左知遇之恩的感激和對左人品的敬佩。除此之外，上述幾篇文字與《左忠毅公逸事》在情節上完全相同，但感人的程度卻遠不及方苞之文，原因就在於缺少像方文那樣感人至深的細節。作者寫史可法探監時的裝扮是：「更敝衣，草屨，背筐，手長鑱，爲除不潔者。」這個細節既寫出了史可法不避嫌疑、不畏牽連，千方百計去探監的愛師之心，同時也暗中道出了廠衛防範之嚴，對入獄且近死的左公尚如此懼怕，可見左公平日的凜然正氣了。作者在勾勒左公受刑後的形象時，也是通過「席地倚牆而坐」這個細節來寫其精神的。左光斗在獄中受酷刑，「左膝以下，筋骨盡脫」，但史可法見到的不是萎頓偃蹇之狀，聽到的也不是吟呻哀嘆之聲；看到的卻是一副「席地倚牆而坐」的鐵骨錚錚的形象。這六個字把左光斗外罹酷刑、內秉堅貞的傲岸挺拔之姿刻劃得相當生動傳神。聽到的是對自己的呵斥，但這種呵斥，並不是左光斗厭惡人生不想有人來探監，更不是他對這位心愛學生的不滿，而是因爲在他看來史是唯一能挑起國事重擔的繼承人，在監獄內外鷹犬窺伺的情況下，爲了不授人以柄，不以師生私情耽誤國家大事，這才急於趕史可法出監。爲了表現左光斗這種複雜的內心世界，作者精心選用了一個細節：「摸地上刑械作投擊勢」。「作……勢」，說明這是故作姿態，並不是在真正投擊，它包含了豐富而又複雜的內涵：是警告，是驅逐，更是發自內心的愛護和對國家前途的擔憂。這個細節出色地刻劃出此時此左光斗複雜的內心世界，使人讀後如見其人、如聞其聲。這就是細節的力量。

三、語言上雅潔簡樸，眞摯感人。

作者曾以自己文字「雅潔」自許，認爲「一字不可增減」（《古文約選序》），這當然是文章家的自負。但從《左忠毅公逸事》的文字來看，這種自負倒也不是過甚其辭。這篇散文在語言運用上，確實做到了簡樸、雅潔，而且又十分準確，如寫左光斗對史可法的賞識和愛惜，用了兩個「即」字：「即解貂覆生」，「即面署第一」。前一個「即」字表現了左光斗發現人才後的欣喜與衝動，和對人才的關心與體貼，至於史可法文章如何精美，左光斗看後有何感受都盡在不言之中了；後一個「即」字反映了左光斗那種求賢若渴的急切心情以及對人才的倚重和信任，剛呈卷還未看「即面署第一」。由於有了前面「公閱畢，即解貂覆生」作根底，這裡就不會覺得左光斗冒失輕率，相反卻使人欽佩他那種信任和倚重人才的品格和膽識了。作者在寫獄卒引史可法探監時，也用了一個準確而形象的形容詞：「微」。這個「微」字，把獄卒既貪賄又怕事，既懾於獄規又人性未泯的精神狀態，生動而傳神地表現了出來，既潔又雅，確是別的字所不能代替的。作者寫左光斗聞史抱膝嗚咽後，有一個動作：「奮臂以指撥眥。」「奮」和「撥」這兩個動詞運用得也是異常準確和形象，它恰如其分地表現了左光斗當時的身體狀況和精神面貌。睜眼這個動作本來是靠眼肌來完成的，現在卻要靠指來撥，可見其目腫面焦之狀，這也印證了史可法所見的「面額焦爛不可辨」之慘象。況且舉一指還要「奮臂」，可見受刑之酷烈。同時這個「奮臂以指撥眥」的動作，也表現了左光斗在酷刑之後非但沒有奄奄待斃，反倒急於向學生責以大義的剛強性格和忘我胸襟。通過這兩個動詞，左光斗當時的身體狀況和精神風貌已盡現在讀者的眼前，真給人以一字千斤之感，這也可以說是方苞的桐城「義法」主張一次很成功的實踐。

細密的文筆　壯美的畫圖
——《登泰山記》的藝術表現手法

泰山之陽，汶水西流；其陰，濟水東流。陽谷皆入汶，陰谷皆入濟。當其南北分者，古長城也。最高日觀峯，在長城南十五里。

余以乾隆三十九年十二月，自京師乘風雪，歷齊河、長清，穿泰山西北谷，越長城之限，至於泰安。是月丁未，與知府朱孝純子穎由南麓登。四十五里，道皆砌石爲磴，其級七千有餘。泰山正南面有三谷，中谷繞泰安城下，酈道元所謂環水也，余始循以入。道少半，越中嶺，復循西谷，遂至其巔。古時登山，循東谷入，道有天門。東谷者，古謂之天門溪水，余所不至也。今所經中嶺，及山巔崖限當道者，世皆謂之天門云。道中迷霧冰滑，蹬幾不可登。及既上，蒼山負雪，明燭天南，望晚日照城郭，汶水、徂徠如畫，而半山居霧若帶然。

戊申晦，五鼓，與子穎坐日觀亭，待日出。大風揚積雪擊面。亭東自足下皆雲漫。稍見雲中白若樗蒱數十立者，山也。極天雲一線異色，須臾成五彩。日上，正赤如丹，下有紅光，動搖承之。或曰：此東海也。回視日觀以西峯，或得日，或否，絳皜駁色，而皆若僂。

亭西有岱祠，又有碧霞元君祠。皇帝行宮在碧霞元君祠東。是日，觀道中石刻，自唐顯慶以來，其遠古刻盡漫失。僻不當道者，皆不及往。

山多石，少土，石蒼黑色，多平方，少圓。少雜樹，多松，生石罅，皆平頂。冰雪，無瀑水，無鳥獸音迹。至日觀數里內無樹，而雪與人膝齊。

桐城姚鼐記。 ——姚鼐《登泰山記》

泰山，位於五嶽之首，它那磅礴的氣勢和無與倫比的日出奇觀，古往今來不知吸引了多少登臨者，孔子「登泰山而小魯，登泰山而小天下」的慨嘆，杜甫「會當凌絕頂，一覽衆山小」的壯志也不知激勵了多少文士。在洋洋大觀的登覽泰山詩文中，清代桐城派代表作家姚鼐的《登泰山記》很值得一提。在姚鼐的筆下，日觀峯那雄渾而又沖淡的的氣勢，泰山日出時壯美而又柔和的色彩，作者頂風冒雪登山的動人經歷，都有著生動而又細密的表述。因此，無論是構思還是文筆，它都是無愧於前人而對來者又有所啓發的一篇傑作。

下面，我們就來分析一下這篇散文的表現手法。

第一，作者以登覽爲主線，以日觀峯爲主景，用移步換形之法，層層推進，引人入勝。

乾隆三十九年，擔任《四庫全書》纂修官的姚鼐因與主纂紀昀不和，辭職返家路過泰山，應友人泰安知府朱孝純的邀請一同登泰山觀日出。作者著意把本文題名爲《登泰山記》而不用一般的「遊泰山記」，就意在表明，他著重寫的是「登覽」。事實上也是這樣，作者就是按登覽這條主線移步換形，組成四幅氣韻生動的畫面。而在這幅山水長卷中又以日觀峯爲主體，從而使整個長卷主從相屬、高下相傾、遠近相配、色彩相融、引人入勝。

首先爲我們勾畫的是泰山地勢圖，作者先介紹汶水、濟水分流於南北，古長城橫貫於東西的泰山地勢，這使我們對泰山的雄偉神奇獲得了生動而準確的印象，最後綴上一筆：「最高日觀峯，在長城南十五里。」這是作者登臨泰山的目的地，也是這幅泰山地勢圖的點睛之筆。

第二幅是雪後登山圖。時間是「乾隆三十九年十二月」，路線是「自京師乘風雪，歷齊河、長清，穿泰山西北谷，越長城之限，至於泰安」。「乘」、「歷」、「穿」、「越」、「至於」這幾個動詞不但由遠及近地交待了行程，而且也準確地表現了時令和地形。如「乘」字寫出了作者頂風冒雪趕路的情形，「穿」形象地暗示出峽谷的幽深。下面即轉入對登山的描敍。「由南麓登」，這是登山方向；循中谷入，「道少半，越中嶺，復循西谷，遂至其巔」。是總寫他與友人的登山路線。在這幅登山圖中，作者對「南麓」、「中谷」、「天門」、「東谷」或敍或描或議，隨意點染，然後重筆描出泰山極頂的雪景，這是一幅以視覺爲主的鳥瞰圖：「蒼山負雪，明燭天南，望晚日照城郭，汶水、徂徠如畫，而半山居霧若帶然。」這幅圖畫以南天門爲主體，峯上是圓圓的晚日燭照天南，峯下是起伏的徂徠山、蜿蜒的汶水和鱗次櫛比的泰安城郭，峯的左右是負雪的羣峯，這些滲透著大自然磅礴氣勢的羣峯、晚日、城郭、河流，構成了一種無比壯美的意境，而那皚皚的白雪、淡淡的夕照、飄然的霧帶又在壯美中塗上一層柔和的色彩。白雪與紅日、靜穆的羣峯與飄動的霧帶，在色彩、動靜上又構成了對比和映襯，使這幅雪後登山圖呈現出一種無與倫比的絢麗色彩和生動氣勢。

第三幅是泰山日出圖。這是整幅山水長卷的主體部分，作者仍是先交待時間、地點和動機：「戊申晦，五鼓，與子穎坐日觀亭，待日出。」這是幅靜態的畫，但一個「待」字卻寫出了觀日出的虔誠和急迫的心情。接著描繪日出前的氣候和周圍的景色：「大風揚積雪擊面。亭東自足下皆雲漫。」這是寫氣候惡劣，但氣候越是惡劣，也就越能反襯出作者觀日出的虔誠。「稍見雲中白若樗蒱數十立者，山也。」這是寫日出前周圍羣峯的景象，一個「稍」字點出了天氣由陰沈逐漸向晴朗轉化的變化過程，也暗示天出現亮色。下面就正面寫日出：「極天雲一線異色，須臾成五彩。日上，正赤如丹，下有紅光，動搖承之。或曰：此東海也。」在這段描敍中有速度的變化，有色彩的變幻，有大海的襯托，更有紅日升空君臨天下的磅礴氣勢。它把泰山日出的雄渾氣勢、斑斕色彩寫得淋漓盡致。至此，作者意猶未足，又用西邊羣峯作進一步的渲染和陪襯：「回視日觀以西峯，或得日，或否，絳皜駁色，而皆若僂。」既描繪了旭日臨空、光照萬里的磅礴氣概，又暗示了日觀峯之高峻，是觀日出最佳處，再次突出了日觀峯這幅主景。

第四幅是泰山景物圖。這是作者觀日出後遊興的餘波，也是讓讀者在觀日出的强烈震動和感奮後來個間歇小憩，表現了作者在構圖上疏密有致、濃淡相宜的特色。作者敍泰山景物分兩個方面，一是名勝古蹟、祠宇、石刻，抓住特徵，幾筆帶過；另一是描繪自然景物，作者抓住三多（多石、石多平方、多松）、三少（少土、石少圓、少雜樹）、三無（無瀑布、無鳥獸迹、至日觀數里内無樹），寥寥幾筆把泰山的山、水、樹、石的特點概括無餘，使泰山極富有個性，很見作者在文字上的功力。作者正是通過以上四幅圖畫，以登覽爲線索，把以日觀峯爲主景的泰山風貌以及日出前後的景象準確而又富有氣勢地描述了出來。

第二，作者在表現某一景象時不是孤立靜止地去描述，而是多角度地去映襯和烘托。

宋代畫家郭熙論畫説：「山欲高，盡出之則不高；煙霞鎖其腰則高矣。水欲遠，盡出之則不遠，掩映斷其脈則遠矣。」（《林泉高致》）姚鼐的這篇《登泰山記》就是這一理論在散文寫作中的成功實踐：寫日觀峯的高峻雄偉，泰山日出的壯美涵渾，都是通過山、水、霧、日的交叉映襯，以及光線的明暗、色彩的變幻、動靜的配合、感情的寄托等多種渠道來渲染和烘托，從而創造出一個氣勢雄渾又無比燦爛輝煌的人間圖畫來。

如作者在描繪日觀峯的高峻時，不只是通過「最高日觀峯，在長城南十五里」正面道出，而且還通過下列幾段文字來烘托和暗示：「大風揚積雪擊面，亭東自足下皆雲漫，稍見雲中白若樗蒱數十立者，山也。」只有山高才會風劇，而且亭下皆雲漫，這更是「山在虛無縹緲間」了。至於在日觀峯上看見其它山峯如骰子，這當然更是在反襯日觀峯之高峻。所以這段文字一方面是在交待日出前的氣候和景色，同時也在暗暗渲染和反襯日觀峯的高峻。「日觀以西峯，或得日，或否，絳皜駁色，而皆若僂」，作者著意指出日觀以西峯有的得日有的不得日，因而紅白相雜。這不光是在描景，還意在說明日觀峯的高峻，與它在一條線上的就不得日，旁斜一點的就得日，但無論得日的還是不得日的，在日觀峯前「皆若僂」。「僂」這個擬人化的動作，不但寫出了羣峯對日觀峯的低眉攢拱之態，也烘托出日觀峯那種無可比擬的尊貴氣度。杜甫在《登西岳蓮花峯》一詩中說「西岳峻嶒聳處尊，衆峯羅列如兒孫」，也正是道出了這種衆星捧月的情形。至於文章結尾處提到的「至日觀數里內無樹」，雖是短短一句，也絕不是單純描景，它還含下面兩層意思：一是日觀峯高峻嚴寒，樹木不宜生長；二是日觀峯多石，峻嶒陡峭，樹木也不易生長。這兩個原因，都對日觀峯的高峻奇偉作了很好的暗示和渲染。

作者寫泰山日出也是用烘托渲染之法，但不只是具體景物的比襯，更多的還是從色彩與動靜的角度加以對比。從「雲中白若樗蒱」到「極天雲一線異色」，到「成五彩」，到「日上，正赤如丹」，這中間有時間的推移（當然速度是極快的），動靜的轉換，更有色彩的變化。前面所提及的那種壯美與柔和交融的藝術境界，正是通過這種色彩與動靜的渲染和對比表現出來的。同時作者還非常注意這當中極細微的差別，「正赤如丹」與「動搖承之」的「紅光」這不僅有色彩的差別，而且還有著主與從、靜與動的區別；同樣的，日出前的山峯「白若樗蒱」與日出後未得日山峯的「皓」色雖同爲白色，恐怕也有著色上的不同和明暗上的差異，前者是在日出前的雲漫之際，後者則在「絳皓駁色」之間。作者正是通過這些細微的差別準確地勾畫出景物的獨有特徵。

第三，作者很注意語言上的錘鍊和結構上的照應，充分體現了桐城派所主張的「古文義法」。

桐城派古文家主張文字上「清真雅正」，結構上「明於體要」（方苞《書蕭相國世家後》），强調文字的準確、簡樸和結構的嚴謹、照應。這篇《登泰山記》的文字正是這種文學主張的出色實踐，如他寫登山過程中「道中迷霧冰滑，磴幾不可登」，看似簡單敍述，實則既寫了登山的艱難，又交待了造成這種艱難的原因——迷霧冰滑，從而緊緊扣住了深冬這個季節特徵。「及既上，蒼山負雪，明燭天南」，一個「負」字簡直把蒼山寫活了，它像人一樣，承受著高空撒下的「與人膝齊」的厚雪，給人一種蒼莽而又厚重的感覺。另外「明燭」二字也準確形象地寫出了南天的晴日直射雪峯，雪峯又把陽光反射到天南這個輝映的過程。儘管作者只是在淡淡敍述，未加形容，但給人的感受卻是氣勢壯觀、絢爛多姿，字裡行間洋溢著作者熱愛大自然的歡快豪放之情。在文章中像這樣煉句煉字的例子比比皆是，如我們前面舉過的「而皆若僂」、「霧若帶然」等都說明了這點。

在結構上作者按登覽順序，時間先後，步步推進。爲了使登覽這條縱線針線綿密，作者又在文中不斷使用伏筆與照應，把前後緊緊勾連起來。如開頭提到陽谷、陰谷，即爲第二段「泰山正南面有三谷」的說明作了鋪墊；開頭交待的「當其南北分者，古長城也」，又與下文敍述的「越長城之限」形成前後照應。再如文章開頭點出最高處爲日觀峯，爲文章主段日觀峯觀日出作好準備；結句的「雪與人膝齊」與前面的「乘風雪」也互相照應。這種細針密線，層層勾連之法，正是桐城古文一個顯著的特色，也是這篇文章成爲名篇的原因之一。

為解放個性和拯救人才而呼號
——談龔自珍的《病梅館記》

江寧之龍蟠，蘇州之鄧尉，杭州之西溪，皆產梅。或曰：「梅以曲爲美，直則無姿；以欹爲美，正則無景；以疏爲美，密則無態。」固也，此文人畫士，心知其意，未可明詔大號以繩天下之梅也；又不可以使天下之民，斫直、刪密、鋤正，以夭梅、病梅爲業以求錢也。梅之欹、之疏、之曲，又非蠢蠢求錢之民能以其智力爲也。有以文人畫士孤癖之隱明告鬻梅者，斫其正，養其旁條；刪其密，夭其稚枝；鋤其直，遏其生氣，以求重價：而江浙之梅皆病。文人畫士之禍之烈至此哉！

予購三百盆，皆病者，無一完者。既泣之三日，乃誓療之：縱之順之，毀其盆，悉埋于地，解其棕縛；以五年爲期，必復之全之。予本非文人畫士，甘受詬厲，闢病梅之館以貯之。

嗚呼！安得使予多暇日，又多閒田，以廣貯江寧、杭州、蘇州之病梅，窮予生之光陰以療病梅也哉！

——龔自珍《病梅館記》

龔自珍是我國十九世紀上半葉一位傑出的思想家和文學家。

在以老大自居的清帝國走向没落崩潰的前夕，他的思想帶有極大的叛逆性，他的作品也極富於創造性。他的散文和他的詩歌一樣，無論寫什麼題材，總是帶著批判的眼光，從政治、社會的高度看問題，極力「詆排專制」（梁啓超語），因而具有當時一般文學作品所没有的深刻的思想内容。應當説，真正打破清中葉以來傳統文學的腐敗局面，首開近代文學風氣者應推龔自珍。

道光十九年己亥（西元一八三九年），因「才高觸動時忌」、長期受壓抑排擠的龔自珍辭官自京南下，回故鄉仁和（今杭州市）。路過鎮江時，受道士之請，寫了首有名的《己亥雜詩·道士乞撰青詞》：

九洲生氣恃風雷，萬馬齊瘖究可哀。
我勸天公重抖擻，不拘一格降人才。

與此同時，他又寫了這篇《病梅館記》。一首詩歌，一篇散文，作者用兩種不同的形式發出了拯救人才和解放個性的呼號，强烈控訴了封建專制對人才的壓抑摧殘和給整個社會造成的思想禁錮與精神創傷，表現出强烈的民主傾向，爲後來的改良運動和民族、民主革命提供了形象化的理論依據和精神營養。所不同的是，《己亥雜詩》是通過强烈的感情抒發，直接表白詩人的主觀願望，《病梅館記》則是運用含蓄隱晦的手法，通過病梅、療梅來指責專制制度對人才的壓抑和對人們精神的扭曲，暗暗地表達作者要求解放個性和拯救人才的思想主張。

《病梅館記》在内容上可分爲兩個部分。第一部分寫病梅的病態及成因，以梅喻人，借梅議政，藉以批判封建專制對思想的禁錮和對人才的摧殘。第二部分寫療梅、救梅，表現作者要求改變現狀和拯救人才的願望與決心。文章一開頭，由龍蟠、鄧尉、西溪皆產梅入手，開門見山把梅點出來，爲後文「江浙之梅皆病」作了伏筆。作者由產梅、愛梅作引，導入正題，提出當時社會對梅之美的一種極爲奇怪的看法：「以曲爲美，直則無姿；以欹爲美，正則無景；以疏爲美，密則無態。」這是當時社會對什麼是美的一種病態認識，其核心就是反對正直，排斥茂盛，要千方百計把梅扭曲變形，扼殺其勃勃生機。作者指出，正是在這種被顛倒了的審美標準指導下，影響整個社會，形成一個摧殘梅、扭曲美的包圍圈。這個包圍圈的宗主當然是文人畫士，這個審美標準正是他們圈定的。但是單是文人畫士還不可能把天下之梅皆扭曲變形。作者指出這有三個原因：喜愛病梅，這是他們的內心偏愛，不可能明目張膽地「明詔大號以繩天下之梅」，這是其一；他們也無法以自己的情趣代替天下人的情趣，不可能使天下之民都以夭梅、病梅爲業以求錢，這是其二；社會上蠢蠢之民爲求錢也想病梅，但憑他們的智力又無法達到病梅的目的，這是其三。於是在文人畫士之外又出現了導致梅殘的第二種人：文人畫士的幫凶。這些幫凶們對文人畫士們的旨趣心領神會，對如何殘梅病梅也精於其道，正是他們，把「文人畫士孤癖之隱明告鬻梅者」，直接導致了梅的被殘害扭曲。第三種人就是鬻梅者，他們爲了眼前之利而「斫其正，養其旁條；刪其密，夭其稚枝；鋤其直，遏其生氣，以求重價」，這樣迫害的結果是造成了「江浙之梅皆病」。

讀了這段關於病梅形成的描述後，我們不能不感到，作爲一個民主思想的啓蒙文學家，他對當時病態社會的觀察實在太敏銳、太深刻了。這種敏銳的洞察力不光表現在他以梅喻人，控訴了封建專制對人才的摧殘，而且還深入一層揭示了以下兩個問題：

第一，揭露了封建專制者壓抑、摧殘、扼殺人才的手法，不是肉體上的消滅，而是一種「戮心」的戰術，即用種種文化傳統、封建道德、典章條例來進行精神上的扼殺和扭曲，使之符合其道德規範；而且這個過程又不是「明詔大號」，而是潛移默化，緩慢而悄悄地進行。作者曾在一篇政論文中揭露封建專制對人才的觸目驚心的「戮心」戰術：當「才士」與「才民」出現的時候，扼殺他們的「非刀、非鋸，非水火」，而是「戮其能憂心，能忿心，能思慮心，能作爲心，能有廉恥心，能無渣滓心。又非一日而戮之，乃以漸，或三歲而戮之，十年而戮之，百年而戮之」（《乙丙之際箸議第九》），把人們的正直之心、進取之心和旺盛的生命力統統扼殺掉，慢慢地變得不死不活，無是無非，最後成爲封建專制制度的順民和幫凶。把這段議論與《病梅館記》寫對梅的摧殘「斫其正，養其旁條；删其密，夭其稚枝；鋤其直，遏其生氣」比較一下，可以看出二者何其相似，揭露得又是何等深刻。

第二，指出進行這種扼殺的是整個封建專制社會。這裡有統治者——文人畫士；有幫凶走狗——把文人畫士孤僻之隱明告鬻梅人的通風報信者；也有不覺悟的廣大社會階層——蠢蠢求錢的鬻梅者。作者告訴我們，扼殺人才的統治者固然可恨，但單憑他們也不可能使天下之梅盡受其害。況且，他們還有種種顧慮，不敢明詔大號公開進行迫害，可怕的是有了後兩種人，他們是封建專制的社會基礎，他們與主子一起代表著整個封建道德傳統，要反抗他們就等於向整個封建社會挑戰。因此，這個任務就顯得更爲艱巨和繁難。我們常說，人才是被整個社會所扼殺的，其原因就在於此。作爲一個一百五十多年前的啓蒙思想家，已經看清並準確地指出了這一點，確實是難能可貴的。

當然，龔自珍的傑出之處還不只在於他揭露了封建專制對人才的摧殘和思想上的禁錮，還在於他敢於向封建專制制度挑戰，極力拯救人才，這就是下面一段的療梅。作者先寫他對病梅的同情：「泣之三日」；然後發誓要拯救它：「誓療之」。救梅的方法則是與文人畫士們針鋒相對：文人畫士是「以曲爲美」、「以欹爲美」、「以疏爲美」，作者是「復之全之」，復其正直之姿，全其茂盛之態；文人畫士們是「斫」、「删」、「夭」、「鋤」、「遏」，作者是「縱」、「順」、「毀」、「埋」、「解」。不僅如此，作者還作出了長期規劃「以五年爲期，必復之全之」；做好因此而受打擊迫害的思想準備「予本非文人畫士，甘受詬厲」。通過療梅這段描敍，一個不願隨波逐流、敢於堅持真理、敢於向封建專制制度挑戰的啓蒙思想家的形象已站立在人們的面前。文章的最後一段已從三百盆推而廣之到江寧、杭州、蘇州之病梅，再進一步表達自己要廣救天下病梅的願望。江浙一帶歷來是封建文化發達的地區，是士大夫人才集中的地方，所以龔自珍著重提出以救江浙之梅作爲自己的畢生願望。從這個意義上說《病梅館記》簡直可以說是一篇拯救人才的宣言。但我們從作者「安得使予多暇日，又多閒田」和「窮予生之光陰以療病梅也哉」的慨嘆中，可以感到，光靠一兩個哲人來改變整個社會狀況，以個人的力量來對抗整個封建專制社會是根本不可能成功的。正因爲作者也深知這一點，所以在結尾處留下了深沈的嘆息，使讀者在無限惋惜之中引起對包括作者在內的被壓抑的人才的深深同情。

龔自珍在《病梅館記》中發出拯救人才和解放思想的呼號不是盲目的，而是針對當時的社會現狀，並從自己的遭遇出發有感而發的。龔自珍生活在封建專制制度崩潰的前夕，該制度的種種弊端已徹底暴露了出來。在龔自珍看來，所有的弊端中最大的、也是最令人不能容忍的，便是對人才的摧殘和思想的禁錮。他認爲當時不但「左無才相，右無才史，閫無才將，庠序無才士」，甚至「巷無才偷，藪澤無才盜」（《乙丙之際箸議第九》），連有才氣的小偷和強盜也找不到了。因此，要想挽回這頽世，打破這萬馬齊喑的局面，就必須不拘一格，發現人才、任用人才，所謂「自古及今，法無不改，勢無不積，事例無不變遷，風氣無不移易，所恃者，人才必不絕于世而已」（《上大學士書》）。但當時龔自珍的周圍又是什麼樣的情況呢？在各種矛盾日益尖銳，國家、民族發生嚴重危機的新形勢下，統治集團更加腐敗墮落，到處瀰漫著死氣沈沈、令人窒息的氣氛。這一切和龔自珍的經世之志、蓬勃朝氣發生了嚴重的矛盾。在思想禁錮而又壓抑人才的官僚集團中，他成爲衆矢之的，被目爲「狂不可近」的人物：「一山突起丘陵妒，萬籟無言帝座靈」（《夜坐》）。因此，他一生備受壓抑和摧殘。史載他任内閣中書和禮部主事等閒職十餘年，皆因「才高觸動時忌」之故。所以這篇《病梅館記》既是抨擊封建專制主義摧殘人才的檄文、要求拯救和任用人才的宣言，也是他多才又多難的一生的寫照。

《病梅館記》不但在思想内容上給我們留下了許多有益的啓示，而且在表現手法上也給我們提供了出色的借鑒。這篇文章的最大特色就是既能出色地繼承我國古典文學傳統的比興手法，又能別出心裁另呈一番新意。在中國文學史上，把自然事物擬人化，賦予某種社會意義的作品是屢見不鮮的：屈原借芳草以喻君子，假雲霓以諷讒邪；陶淵明筆下的黃菊，韓愈筆下的千里馬；周敦頤的愛蓮，陸游的咏梅，都是在表現一種生活的理想和志趣，或諷喻一種社會現象。龔自珍的《病梅館記》也是在托物喻人，借梅議政，所不同的是他能突破傳統的窠臼，以一種獨特的見解，使人耳目一新。梅以曲、以欹、以疏爲美，這種欣賞趣味是符合美學標準的，非文人畫士人所規定的，人們不是讚賞過屈曲盤旋的虬枝和「橫斜水清淺」的疏影嗎？但作者抓住梅的正直、生氣勃勃這些形體特徵，賦予它社會學的内涵，使它具有象徵意義。從對梅斫正、删密、鋤直，引向扼殺人才、禁錮思想這個立意上來，而且還用了「病梅」、「療梅」、「闢病梅館」等人格化了的詞語，因而給人一種從來没有體驗過的新奇感受，使人留下難以磨滅的深刻印象。

烘雲托月　盤馬彎弓
——《明湖居聽書》藝術技巧淺談

次日九點鐘的光景，老殘趕忙吃了飯，走到明湖居，才不過十點鐘。那明湖居本是個大戲園子，戲台前有一百多張桌子。哪知進了園門，園子裡面已經坐得滿滿的了，只有中間七八張桌子還無人坐，桌子卻都貼著「撫院定」「學院定」等類紅紙條兒。老殘看了半天，無處落腳，只好袖子裡送了看坐兒的二百個錢，才弄了一張短板凳，在人縫裡坐下。看那戲台上，只擺了一張半桌，桌子上放了一面板鼓，鼓上放了兩個鐵片兒，心裡知道這就是所謂梨花簡了，旁邊放了一個三弦子，半桌後面放了兩張椅子，並無一個人在台上。偌大的個戲台，空空洞洞，別無他物，看了不覺有些好笑。園子裡面，頂著籃子賣燒餅油條的有一二十個，都是爲那不吃飯來的人買了充飢的。

到了十一點鐘，只見門口轎子漸漸擁擠，許多官員都著了便衣，帶著家人，陸續進來。不到十二點鐘，前面幾張空桌俱已滿了，不斷還有人來，看坐兒的也只是搬張短凳，在夾縫中安插。這一羣人來了，彼此招呼，有打千兒的，有作揖的，大半打千兒的多。高談闊論，説笑自如。這十幾張桌子外，看來都是做生意的人，又有些像是本地讀書人的樣子，大家都嘴嘴嘁嘁的在那裡說閒話。因為人太多了，所以說的什麼話都聽不清楚，也不去管他。

到了十二點半鐘，看那台上，從後台簾子裡面，走出一個男人，穿了一件藍布長衫，長長的臉兒，一臉疙瘩，彷彿風乾福橘皮似的，甚為醜陋。但覺得那人氣味倒還沈靜，出得台來，並無一語，就往半桌後面左手一張椅子上坐下，慢慢的將三弦子取來，隨便和了和弦，彈了一兩個小調，人也不甚留神去聽。後來彈了一枝大調，也不知道叫什麼牌子；只是到後來，全用輪指，那抑揚頓挫，入耳動心，恍若有幾十根弦，幾百個指頭，在那裡彈似的。這時台下叫好的聲音不絕於耳，卻也壓不下那弦子去。這曲彈罷，就歇了手，旁邊有人送上茶來。

停了數分鐘時，簾子裡面出來一個姑娘，約有十六七歲，長長鴨蛋臉兒，梳了一個抓髻，戴了一副銀耳環，穿了一件藍布外褂兒，一條藍布褲子，都是黑布鑲滾的。雖是粗布衣裳，倒十分潔淨。來到半桌後面右手椅子上坐下。那彈弦子的，便取了弦子，錚錚鏦鏦彈起。這姑娘便立起身來，左手取了梨花簡，夾在指頭縫中，便丁丁當當的敲，與那弦子聲音相應；右手持了鼓棰子，凝神聽那弦子的節奏。忽羯鼓一聲，歌喉遽發，字字清脆，聲聲宛轉，如新鶯出谷，乳燕歸巢。每句七字，每段數十句，或緩或急，忽高忽低；其中轉腔換調之處，百變不窮，覺一切歌曲腔調，俱出其下，以為觀止矣。

旁坐有兩人，其一人低聲問那人道：「此想必是白妞了罷？」其一人道：「不是。這人叫黑妞，是白妞的妹子。他的調門兒都是白妞教的，若比白妞，還不曉得差多遠呢！他的好處，人說得出，白妞的好處，人說不出。他的好處，人學得到，白妞的好處，人學不到。你想，這幾年來，好玩耍的，誰不學他們的調兒呢？就是窰子裡的姑娘們，也人人都學。只是頂多唱一兩句可到黑妞的地步，若白妞的好處，從没有一個人能及他十分裡的一分的。」說著的時候，黑妞早唱完，後面去了。這時滿園子裡的人，談談笑笑；賣瓜子、落花生、山裡紅、核桃仁的，高聲喊叫著賣，滿園子裡聽來都是人聲。

正在熱鬧哄哄的時節，只見那後台裡，又出來了一位姑娘，年紀十八九歲，裝束與前一個毫無分別，瓜子臉兒，白淨面皮，相貌不過中人以上之姿，只覺得秀而不媚，清而不寒，半低著頭出來，立在半桌後面，把梨花簡丁當了幾聲，煞是奇怪！只是兩片頑鐵，到他手裡，便有了五音十二律似的。又將鼓棰子輕輕的點了兩下，方抬起頭來，向台下一盼。那雙眼睛，如秋水、如寒星，如寶珠，如白水銀裡頭養著兩丸黑水銀，左右一顧一看，連那坐在遠遠牆角子裡的人，都覺得王小玉看見我了。那坐得近的，更不必說。就這一眼，滿園子裡便鴉雀無聲，比皇帝出來還要靜悄得多呢，連一根針掉在地下都聽得見響！

王小玉便啓朱唇，發皓齒，唱了幾句書兒。聲音初不甚大，只覺入耳有說不出來的妙境：五臟六腑裡，像熨斗熨過，無一處不伏貼，三萬六千個毛孔，像吃了人參果，無一個毛孔不暢快。唱了十數句之後，漸漸的越唱越高，忽然拔了一個尖兒，像一線鋼絲抛入天際，不禁暗暗叫絕。那知他於那極高的地方，尚能迴環轉折；幾轉之後，又高一層，接連有三四疊，節節高起。恍如由傲來峯西面，攀登泰山的景象：初看傲來峯削壁千仞，以爲上與天通；及至翻到傲來峯頂，才見扇子崖更在傲來峯上；及至翻到扇子崖，又見南天門更在扇子崖上；愈翻愈險，愈險愈奇。

那王小玉唱到極高的三、四疊後，陡然一落，又極力騁其千逼百折的精神，如一條飛蛇，在黃山三十六峯半中腰裡盤旋穿插，頃刻之間，周匝數遍。從此以後，愈唱愈低，愈低愈細，那聲音就漸漸的聽不見了。滿園子的人，都屏氣凝神，不敢少動。約有兩三分鐘之久，彷彿有一點聲音，從地底下發出。這一出之後，忽又揚起，像放那東洋煙火，一個彈子上天，隨化作千百道五色火光，縱橫散亂。這一聲飛起，既有無限聲音，俱來並發。那彈弦子的，亦全用輪指，忽大忽小，同他那聲音相和相合，有如花塢春曉，好鳥亂鳴。耳朵忙不過來，不曉得聽那一聲爲是。正在撩亂之際，忽聽霍然一聲，人弦俱寂。這時台下叫好之聲，轟然雷動。

停了一會，鬧聲稍定，只聽那台下正座上，有一個少年人，不到三十歲光景，是湖南口音，説到：「當年讀書，見古人形容歌聲的好處，有那『餘音繞梁，三日不絕』的話，我總不懂。空中設想，餘音怎樣會得繞梁呢？又怎會三日不絕呢？及至聽了小玉先生説書，才知古人措辭之妙。每次聽她説書之後，總有好幾天耳朵裡無非都是她的書音，無論做什麼事，總不入神，反覺得『三日不絕』，這『三日』二字下得太少，還是孔子『三月不知肉味』，『三月』二字形容得透徹些！」旁邊人都說道：「夢湘先生論得透闢極了！『於我心有戚戚焉』」

——劉鶚《明湖居聽書》

《明湖居聽書》是清末作家劉鶚《老殘遊記》中的一節，主要是描繪山東鼓書藝人王小玉精湛的說唱技藝，從中反映出作者的美學趣味。在表現手法上，爲了突出白妞王小玉的技藝，他採取烘雲托月的手法，有意用聽衆如癡如狂的情態和黑妞等人的技藝來從旁烘托、映襯；爲了吸引讀者披花入徑，尋找下文，他又採用盤馬彎弓的技巧，故意用大段大段的筆墨去寫聽衆、書場和其他藝人，以此來製造懸念，引人入勝，表現出作者高超的表現技巧。

一、

《明居湖聽書》按時間爲序在結構上可分爲三個部分。第一部分是說書之前，主要是寫市民們得知白妞說書這個消息後那種如癡如狂的言行，以此來對白妞說書技藝進行事前烘托渲染。

這一部分又可分爲三層。

第一層是泛寫白妞說書的消息在街市上所引起的震動。白妞說書的海報不大「一尺長，七、八寸寬」；貼的時間也不久「那紙還未十分乾」，但已在街坊間引起了巨大的騷動，街談巷議，都是關於白妞說書的事，甚至還爲此引起了紛爭和罷市。作者從中選了兩個典型事例：一是兩個挑擔的在相互議論，打算明日不做生意趕去聽書，一是鋪子裡的兩個伙計在爭著要去聽書，而且從爭論的話來看，這樣的爭執已不止發生過一次了。通過這兩個事例，不但把白妞說書時那種三街六市、萬人空巷、舉國若狂的情景進行了充分的烘托和渲染，而且也使讀者產生了和老殘一樣的懸念：「白妞是何許人？說的是何等樣的書？爲甚一紙招貼，便舉國若狂如此？」

第二層，就是緊接上一層交待白妞對山東鼓書技藝的發展和貢獻。在藝術手法上，他有意通過店小二的口來敍述。這樣，一方面對白妞的鼓書技藝從旁進一步烘托渲染，使讀者未睹其人，已聞其名，已服其神；另一方面，他仍然把情節控制在說書之前，仍是通過主人公老殘的道聽塗說來介紹白妞，這樣就加劇了懸念，更進一步扣住讀者的心弦。在敍述中，作者採取欲揚先抑的手法，先强調這鼓書是山東鄉下的土調，沒有什麼稀奇，然後寫白妞由於平時注意觀摩、虛心學習，掌握了多種戲劇、曲藝的唱腔，然後用這些唱腔來豐富山東鼓書的音調，開拓山東鼓書的表現領域，再加上她的音樂素質好：喉嚨要多高有多高，中氣要多長有多長，以至於達到「無論南北高下的人，聽了她的唱無不神魂顛倒」這樣一種藝術境界。這種先抑後揚、欲揚先抑的手法，可以更好地襯托出白妞鼓書技藝的高超：不光具有好的音樂素質，而且在鼓書理論和實踐上還有發展和創造。

第三層是描述開演前聽衆擁擠和急切的情態，來進一步製造懸念。在時間上作者是從九點寫到十二點。白妞的驚人技藝，已不知不覺引起了老殘極大的興趣，所以九點鐘光景，他便「趕忙吃了飯」奔往明湖居。作者在描摹明湖居書場時，主要渲染以下幾個特徵：

一是人多擁擠。說書時間是十二點半，但才十點鐘，「園子裡面已經坐得滿滿的了」。老殘只好用賄賂招待的辦法，「才弄了一張短板凳，在人縫裡坐下」。而且用這個辦法來獲得座位的還不止老殘一人。「不斷還有人來，看坐兒的也只是搬張短凳，在夾縫中安插。」書場裡這麼擁擠，是不是因爲園子太小了呢？不是的。作者在這層的開頭就作了交待：「那明湖居本是個大戲園子，戲台前有一百多張桌子。」因此結論只有一個：白妞說書的技藝高超，才能吸引聽衆如潮。

二是貴官賞識。封建社會的達官顯貴一般都鄙視鄉土文藝，他們自視清高，不願儕身市流之中，況且這梨花大鼓又「本是山東鄉下的土調」，他們就更不放在眼中了。但白妞說書卻偏偏吸引了這些顯貴，他們不但早早訂下座位，而且也顧不得拿腔作勢、要人恭候，在十一點就急急忙忙趕到書場、坐等白妞開場了。甚至在「空桌俱已滿了」的情況下，有的官員也顧不得官格體統「搬張短凳，在夾縫中安插」。

三是道具簡單。戲台上只擺了一張半桌，桌子上放了一面板鼓，鼓上放了兩個鐵片兒，旁邊放了一個三弦子，半桌後放了兩張椅子，並無一個人在台上。偌大個戲台，空空洞洞，別無他物。

四是書場喧鬧。書場內人們互相打招呼，在一起高談闊論，說笑自如。因爲過於喧鬧，以至於「什麼話都聽不清楚了」。

作者著意點出書場開演之前的這個特徵是大有深意的。他通過人多擁擠來進一步渲染白妞說書那種巨大的魅力；用貴官賞識來暗示白妞的技藝不同凡響；寫道具簡單是爲了反襯白妞技藝的高超；寫書場喧鬧是爲了同下段白妞說書時那種衆人屏息凝神的狀況形成對比、留下伏筆。而所有這些都是通過聽衆的神情言態來渲染烘托的，白妞並沒有上場，白妞的歌聲也並沒有聽到，這樣就使讀者從不介意到引起關注，然後去懸想、去揣測、去迫不急待地尋找下文。

二、

從「到了十二點半」至「滿園子裡聽來都是人聲」，爲全文的第二部分，主要寫演出開始時伴奏者與黑妞的高超技藝，以此來烘托、映襯白妞，並進一步製造懸念。

作者先描寫伴奏的男人。首先描摹他的相貌與氣度：長得很醜陋，但氣味倒還沈靜，然後再描寫他的彈奏技藝，主要是突出他的快彈——輪指技藝。他快彈起來「恍若有幾十根弦，幾百個指頭，在那裡彈似的」。作者通過「台下叫好的聲音不絕於耳，卻也壓不下那弦子去」這一句描述，既寫出了聽衆對彈奏的反應，又暗示出彈奏的指法剛勁突兀。

在描寫黑妞演唱時，也是從兩個方面入手，一是寫黑妞的相貌風韻：「約有十六七歲，長長鴨蛋臉兒，梳了一個抓髻，戴了一副銀耳環，穿了一件藍布外褂兒，一條藍布褲子，都是黑布鑲滾的。雖是粗布衣裳，倒十分潔淨。」另一是寫他的演唱技藝，主要突出她不但吐字準，音色好：「字字清脆，聲聲宛轉，如新鶯出谷，乳燕歸巢。」而且音域寬，音量控制適度：「或緩或急，忽高忽低；其中轉腔換調之處，百變不窮。」以至使聽衆感到「一切歌曲腔調，俱出其下，以爲觀止矣」。

白妞出場前，作者先寫伴奏和黑妞兩人的相貌、風韻及演唱技藝，是有著他結構上匠心的，因爲第三段寫白妞也是從這兩方面入手。寫他們相貌不過中人，而且不善言辭，一出場就不聲不響地進入表演階段，這就告訴人們，他們的演出不是靠色相、靠宣傳而唯一是靠技藝來吸引聽衆的；這是白妞和她的徒弟共同的演出風格；寫黑妞的技藝高超，已經到了一切歌曲腔調俱出其下、嘆爲觀止的藝術境地，這樣就更好地襯托出白妞的技藝高超，是在這深山更深處，在無法拔高之處又高了一層。

爲了使讀者更加神往，作者又專用一節把黑白二妞作一比較：黑妞的好處人說得出，白妞的好處人說不出；黑妞的好處別人學得到，白妞的好處別人學不到。白妞藝術上的境界已到了可望而不可及，可意會而不可言傳的地步，可以說是從必然走向了自由，達到爐火純青、至善至美的程度了。

這一小節在結構上也是別有匠心的。它在緊鑼密鼓的演奏之中沒一閒筆，既把黑白二妞作了比較，又防止文勢太直太急、一瀉無餘，在結構上起一襯墊作用。古代文論家在論及襯墊時云：「走處仍留，急語須緩，可悟用筆之妙」（施補華《峴傭說詩》）這一小節在結構上正得此法之妙。

以上是第二段。第二段同第一段一樣，仍然是對白妞說書技藝從旁進行烘托和映襯。只不過對象由聽衆變成了演員，內容也由開演前的氣氛渲染進入演奏時的具體描繪了。

三、

如果說前面兩段是盤馬彎弓、引而不發的話，第三段則是短兵相接，急矢中的了。作者不再是從旁烘托、映襯，而是直接正面描述白妞精妙的演唱技藝。

作者一開始也是描繪白妞的相貌氣度。這同對黑妞的描述可以說是既同又不同。相同的是：裝束與前一個毫無分別，都只不過是中人以上之姿；出場後也是不言不語，也是一樣簡單的梨花簡和鼓錘子。但不同的是兩片頑鐵到了她的手中，已不止是個丁丁當當之聲，也已不止是簡單地與弦子聲音相應，而是變化多端、高度和諧，像五音十二律齊鳴；擊鼓時也不是「羯鼓一聲，歌喉遽發」那樣突兀急促，而是從容不迫、駕輕就熟「將鼓棰子輕輕的點了兩下」，然後又「抬起頭來，向台下一盼」；她的眼睛也不同於黑妞，顯得既清澈有神，又很有吸引力，以至坐在遠遠牆角的人都以爲王小玉在望著自己。於是還未開始演唱全場已鴉雀無聲，連一根針掉在地下都聽得見，甚至比皇帝出來還要靜悄得多。這一段描述在結構上起著三個作用：一是通過與黑妞的對比，説明白妞確實高於一籌，即使在演唱之前已可分出高低；二是强調她相貌平常，這樣更使人信服白妞的聞名是全靠她驚人的絕技；三是通過對她眼神以及眼神所起的效果的描繪，已含蓄地點明白妞内心的聰慧和有一種震懾人心的力量。

接著，作者就開始直接描繪白妞的歌聲。白妞的歌聲可分爲三個唱段。第一唱段是由低音開始，迴環曲折漸入高音。作者描繪她聲音初不甚大，但唱了十數句後漸唱漸高，最後頂了個高腔像一線鋼絲拋入天空。白妞的超人之處就在於頂了高腔之後尚能迴環，迴環之後又能上頂，以至三四疊之多，這就是人所不及的了；第二唱段是由高音徒然下落，所謂「躋攀分寸不可上，失勢一落千丈强」（韓愈《聽穎師彈琴》）。又幾經盤旋，然後漸漸消歇。作者描述這種陡然下落不是平直而降，而是千迴百折，如「龍魚跳波瘦蛟舞」（李賀《李凭箜篌引》）變化既大，節奏又快，頃刻之間，周匝數遍。然後愈唱愈低，愈低愈細、逐漸消歇。第三段是突迸強聲，輪指雜彈，戛然而止。在第二樂段與第三樂段之間有個短暫的間歇，這個間歇表面上看是個聲音上的空白，實際上卻是個極爲廣闊的音樂空間，給聽衆留下無限咀嚼回味和展開想像的餘地。所以儘管聲音聽不見了，但「此時無聲勝有聲」，滿園子的人都屏氣凝神，不敢少動。兩三分鐘後，方有一個聲音從遠處響起，而且瞬刻之間突然而起，給人一種猝不及防之感。這時唱段急促細碎，伴奏的三弦也是輪指雜彈：像煙花迸空、縱橫散亂；如花塢春曉、好鳥亂鳴。正當聽衆應接不暇之際，一記重彈戛然而止，人弦俱寂。於是，場內發出雷鳴般的一片叫好聲。

作者在直接描寫白妞這三個唱段時，調動了比喻、誇張、想像、通感等多種藝術手法，把白妞高超的演唱技藝描摹得曲折盡情、淋漓生動。例如在描寫低音時，作者運用了通感，把本來屬於聽覺的音樂與觸覺、味覺溝通起來：「五臟六腑裡，像熨斗熨過，無一處不伏貼，三萬六千個毛孔，像吃了人參果，無一個毛孔不暢快。」在描摹音調迴環曲折，漸入漸高時，又把視覺與聽覺溝通起來：「恍如由傲來峯西面，攀登泰山的景象：初看傲來峯削壁千仞，以爲上與天通；及至翻到傲來峯頂，才見扇子崖更在傲來峯上；及至翻到扇子崖，又見南天門更在扇子崖上：愈翻愈險，愈險愈奇。」《禮記·樂記》云：「故歌者上如抗，下如墜，曲如折，止如槁木，累累如貫珠。」正是指出了樂聲高低的變化引起了人們視覺形象上的差異。也就是通感在表現手法上的作用。

另外，作者在這一文所使用的比喻也很妥貼形象。例如用一線鋼絲拋入天際來形容拔尖的高音，用山腰盤旋的飛蛇來比喻音調的曲折跌宕。鋼絲拋天，不但形容出聲音的高尖，而且也描繪出聲音的細脆；飛蛇繞山，不但形容出音調的曲折盤旋，而且也勾畫出歌聲那種飛動的氣勢。古人曾把描述上的平直、淺淡看成創作上的大忌，所謂「語忌直、意忌平、味忌淡。」（劉熙載《藝概・文概》）劉鶚在描述白妞演唱時，調動了通感、比喻等多種藝術手段，使全文曲折有致，突兀生動，是深悟創作三味的。

另外，作者對這三段唱腔結構上的處理也是很高明的：前兩個唱段是從音域的高低來描摹，後一唱段是從旋律節奏上來渲染；前兩唱段是强調表演者音域的寬廣，後一唱段是强調表演者口齒的伶俐；前兩唱段强調的是純粹，後一唱段强調的是和鳴。但這三個唱段又是一個完整和諧的整體，這中間有低聲，也有高聲；有間關鶯語，也有冷澀冰泉；有音域、節奏、旋律方面的描繪，也有口齒和伴奏方面的勾勒。這樣就從各個角度、不同方面對白妞的技藝進行了細緻的描摹和全面地介紹，終於使全文在一片烘雲托月、盤馬彎弓之後對白妞的演唱技藝得出一個既形象又完整的印象——這正是作者創作意圖的所在。

國家圖書館出版品預行編目資料

中國古典詩文. 一, 鑑賞篇／陳友冰著. --初版.
--臺北市：萬卷樓, 民89
面； 公分

ISBN 957-739-265-2(平裝)

1. 中國文學-評論

829 89001461

中國古典詩文(一)鑑賞篇

著　　者：陳友冰
發 行 人：許錟輝
責任編輯：陳欣欣
出 版 者：萬卷樓圖書有限公司
台北市和平東路一段67號14樓之1
電話(02)23216565・23952992
FAX(02)23944113
劃撥帳號 15624015
出版登記證：新聞局局版臺業字第5655號
網站網址：http://www.wanjuan.com.tw/
E-mail：wanjuan@tpts5.seed.net.tw
經銷代理：紅螞蟻圖書有限公司
台北市內湖區文德路210巷30弄25號
電話(02)27999490
FAX(02)27995284
承印廠商：晟齊實業有限公司
電腦排版：浩瀚電腦排版股份有限公司
定　　價：300元
出版日期：民國89年2月初版

ISBN 957-739-265-2